Fantasy

Herausgegeben von Friedel Wahren

Ein Verzeichnis weiterer Bände dieser Serie
finden Sie am Schluß des Bandes.

LYON SPRAGUE DE CAMP
LIN CARTER
BJÖRN NYBERG

CONAN
DER SCHWERTKÄMPFER

Vierzehnter Roman der Conan-Saga

Neuausgabe

WILHELM HEYNE VERLAG
MÜNCHEN

HEYNE SCIENCE FICTION & FANTASY
Band 06/3895

Titel der Originalausgabe
CONAN THE SWORDSMAN
Aus dem amerikanischen Englisch übersetzt von Lore Strassl
Das Umschlagbild malte Thomas Thiemeyer
Die Karten auf Seite 6/7 zeichnete Erhard Ringer
Die Kapitelaufmacher zeichnete Klaus D. Schiemann

Umwelthinweis:
Dieses Buch wurde auf chlor- und
säurefreiem Papier gedruckt.

Deutsche Erstausgabe: 4/2000
Redaktion: Friedel Wahren

Die Erzählung »Das Volk des Gipfels« (»The People of the Summit«)
ist die Neufassung einer gleichnamigen Erzählung
von Björn Nyberg, ursprünglich erschienen 1970 in
The Mighty Swordsman

http://www.heyne.de
Printed in Germany 2000
Umschlaggestaltung: Nele Schütz Design, München
Technische Betreuung: M. Spinola
Satz: Schaber Satz- und Datentechnik, Wels
Druck und Bindung: Presse-Druck, Augsburg

ISBN 3-453-30818-2

Die Hyborische Welt Conans

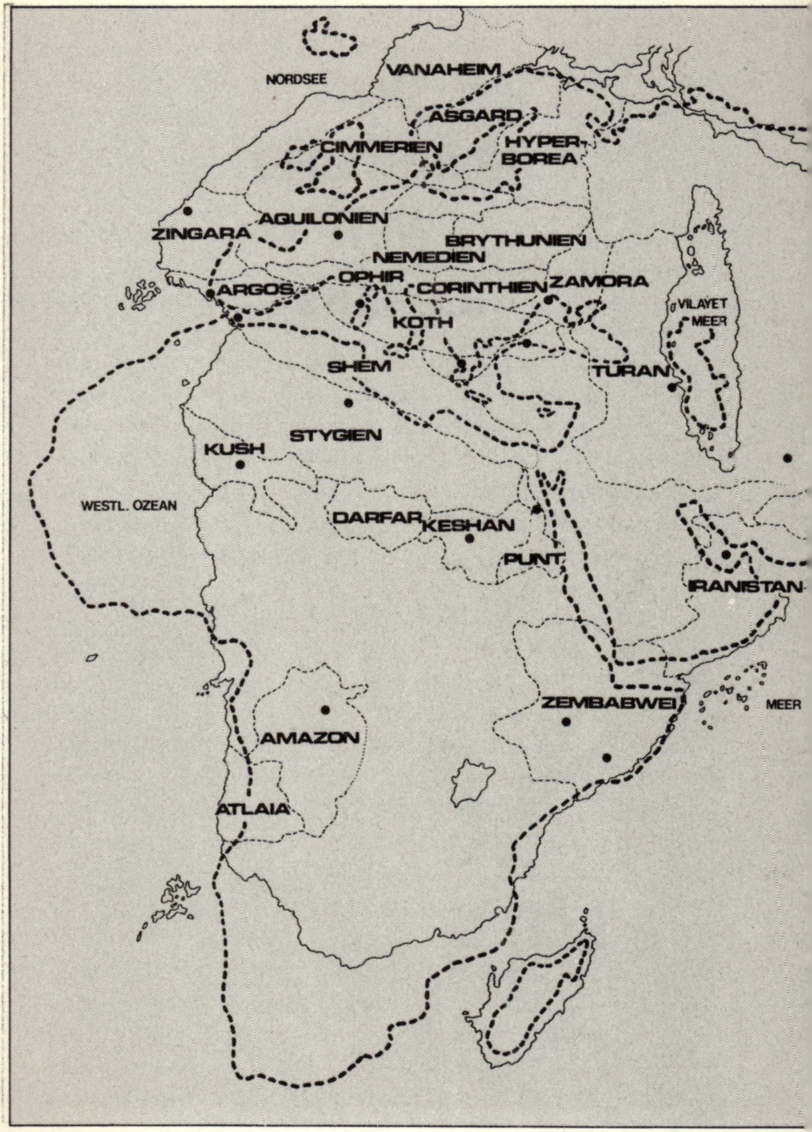
NORDSEE
VANAHEIM
ASGARD
CIMMERIEN
HYPER-
BOREA
ZINGARA
AQUILONIEN
BRYTHUNIEN
NEMEDIEN
OPHIR
ARGOS
CORINTHIEN
ZAMORA
VILAYET
MEER
KOTH
SHEM
TURAN
STYGIEN
KUSH
WESTL. OZEAN
DARFAR
KESHAN
PUNT
IRANISTAN
ZEMBABWEI
MEER
AMAZON
ATLAIA

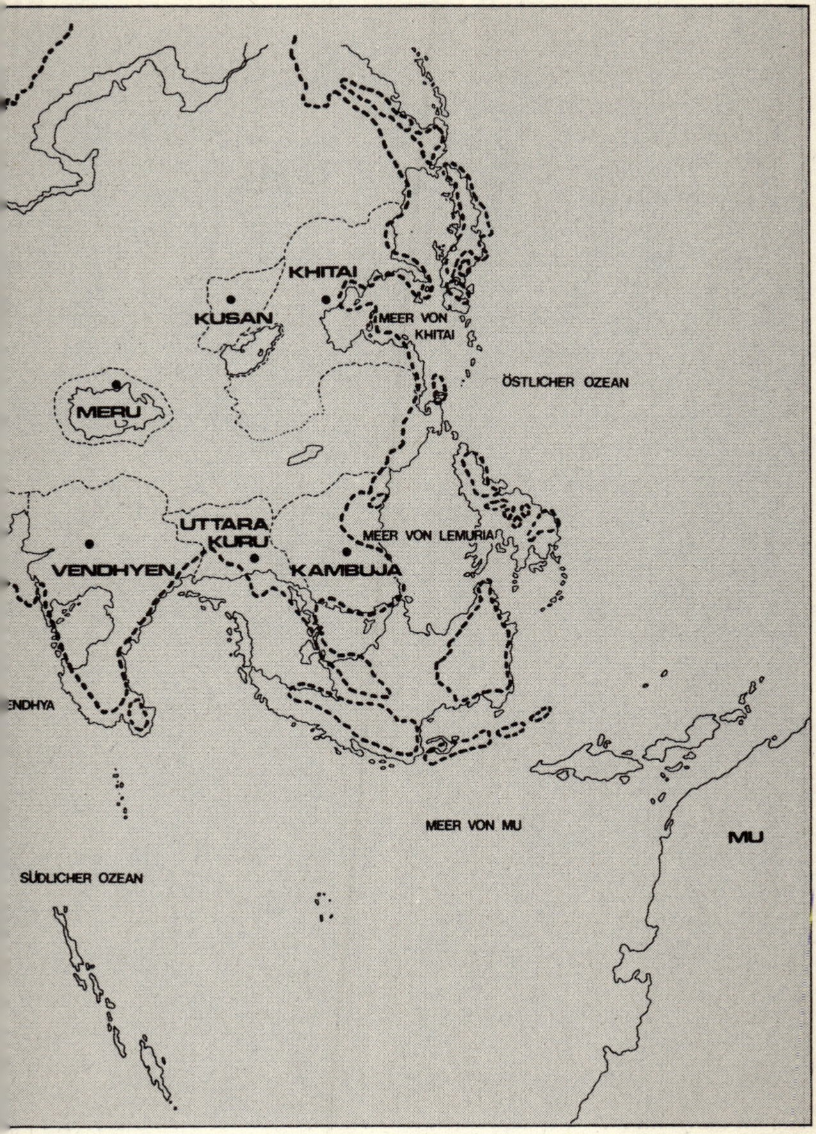
KHITAI
KUSAN
MEER VON KHITAI
ÖSTLICHER OZEAN
MERU
UTTARA KURU
MEER VON LEMURIA
VENDHYEN
KAMBUJA
ENDHYA
MEER VON MU
MU
SÜDLICHER OZEAN

Inhalt

Die Conan-Saga

Vorwort von L. Sprague de Camp

Würde es Ihnen Spaß machen, eine Welt zu besuchen, wo die Männer groß und stark, die Frauen schön, die Probleme einfach sind und das Leben abenteuerlich ist? Wo zauberhafte Städte ihre prächtigen Türme den Sternen entgegenstrecken; wo Hexer ihre finsteren Zauber in unterirdischen Höhlen beschwören; wo böse Geister ihr Unwesen in zerfallenen Ruinen ehrwürdigen Alters treiben; wo urzeitliche Ungeheuer einen Weg durch den Dschungel brechen und wo das Schicksal von Königreichen durch die blutigen Klingen von Helden mit übermenschlichen Kräften und unbeschreiblichem Mut entschieden wird? Eine Welt, in der niemand von Einkommens- und anderen Steuern spricht, auch nicht von Umweltverschmutzung und dergleichen.

Diese Welt, von der ich spreche, ist eine Welt der ›heroischen Fantasy‹ oder, wie andere sie lieber nennen, eine Welt der ›Schwerter und Magie-Erzählung‹. Wir benutzen die Bezeichnung ›heroische Fantasy‹ für Geschichten, die in einer Welt vor der Industrialisierung, einer Phantasiewelt spielen – in ferner Vergangenheit also, aber auch in weiter Zukunft, auf einem anderen Planeten oder in einer anderen Dimension, dort wo Zauberei funktioniert, wo keine Maschinen erfunden wurden, wo Götter, Dämonen und andere übernatürliche Wesen real und von bedrohlicher Macht sind.

Geschichten dieses Genres sind reine Unterhaltung. Sie beabsichtigen nicht, soziale und wirtschaftliche Probleme unserer Zeit zu lösen; sie kümmern sich nicht um Fehler, die in der Entwicklungshilfe gemacht werden, oder um Belange der Rentenversicherung, auch nicht um die fortschreitende Inflation. Es ist eine Fluchtliteratur reinsten Wassers, in der der Leser unserer realen Welt entkommen kann. Was ist dagegen einzuwenden? Wie J. R. R. Tolkien einmal sagte: Ein Mensch im Gefängnis braucht schließlich nicht immer nur an Gitter, Zellen und Wärter zu denken.

Die Geschichten dieser Saga haben als Helden einen der populärsten Charaktere, der je in der heroischen Fantasy erdacht wurde. Es ist Conan der Cimmerier, der riesenhafte, unschlagbare, großspurige, prähistorische Abenteurer. Conan erblickte 1932 das Licht der Fantasy-Welt. Sein geistiger Vater war Robert E. Howard (1906–1936) aus Cross Plains, Texas. Robert E. Howard war einer der führenden Abenteuerautoren der Pulpmagazine (die amerikanische Version der Groschenhefte), die in den zwanziger und dreißiger Jahren blühten und gediehen, doch aufgrund der Papierknappheit während des Zweiten Weltkriegs nicht mehr weitergeführt wurden. Nach dem Krieg verdrängte sie dann das Taschenbuch.

Howard schrieb nicht nur Fantasy, sondern auch Science Fiction, Wildwest-, Sport-, Kriminal-Stories ebenso wie historische und orientalische Abenteuergeschichten. Nach anfänglichen Schwierigkeiten hatte er bemerkenswerten Erfolg und erschrieb sich während der Depression Anfang der dreißiger Jahre ein beachtliches Einkommen. Er hatte ein paar gute Freunde in Mittelwest-Texas – von denen sich jedoch keiner etwas aus seinen Stories machte – und einen wachsenden Kreis von Bewunderern, die mit ihm korrespondierten, unter ihnen die führenden Autoren phantastischer Literatur jener Zeit, wie H. P. Lovecraft, Clark Ashton Smith und August Derleth. Obgleich er ein großer, kraftvoller Mann wie seine Helden war, hatte Howard doch seine inneren Schwächen, zu denen eine überstarke Zuneigung zu seiner Mutter und seine Bindung an sie gehörten. Als seine alternde Mutter 1936 im Sterben lag, beendete er seine vielversprechende Karriere mit Selbstmord.

Howards Stories, wenn auch nicht ganz ohne Mängel, heben sich durch spannende Handlung, einen straffen, dichten, farbenprächtigen, lebendigen Stil, ein bewundernswertes Gefühl für Tempo und Action und vor allem durch eine einmalige emotionale Intensität hervor, die den Leser mitreißen. Sein Brieffreund Lovecraft schrieb an E. Hoffmann Price: »Sein wahres Geheimnis liegt darin, daß er selbst in jeder einzelnen (seiner Stories) ist.« Rudyard Kipling, Jack London, Harold Lamb, Talbot Mundy, Arthur D. Howden Smith und Sax Rohmer hatten zwar Einfluß auf ihn, aber Howard erreichte eine eigene einmalige Synthese.

Wie die meisten von Howards Stories sind die Geschichten der Conan-Saga düster im Ton, mit einem feinen Gefühl für die unausweichliche Tragödie des Lebens und die Härte des Daseins in den Welten des Mittelalters und Altertums. Nur selten leuchtet eine Spur von Humor heraus. Trotzdem war Howard durchaus nicht ohne Witz. Er schrieb viele Boxsport- und Wildwest-Stories voller Slapstick-Grenzer-Humor, oft umwerfend komisch. Selbst seine anspruchslosesten Geschichten bereiten dem Leser Vergnügen. Die Bezeichnung ›geborener Geschichtenerzähler‹ trifft auf Howard in vollem Maß zu.

Howard schrieb mehrere Fantasy-Zyklen. Sie erschienen zum größten Teil in dem Magazine Weird Tales, das 1923 erstmalig herausgegeben wurde. Von diesen Serien war die populärste die über Conan den Cimmerier. Sie erschien in den Vereinigten Staaten und zumindest sieben anderen Ländern und wurde immer wieder aufgelegt, noch lange nach dem Tod des Autors und der Einstellung des Magazines, in dem sie zuerst veröffentlicht wurde.

Howard war der führende amerikanische Pionier der heroischen Fantasy. Literatur dieser Art wurde in den achtziger Jahren des neunzehnten Jahrhunderts von dem britischen Maler, Schriftsteller, Architekten, Reformisten, Dekorateur, Poeten, Kunsthandwerker, Kunst- und Buchdrucker William Morris begründet. Anfang des zwanzigsten Jahrhunderts wurde sie durch Lord Dunsany und Eric R. Eddison weiterentwickelt, später durch J. R. R. Tolkien (Der Herr der Ringe) und T. H. White (Der König auf Camelot). Neben Robert E. Howard gehören zu den führenden amerikanischen Autoren dieses Genres Clark Ashton Smith, Catherine L. Moore und Fritz Leiber.

Mit der Einstellung der Magazine Unknown Worlds (1943) und Weird Tales (1945) sah es so aus, als wäre die Fantasy dem Maschinenzeitalter zum Opfer gefallen. In den fünfziger Jahren kam es mit den Buchausgaben von Tolkiens dreibändigem Werk, Der Herr der Ringe, und der Neuauflage der Conan-Stories zu einer zaghaften Wiederbelebung. Doch mit dem Erscheinen der Tolkien-Trilogie und der Howard-Stories im Taschenbuch erwachte ein ungeheures Interesse für Fantasy. Millionen Exemplare beider Serien wurden verkauft, und weitere Autoren wandten sich, deutlich beeinflußt von diesen beiden Schriftstellern, dem Genre zu.

Ich selbst wurde 1952 in diese aufblühende heroische Fantasy verwickelt, als ich im Schrank einer Literatur-Agentur in New York einen Stoß unverkaufter Howard-Manuskripte entdeckte. Unter ihnen befanden sich zwei nichtveröffentlichte Conan-Stories. Das heißt, eine war ursprünglich als Conan-Geschichte geschrieben worden, dann jedoch mit einem anderen Heldennamen in einem Fan-Magazin herausgekommen. Dann waren darunter noch mehrere Abenteuer-Stories mit mittelalterlichem, aber auch neuzeitlichem Hintergrund. Mit Zustimmung der Erben Robert E. Howards redigierte ich die abgelehnten Conan-Geschichten und sorgte für ihre Veröffentlichung. Später schrieb ich vier der im Mittelalter und in der Gegenwart handelnden Geschichten zu Conan-Stories um. Zusammen mit einem schwedischen Fan, Björn Nyberg, verfaßte ich auch einen Conan-Roman, Conan der Rächer.

Ein paar Jahre später hatte ich das Glück, die gesamte Conan-Saga für eine Taschenbuchausgabe vorbereiten zu können. Ich brachte die bis zu diesem Zeitpunkt vorhandenen Conan-Geschichten in chronologische Reihenfolge. Glenn Lord, der Agent der Howard-Erben, entdeckte dann noch weitere nichtveröffentlichte Erzählungen. Eine davon war vollständig, der Rest jedoch nur fragmentarisch, oder es handelte sich lediglich um Synopsen. Meine Kollegen Lin Carter, Björn Nyberg und ich vollendeten bzw. schrieben diese Conan-Stories, schlossen Lücken in der Saga und verfaßten auch eigene Conan-Geschichten. Wir richteten uns dabei nach Hinweisen in Howards Briefen und den Originalgeschichten. Wir haben uns bemüht, Howards Stil und Handlungsaufbau nachzuahmen. Wie gut es uns gelang, muß der Leser selbst beurteilen. Seit die Nachfrage nach Conan-Stories größer geworden ist, als Carter, Nyberg und ich sie befriedigen können, wurden noch weitere Autoren herangezogen, sich im Howard-Stil zu versuchen.

Eine erste Ahnung von der Welt Conans gab eine Reihe von Geschichten, die Howard 1929 verfaßte und die zur Zeit des legendären versunkenen Kontinents Atlantis spielten. Sein Held war ein Steinzeit-Atlanter mit Namen Kull, der zum Festland kam, Soldat in dem zivilisierten Königreich Valusien wurde und zum König dieses Landes aufstieg. Howard schrieb – oder vielmehr begann – dreizehn Kull-Stories, verkaufte jedoch nur drei. Eine dieser Geschichten brachte Kull durch magische Zeitreise in die Ära des piktischen Häuptlings Bran Mak Morn, eines weiteren Howard-Helden, der zur Zeit des Römischen Imperiums lebte. Drei unvollendete Kull-Geschichten wurden später von Lin Carter fertiggestellt.

Da die Kull-Stories keinen übermäßigen Anklang fanden, legte Howard die Idee ad acta. 1931 las Howard jedoch die Artikelserie eines Franzosen über die Atlantis-Legende. Sie regte ihn an, sein Grundkonzept einer prähistorischen Abenteuer-Fantasy-Welt doch weiter auszuarbeiten, doch diesmal in geschliffenerer und besser durchdachter Form. Seinen Helden nannte er Conan. Das war ein alter keltischer Name, den unter anderem mehrere Herzöge des mittelalterlichen Brittanniens trugen. Conan, sagte Howard, »... entstand mit einemmal in meinem Kopf, als ich vor ein paar Jahren in einem kleinen Grenzstädtchen am unteren Rio Grande Rast machte ... Er trat völlig fertig aus dem Nichts und veranlaßte mich, mich sofort daranzumachen, die Saga seiner Abenteuer niederzuschreiben ... Irgendein Mechanismus meines Unterbewußtseins verknüpfte die hervorstechendsten Charaktereigenschaften verschiedener Boxer, Revolvermänner, Alkoholschmuggler, Vormänner auf den Erdölfeldern, Glücksspieler und hartarbeitender Männer, die ich kenne, und daraus wurde die Persönlichkeit, die ich Conan den Cimmerier nenne.«

Als Szenerie für Conan erschuf Howard das hyborische Zeitalter, das etwa zwölftausend Jahre in der Vergangenheit liegt, zwischen dem Untergang von Atlantis und dem Beginn unserer überlieferten Geschichte. Diese Ära erdachte Howard als eine Zeit, in der es Zauberei und übernatürliche Wesen auf der Erde gab. Aufzeichnungen dieser Zivilisation gingen durch Barbareninvasionen und natürliche Katastrophen verloren, nur Mythen und Legenden wurden weitergegeben. Howard arbeitete eine detaillierte, fiktive ›Geschichte‹ dieses hyborischen Zeitalters aus, die mehrere tausend Jahre umfaßt. Etwa in der Mitte dieser Ära lebte, liebte, wanderte und kämpfte Conan seinen Weg empor zum Königsthron.

Howard machte von vornherein klar, daß diese Pseudogeschichte nur den Hintergrund für seine Erzählungen bilden und nicht als ernsthafte Theorie über menschliche Vorgeschichte angesehen werden sollte. Howard war in Geschichte sehr belesen. Er sagte, es bereite ihm Spaß, historische Erzählungen zu schreiben. Es ist bedauerlich, daß er die fünfziger Jahre nicht erlebte, als diese Literaturgattung den Höhepunkt ihrer Popularität erreichte.

Conan war nach Howard ein Sohn des rauhen, barbarischen Landes Cimmerien im Norden. Die Cimmerier nahm er als die Vorfahren der historischen Kelten an. Noch weiter nördlich lagen die subarktischen Lande Vanaheim, Asgard und Hyperborea. Als Conan mit einem Trupp Æsir von Asgard nach Hyperborea vorstieß, geriet er nach einer gespenstischen Schlacht in Gefangenschaft. Nach seiner Flucht zog er südwärts in das Land Zamora, östlich der hyborischen Nationen. Diese Nationen – Aquilonien, Nemedien, Corinthien, Ophir und Koth – waren entstanden, nachdem die Hyborier, eine weitere Gruppe nordischer Barbaren, das Zauberkönigreich Acheron eroberten und auf seinen Ruinen dreitausend Jahre vor Conans Zeit ihre eigenen Reiche errichteten.

In Zamora, Corinthien und Nemedien führte Conan ein gefährliches Leben als Dieb. Sein Ruf begründete sich jedoch mehr auf seine Stärke und seinen Wagemut als auf Geschicklichkeit. Er wurde dieser wenig einträglichen Existenz müde und verdingte sich in der Armee von Turan. Dieses Königreich lag östlich von Zamora, entlang der Westküste des großen Binnenmeers, der Vilayetsee, deren geschrumpfte Überbleibsel wir als das Kaspische Meer kennen. Die Turanier waren eines der Nomadenvölker von Hyrkanien, einem Land, das sich von östlich der See Tausende Meilen bis zum fernen Khitai erstreckte. Hyrkanien befand sich in etwa dort, wo heute die Steppen und Wüsten Zentralasiens liegen.

Als turanischer Soldat lernte Conan Reiten und Bogenschießen und stieg zum Offiziersrang auf. Wegen Schwierigkeiten mit einem Vorgesetzten desertierte er. Nach mehreren erfolglosen Versuchen, zu Beute zu kommen, wanderte er westwärts und diente als Söldner in Nemedien, Ophir und Argos. Konflikte mit dem Gesetz zwangen ihn zu fliehen, diesmal zur See. Als sein Schiff von den schwarzen Korsaren unter der verführerischen shemitischen Piratin Bêlit überfallen wurde, schloß er sich Bêlit bei ihren Raubzügen an der Schwarzen Küste an.

Nach Bêlits Tod nahm Conan seine Karriere als Söldner wieder auf, und zwar zuerst in den schwarzen Ländern, dann in Shem und den hyborischen Nationen. Hin und wieder besuchte er seine cimmerische Heimat und verbrachte eine Zeit als Anführer einer Bande Gesetzloser, den Kozaki der Steppen, zwischen Turan und Zamora. Als die turanische Armee diese Bande aufrieb, kämpfte Conan sich zum Anführer einer Piratenmannschaft hoch, die die Vilayetsee unsicher machte.

Als nächstes wurde Conan Soldat in der Streitmacht des kleinen im Südosten liegenden hyborischen Königreichs Khauran und später Anführer der Zuagir-Nomaden in den Wüstengebieten. Seine Abenteuer brachten ihn weit östlich bis nach Vendhya (etwa das gegenwärtige Indien) und südlich zu den Wüsten zwischen dem finsteren Land Stygien und den äquatorialen Dschungeln. Er schloß sich den Piraten der Barachaninseln an und wurde danach Kapitän eines der Kaperschiffe der zingaranischen Freibeuter.

Als Conans Schiff von zingaranischen Rivalen versenkt wurde, verdingte er sich in Stygien als Söldner. Er suchte und fand auch fast sein lange ersehntes Glück in den halbzivilisierten schwarzen Ländern Keshan und Punt. Schließlich trieb es ihn nordwärts. Er wurde Söldner in Aquilonien, dem mächtigsten der hyborischen Königreiche. Er diente an der piktinischen Grenze, geriet in blutige Scharmützel mit den Wilden des Piktenlands. Für seine Verdienste beförderte man ihn zum General und rief ihn zurück in die Hauptstadt Tarantia.

In Tarantia warf der entartete und eifersüchtige König Numidides Conan in den Kerker. Aber dem Cimmerier gelang es zu fliehen. Er erlebte weitere Abenteuer in der piktischen Wildnis mit den primitiven Eingeborenen und zwei Piratenbanden. Schließlich (im Alter von etwa vierzig Jahren) leitete er einen Aufstand gegen Numidides, tötete ihn und übernahm seinen Thron.

Andere Stories berichten über Conans Abenteuer in seinen mittleren Jahren und im Alter. Aber darüber können Sie anderswo nachlesen. Diese Synopse hier gibt Ihnen die nötige Übersicht, um die Geschichten in diesem Band örtlich und zeitlich einzuordnen.

So wollen wir unsere Klingen wetzen, in unsere Stiefel schlüpfen, uns auf ein flinkes Streitroß schwingen oder auf das krängende Deck einer Karracke, um Conan auf einigen seiner zahlreichen magischen und blutigen Abenteuer zu folgen.

Legion der Toten

Legion der Toten

Lin Carter und L. Sprague de Camp

Der in den düsteren wolkenbedeckten Bergen im nördlichen Cimmerien beheimatete Conan war schon an den Lagerfeuern als Kämpfer bekannt, ehe er fünfzehn Winter gesehen hatte. In jenem Jahr begruben die cimmerischen Stammesbrüder ihre Zwistigkeiten und taten sich zusammen, um die Gundermänner zurückzuschlagen, die, nachdem sie über die aquilonische Grenze vorgedrungen waren, das Grenzfort Venarium errichteten und damit begannen, die südlichen Marschen von Cimmerien zu kolonisieren. Conan war einer aus der heulenden, blutgierigen Horde, die aus den nördlichen Bergen brauste, die Festung mit Feuer und Schwert stürmte und die Aquilonier zu ihrer früheren Grenze zurücktrieb.

Bei der Plünderung von Venarium war Conan, obwohl noch nicht ganz erwachsen, bereits sechs Fuß groß und wog hunderzweiundsiebzig Pfund. Ihm waren die Wachsamkeit und Lautlosigkeit des geborenen Waldläufers eigen, die eiserne Härte des Mannes der Berge, die herkulische Kraft seines Vaters, eines Schmiedes, und eine unfehlbare Fertigkeit mit Messer, Axt und Schwert.

Nach der Plünderung des aquilonischen Außenpostens kehrt Conan eine Weile zu seinem Stamm zurück. Doch die Unvereinbarkeit seines jugendlichen Ungestüms mit Traditionen und Vorschriften verwickeln ihn in eine Auseinandersetzung mit Stammesangehörigen, und es fällt ihm nicht schwer, daraufhin seinen Stamm zu verlassen. Er schließt sich einem Trupp Æsir auf ihrem Feldzug gegen die Vanir und Hyperboreaner an. Einige der hyperboreanischen Zitadellen stehen jedoch unter der Schutzherrschaft einer Kaste gefürchteter Zauberer, Hexenmänner genannt. Es ist eine ihrer Festungen, gegen die Conans Vergeltungstrupp marschiert.

1

BLUT IM SCHNEE

Ein Hirsch stand am Ufer eines seichten Baches. Er hob den Kopf und witterte in der frostigen Luft. Wasser tropfte wie Kristallperlen von seinem Geäse. Die Strahlen der untergehenden Sonne glänzten auf seinem hellbraunen Fell und glitzerten auf den Spitzen seines verzweigten Geweihs.

Welcher Laut oder Geruch das Tier auch immer aufgeschreckt hatte, er wiederholte sich nicht. Schließlich beugte es sich wieder hinab, um von dem kalten Wasser zu trinken, das zwischen den Eisschollen gluckernd dahinfloß.

Zu beiden Seiten des Baches lagen die steilen Böschungen unter dem Neuschnee eines frühen Winters. Dickichte nackter Büsche drängten sich unter den düsteren Zweigen benachbarter Tannen zusammen. Aus dem Wald dahinter drang kein Laut außer dem endlosen Tropfen des schmelzenden Schnees. Der eintönige bleigraue Himmel des endenden Tages schien bis zu den Baumwipfeln herabzuhängen.

Mit tödlicher Genauigkeit zischte ein Speer aus dem Schutz des Waldes und bohrte sich in die Schulter des Hirsches. Das getroffene Tier sprang zur gegenüberliegenden Uferseite, stolperte, spuckte Blut und fiel. Die

Augen verloren ihren Glanz, der Kopf hing schlaff herab, und das heftige Keuchen verstummte. Blut, mit Schaum vermischt, sickerte aus dem hängenden Maul und färbte den jungfräulichen Schnee in leuchtendes Rot.

Zwei Männer kamen aus den Tiefen des Forstes. Sie blieben am Waldrand stehen und schauten suchend durch die verschneite Landschaft. Der größere ältere, offensichtlich ein Mann, gewohnt zu befehlen, war ein wahrer Riese, mit breiten Schultern und langen muskulösen Armen. Selbst der Pelzumhang und das lose Wollhemd darunter konnten die mächtige Brust nicht verheimlichen. Ein breiter Gürtel aus ungegerbtem Leder mit goldener Schnalle hielt die Kleidungsstücke zusammen, und eine Kapuze aus Wolfspelz, ein Teil des Umhangs, hing so tief ins Gesicht, daß sie es fast verbarg.

Doch nun, als er sie zurückschob, um sich umzusehen, kam goldenes, schwach mit Grau durchzogenes Lockenhaar zum Vorschein. Ein kurzer, grob gestutzter Bart desselben Tons bedeckte die breiten Wangen und das kräftige Kinn. Seine Haarfarbe, die helle Haut und die geröteten Wangen sowie die kühnen blauen Augen verrieten, daß er einer der Æsir war. Sein Begleiter unterschied sich auf vielerlei Weise von ihm. Er war kaum mehr als ein Junge, doch groß und muskulös für sein Alter, fast so hochgewachsen wie der Nordmann neben ihm, aber eher mager und drahtig als kompakt. Er war dunkel, wirkte düster und hatte dickes glattes Haar, das am Nacken grob geschnitten war. Die Haut seines finsteren Gesichts war entweder von Natur aus dunkel oder stark sonnengebräunt. Unter den buschigen schwarzen Brauen waren seine Augen genauso blau wie die des Riesen neben ihm, doch während die des goldenhaarigen Kriegers vor Jagdeifer und Freude an der erlegten Beute funkelten, glühten die des finsteren

Jungen wie die eines wilden, hungrigen Raubtiers. Im Gegensatz zu seinem bärtigen Begleiter war sein Gesicht glatt geschabt, allerdings machte sich bereits wieder der Anflug schwarzer Stoppeln am eckigen Kinn bemerkbar.

Der Bärtige war Njal, ein Jarl oder Häuptling der Æsir und Anführer einer Plündererbande, die im eisigen Grenzland zwischen Asgard und Hyperborea berüchtigt und gefürchtet war. Der Junge war Conan, ein Renegat aus den rauhen, wolkenverhangenen Bergen Cimmeriens im Süden.

Nachdem die beiden sich überzeugt hatten, daß sie allein und unbeobachtet waren, traten sie aus dem Schutz der Bäume, kletterten die Uferböschung hinunter und wateten durch die eisige Strömung zu der Stelle, wo ihre Jagdbeute leblos im blutigen Schnee ruhte. Der Hirsch wog fast soviel wie beide Männer zusammen und war mit seinem mächtigen Geweih eine zu unbequeme Last, um ihn zum Lager zurückzuschleppen. Also schaute der Junge grübelnd zu, während der Häuptling sich über das Tier beugte und es mit einem langen Messer zerlegte. Er schälte das Fell zurück und schnitt Schultern, Keulen und das Rippenstück heraus.

»Grab ein Loch, Junge, aber tief«, brummte der Mann.

Conan hackte mit seiner langschäftigen Axt, die er auf dem Rücken getragen hatte, in die gefrorene Böschung. Bis Njal mit dem Zerlegen und Ausnehmen des Hirsches fertig war, hatte Conan ein Loch gehackt, das groß genug war, die unbrauchbaren Stücke aufzunehmen. Während der Nordmann die blutigen Teile im fließenden Wasser wusch, begrub der Junge, was vom Kadaver übrig war, und kratzte den rotgefärbten Schnee mit der gelockerten Erde in die Grube. Dann nahm der Cimmerier seinen Pelzumhang ab und zog ihn mehrmals über das wieder zugeschüttete Loch, um alle Spuren ihrer Arbeit zu verwischen.

Njal wickelte das Fleisch in die frischabgezogene Haut des Hirsches und band den behelfsmäßigen Sack mit einem zu diesem Zweck mitgenommenen Riemen zu. Conan schnitt einen Schößling mit seiner Axt und stutzte ihn zu einem Stock von Manneshöhe, während der Jarl seinen Wurfspeer säuberte, indem er ihn ein paarmal in den Sand des Bachbetts stieß. Dann band Njal den Sack an die Mitte des Stockes, den die beiden auf die Schultern hoben. Um auch die weiteren Spuren zu verwischen, zogen sie Conans Umhang hinter sich her, kletterten die gegenüberliegende Böschung hoch und kehrten in die Tiefe des Waldes zurück.

Hier, entlang der hyperboreanischen Grenze, wuchsen die Nadelbäume hoch, dicht und dunkel. Wo eine Lichtung einen Ausblick gestattete, konnte man ein schier endlos ausgedehntes Hügelland fast schwarzer Tannen sehen, denen nur die frischen Schneemützen ein etwas freundlicheres Aussehen verliehen. Wölfe mit leuchtend grünen Augen schlichen über die nachtdunklen Waldpfade, und über sie hinweg schwebten auf leisen Flügeln große weiße Eulen.

Die beiden wohlbewaffneten Jäger fürchteten sich nicht vor den Tieren des Waldes, doch als ein Bär schwerfällig über einen Pfad vor ihnen stapfte, machten sie einen weiten Bogen um ihn. Wie Gespenster huschten sie durch den finsteren Wald, um zu ihren Kameraden zurückzukehren, die unter einem Bergüberhang ihr Lager aufgeschlagen hatten. Da beide geborene und geübte Waldläufer waren, eilten sie fast geräuschlos dahin und hinterließen kaum Spuren. Selbst die kahlen Büsche raschelten nicht, wenn sie durch sie hindurchschlüpften.

So gut verborgen war das Æsirlager, daß sie zuerst

das Stimmengemurmel um ein verborgenes Feuer hörten, ehe sie es sahen. Doch die wachsamen Posten hatten ihr Kommen sehr wohl bemerkt. Ein älterer Nordmann, dessen Locken silbern glänzten, erhob sich vom Feuer und begrüßte sie schweigend. Das eine Auge blickte hell und scharf; an der Stelle des anderen befand sich eine leere Höhle, die unter einer ledernen Augenbinde verborgen lag. Er war Gorm, ein Barde der Æsir, auf dessen gebeugter Schulter eine Harfe in ihrer Wildlederhülle ruhte.

»Was habt ihr von Egil gehört?« fragte der Häuptling. Er hob die Stange von der Schulter und winkte dem Koch zu, sie wegzubringen.

»Nichts, Jarl«, erwiderte der Einäugige ernst. »Es gefällt mir nicht.« Er bewegte sich unruhig wie ein Gefahr witterndes Tier.

Njal wechselte einen Blick mit dem schweigenden Conan. Vor zwei Tagen, im Schutz einer mondlosen Nacht, war ein Spähtrupp aufgebrochen, um sich ein Bild der trutzigen Burg Haloga zu machen, die nicht allzuweit jenseits der Berge am südöstlichen Horizont lag.

Dreißig Krieger, alle kampferprobte, listige Veteranen, waren unter der Führung Egils des Jägers aufgebrochen, um den Weg und die Verteidigungsmaßnahmen der mächtigen hyperboreanischen Festung zu erkunden. Conan hatte ungebeten seiner Meinung Ausdruck gegeben, daß er es für unklug hielt, ihre Kräfte in dieser Nähe des Feindes so drastisch zu teilen, und Njal hatte den Jungen ziemlich grob zurechtgewiesen. Später, als eine Art Entschuldigung für seine Heftigkeit, hatte der Jarl Conan als seinen Begleiter mit auf die Jagd genommen.

Egils Kundschafter hätten längst zurück sein müssen. Die Tatsache, daß sie immer noch nichts von Egils Trupp gehört hatten, erfüllte Njal mit heimlicher Besorgnis, und er wünschte sich jetzt, er hätte doch auf die Warnung des jungen Cimmeriers gehört.

Njals unbeherrschte Ungeduld, mit der er seine Männer durch die Wildnis zur hyperboreanischen Grenze gehetzt hatte, war nicht grundlos. Vor vierzehn Tagen hatten hyperboreanische Sklavenjäger – Männer mit dem roten Zeichen von Haloga auf ihrer schwarzen Kleidung – seine einzige Tochter Rann entführt.

Mühsam unterdrückte der Jarl einen Schauder, als er über das Schicksal seiner geliebten Tochter und seiner geschätzten Kundschafter nachgrübelte. Die Hexenmänner des dunklen Hyperboreas waren weit und breit ihrer Schwarzen Künste wegen gefürchtet, doch eine fast größere Angst noch flößte allen die sadistische Königin von Haloga ein.

Njal kämpfte gegen die eisige Hand an, die sich um sein Herz klammern wollte, und wandte sich an Gorm, den Skalden. »Sag dem Koch, er soll sich mit der Zubereitung des Fleisches beeilen und es auf Holzkohlen garen, wir dürfen kein offenes Feuer riskieren. Und die Männer mögen dann schnell essen. Bei Einbruch der Nacht machen wir uns auf den Marsch.«

2

DAS GRAUEN AUF DEN ZINNEN

Die ganze Nacht hindurch stapften die Männer von Asgard wie ein Rudel Wölfe, einer hinter dem anderen, über die verschneiten Berge in den klammen, wirbelnden Nebeln Hyperboreas. Anfangs erhellten noch Sterne die Dunkelheit, doch als sie tiefer in das Hügelland kamen, verbarg der kalte Nebel sie, und als schließlich der Mond aufging, war er nur als perlmattes Glimmen zu erkennen, ähnlich seinem Spiegelbild in aufgewühltem Gewässer.

Trotz der Düsternis, die dieses öde, von Sümpfen durchzogene und kaum bewohnte Land einhüllte, nutzte die kleine Streitmacht auch die geringste Deckung, jeden kahlen Busch, jeden verkrüppelten Baum, jedes tintige Fleckchen Schatten, denn Haloga war eine mächtige Festung, die zweifellos gut bewacht wurde. So verzweifelt und racheerfüllt Njal auch war, er wußte doch tief im Herzen, daß seine einzige Hoffnung in der Überraschung lag.

Mond und Nebel hatten sich verzogen, ehe sie Haloga erreichten. Die Burg stand auf einem niedrigen Hügel inmitten eines schüsselförmigen Tales. Gewaltig waren ihre steilen Mauern aus dunklem Stein, und wuchtig wirkte das einzige Tor. Eine zinnengeschützte Brustwehr zog sich über die Hauptmauer. Nur ganz oben in den Türmen sah man Fenster, ansonsten brachen lediglich Schießscharten die megalithischen Mauern.

Njal war klar, daß es schwierig sein würde, diese Festung zu stürmen. Und wo waren die Männer, die er zum Kundschaften vorausgeschickt hatte? Nicht einmal seine scharfäugigen Spurenleser hatten ihre Fährte finden können, denn der Neuschnee verhüllte alles.

»Wollen wir die Mauern erklimmen, Jarl?« fragte ein Krieger, ein Renegat von Vanaheim, falls sein roter Bart nicht trog.

»Nein, der Morgen ist zu nah, verdammtes Pech!« knurrte der Häuptling. »Wir müssen wieder die Nacht abwarten oder hoffen, die Götter lassen die weißhaarigen Teufel sorglos werden und ihre Fallgatter hochziehen. Sag den Männern, sie sollen sich schlafenlegen, wo sie sind, und Schnee über ihre Felle stäuben, damit man sie nicht erkennt. Und sag Thror Eisenhand, sein Trupp übernimmt die erste Wache.«

Njal streckte sich, dicht in seinen Pelz gehüllt, auf dem Boden aus und schloß die Augen. Aber der Schlaf ließ sich Zeit, und als er sich endlich doch seiner erbarmte, brachte er Träume voll Grauen und Bedrohung mit sich.

Conan schlief überhaupt nicht. Eine beunruhigende Vorahnung erfüllte ihn, und er war auch immer noch verärgert, daß er wegen seiner Warnung, den Spähtrupp betreffend, von Njal so zurechtgewiesen worden war. Er war ein Fremder in dieser Bande von Æsir. Eine Blutfehde hatte ihn aus seinem Heimatland vertrieben, und er hatte sich nur mit Mühe einen etwas fraglichen Platz unter diesen blonden Kriegern errungen. Sie erkannten seine Fähigkeit an, Entbehrungen und Ungemach wortlos auf sich zu nehmen, und die Streithähne unter ihnen hatten Respekt vor seinen harten Fäusten, denn trotz seiner Jugend kämpfte er mit der Heftigkeit einer in die Enge getriebenen Wildkatze, und er mußte mit Gewalt von einem Gegner weggezogen werden, wenn er ihn erst einmal zu Fall gebracht hatte. Doch der Cimmerier wollte sich, wie es sich wohl alle Jugendlichen ersehnen, durch eine besonders kühne und heldenhafte Tat die Achtung der Älteren erwerben.

Conan hatte die Fenster in den Türmen bemerkt, die viel zu hoch waren, als daß man sie durch Klettern erreichen konnte, wenn es überhaupt menschenmöglich war, diese Mauern ohne Leiter zu erklimmen. Zwar hatte er in seiner Heimat so manche Steilwand bezwungen, doch da hatten ihm zumindest Unebenheiten vereinzelten Halt für Hände und Füße geboten. Die Steine der Mauern von Haloga dagegen waren fugenlos auf- und aneinandergefügt und so bearbeitet, daß ihre Oberfläche fast glasig glatt war. Von Insekten abgesehen, konnte nichts sich an ihnen halten.

Die Schießscharten befanden sich jedoch weiter unten in den Wänden und schienen deshalb leichter erreichbar zu sein. Die der untersten Reihe waren nicht mehr als etwa drei Mannshoch über dem Boden, um den Bogenschützen ein gutes Zielen zu ermöglichen, wenn die Belagerer sich am Fuß der Mauer zusammendrängten. Sie waren zwar zweifellos viel zu schmal für einen erwachsenen Mann von der mächtigen Statur der meisten Æsir, aber waren sie es auch für einen Jungen wie Conan?

Als das Grau des neuen Tages sich auf das Lager der Æsir herabsenkte, fehlte einer aus ihrer Mitte – der junge cimmerische Renegat Conan. Njal hatte zu viele andere Sorgen, als daß er sich Gedanken über das Schicksal des düsteren Burschen gemacht hätte, dem offenbar die Nerven für den Sturm auf diese Mauern fehlten.

Der Jarl hatte nämlich gerade seine vermißten Kundschafter entdeckt. Sie hingen von den Zinnen. Jetzt, da das erste Tageslicht sich über den Himmel schob und den klammen Nebel vertrieb, der dieses verdammte Land verhüllt hatte, waren sie deutlich zu sehen. Sie lebten noch, doch sie baumelten, manche bereits in Todeszuckungen, in den Schlingen von dreißig Seilen.

Njal stierte zu ihnen hoch, dann fluchte er, bis er keinen Laut mehr aus seiner Kehle brachte und die Nägel sich durch die Hornhaut seiner Handflächen gebohrt hatten. Obgleich es ihm bis in tiefster Seele übel war, konnte er seine Augen nicht von dem grauenvollen Anblick losreißen.

Die ewig junge Königin von Haloga, Vammatar die Grausame, stand schön wie der junge Morgen auf der Brustwehr. Ihr langes helles Haar glänzte, und ihr voller Busen hob sich voll süßer Verlockung unter dem schweren weißen Gewand. Ein sinnliches Lächeln teilte ihre roten Lippen. Die Männer neben ihr waren echte Hyperboreaner, unirdisch fast mit ihrer hageren, langbeinigen Statur, den blassen Augen und den farblosen Strähnen seidigen Haares.

Während die versteckten Æsir, gewürgt von Grimm und hilflosem Grauen, zusahen, wurde den Männern von Egils Trupp mit scharfen Haken und krummen Messern der Garaus gemacht. Sie wimmerten und wanden sich vor Schmerzen, diese blutüberströmten, verstümmelten Wesen, die noch vor zwei Tagen tapfere Krieger gewesen waren. Es dauerte Stunden, ehe der Tod sich gnädig ihrer erbarmte.

Njal, der sich die Lippen blutig gebissen hatte, alterte ungeheuerlich an diesem schrecklichen, endlosen Morgen. Und es gab nichts, das er tun konnte. Ein Führer durfte schließlich nicht einen kleinen Trupp von Männern nur mit Handwaffen gegen hohe Mauern werfen. Hätte er eine große wohlausgerüstete Armee befehligt, die imstande gewesen wäre, sich monatelang zu halten, er hätte mit Rammböcken gegen die Mauern vorgehen, sie mit Katapulten beschießen, mit Tunneln unterhöhlen, Belagerungstürme an sie heranrollen und übersteigen oder die Festung einfach aushungern können. Läge nichts davon im Bereich seiner Möglichkeiten, wären zumindest Sturmleitern von der Höhe der Mauern notwendig gewesen sowie in ausreichender Zahl Bogenschützen und Schleuderer, um die Verteidiger von der Brustwehr zu treiben – und das wichtigste war das Überraschungsmoment.

Doch die Überraschung, der Vorteil, mit dem Njal gerechnet hatte, war ihm jetzt genommen. Die Tatsache, daß die Hyperboreaner Egils Spähtrupp gefangengenommen hatten, bewies, daß sie von der Anwesenheit der Æsir in ihrer Gegend wußten. Die Hexenmänner dieses vom Teufel geschützten Landes mußten durch ihre unheimlichen Künste von der Annäherung eines feindlichen Trupps erfahren haben. Die erschreckenden Legenden über sie waren durch die bluttriefenden Opfer bewiesen, die von den Zinnen hingen. Haloga hatte die ganze Zeit gewußt, daß sich Æsir dort draußen herumtrieben, und nicht einmal die kaltherzigen und rachsüchtigen Götter der Nordlande konnten ihnen jetzt noch helfen.

In diesem Augenblick drang die erste schwarze Rauchschwade aus einem der hohen Turmfenster. Die Folterknechte vergaßen ihre Marterinstrumente, sie schrien erschrocken auf und rannten in ihren schwarzen Gewändern, die um ihre Füße flatterten, eilig davon. Das gelassene, katzengleiche Lächeln um die sinnlichen Lippen der Königin schwand. Eine zaghafte Hoffnung erwachte in der Brust Njals von Asgard.

3

SCHATTEN DER RACHE

Die Mauer zu erklimmen, war weder leichter noch schwieriger gewesen, als Conan erwartet hatte. Nach dem fünfzehnten oder sechzehnten Versuch gelang es ihm endlich, die Schlinge seines Seiles über eine Regenrinne zu werfen, die kunstvoll zum Rachen eines speienden Drachen geformt war. Das Seil, in das er in regelmäßigen Abständen Knoten geknüpft hatte, lockerte sich glücklicherweise weder, noch riß es unter seinem Gewicht.

Als er die Höhe der Schießscharten erreichte, klammerte Conan beide Beine um das Seil und schwang wie ein Kind auf einer Schaukel damit hin und her. Indem er sein Gewicht von einer zur anderen Seite warf, vergrößerte er die Bogenweite. Es ging zwar langsam, aber endlich, bei einem Schwung nach rechts, gelangte er in Reichweite einer der Schießscharten. Beim nächsten Schwung in diese Richtung streckte er eine Hand aus und klammerte sich damit am Mauerwerk fest. Während er das Seil noch in der anderen Hand hielt, schob er einen Fuß in die Schießscharte und folgte mit dem zweiten. Langsam und vorsichtig verlagerte er sein Gewicht, bis er auf dem Sims saß, die Beine nach innen hängend. Mit der Linken hielt er nach wie vor das Seil fest, denn ließe er es los, würde es irgendwo außerhalb seiner Reichweite hängen, falls er es bei einer hastigen Flucht wieder benötigte.

Die Schießscharte war für Conan in seiner gegenwärtigen Stellung zu eng, um sich hindurchzuzwängen. Bereits jetzt saßen seine schmalen Hüften eingekeilt in der Öffnung, die sich nach außen ein wenig erweiterte, um dem Verteidiger ein breiteres Schußfeld zu gewähren. Also drehte er sich seitlich und wand Hüften und Mitte durch die Scharte, doch als er Arme und Brust hindurchziehen wollte, ballte sein wollenes Hemd sich unter den Achselhöhlen zusammen und hinderte ihn am Weiterkommen. Das wäre bestimmt ein erheiterndes Bild für die Hexenmänner, dachte er, wenn sie ihn so eingekeilt vorfänden. Er sah sich schon für immer in dieser steinernen Zwinge gefangen. Selbst wenn man ihn nicht entdeckte, würde er des Hungers und Durstes sterben und gutes Futter für die Raben abgeben.

Er nahm all seine Zuversicht zusammen und überlegte, daß er sich vielleicht, in dem er alle Luft aus seiner Lunge drückte, gerade hindurchzwängen konnte. Er holte ein paarmal tief Luft, als bereitete er sich vor, unter Wasser zu schwimmen, dann atmete er aus und wand sich vorwärts, bis seine tastenden Füße festen Boden unter sich fanden. Jetzt drehte er den Kopf und quetschte ihn durch den inneren Rand des Schlitzes. Atemlos fiel er auf den rauhen Holzboden. In seiner Aufregung hatte er das Seil losgelassen. Es schlängelte sich durch die Scharte. Just bevor es ganz hindurch war, gelang es ihm, es wieder zu fassen.

Conan stellte fest, daß er sich in einer kreisrunden Kammer, einer Schützenstellung, befand, die glücklicherweise leer war. Als er sich in der Düsternis umsah, entdeckte er einen einfachen Hocker, der der Bequemlichkeit des Verteidigers diente. Er zog ihn näher an die Schießscharte und befestigte das Seilende an einem Hockerbein, so daß der schwere Holzsitz zum Anker wurde. Dann streckte er seine verkrampften Muskeln. Er mußte, als er sich durch den Schlitz zwängte, mehrere Handbreit Haut am inneren Mauerwerk der Scharte gelassen haben.

Genau gegenüber der Schießscharte befand sich ein runder Türbogen in der Wand. Conan zog sein langes Messer aus der Hülle und schlich durch die Öffnung. Hinter dem Türbogen führte eine Wendeltreppe nach oben. Die vereinzelten Fackeln, die in Halterungen an der Wand steckten, trugen nur wenig dazu bei, die fast greifbare Finsternis zu durchdringen.

Schritt um Schritt, dicht an die Wand gepreßt, um zu lauschen, arbeitete Conan sich durch viele Gänge zur inneren Festung vor, in der möglicherweise Gefangene von hoher Stellung und Wert festgehalten werden mochten. Der Tag war nun schon lange angebrochen, obgleich wenig Licht durch die Schießscharten und schmalen Fenster in diese dicken Steingelasse drang. Aus den Schmerzensschreien, die dumpf zu hören waren, schloß der cimmerische Jüngling, womit die Hexenmänner sich auf der Brustwehr beschäftigten.

In einem Korridor, der nur schwach von Fackeln erhellt wurde, fand Conan endlich sein Opfer – zwei, um genauer zu sein. Sie bewachten ein Verlies. So wie sie aussahen, erkannte er, daß die alten Geschichten, die man sich erzählte, doch wohl wahr sein mußten. Er hatte Cimmerier gesehen und Gundermänner und Aquilonier und Æsir und Vanir, doch nie zuvor Hyperboreaner aus solcher Nähe, und ihr Anblick ließ fast sein Blut in den Adern stocken.

Wie Teufel aus einer achtlosen Hölle erschienen sie ihm mit ihren weißen Gesichtern, dem langen Kinn, den blassen, seelenlosen Bernsteinaugen und dem Haar wie farbloser Flachs. Ihre hageren Gestalten waren völlig in Schwarz gekleidet, aus dem sich nur das rotgestickte Zeichen von Haloga von ihrer knochigen Brust abhob. Conan erschien dieses Zeichen einen Augenblick lang wie die blutigen Spuren eines aus der Brust gerissenen Herzens, das dieses grauenvolle Mal hinterlassen hatte. Der abergläubische Junge war fast bereit, den alten Legenden zu glauben, daß diese Männer leere Kadaver waren, die von Dämonen aus den Tiefen einer schwarzen Hölle belebt wurden.

Doch sie hatten Herzen, und wenn sie verwundet wurden, bluteten sie. Sie konnten auch getötet werden, stellte er fest, als er sich auf sie warf. Der erste quiekte bei dem katzenschnellen Angriff und sackte auf den Boden. Er starb mit dem schnellen Messer des Cimmeriers in seiner Brust.

Der zweite Wächter stierte den Angreifer einen Herzschlag lang erstarrt und mit weit offenem Mund an. Dann stieß er mit dem Fuß nach ihm und griff nach seinem Schwert. Doch Conans Messer stieß wie eine Schlangenzunge zu und durchschnitt die Kehle des Hyperboreaners.

Conan nahm ihre Waffen und zerrte die Leichen in ein leeres Verlies. Er häufte Stroh auf sie, das schmutzig herumlag. Dann spähte er in den Raum, den sie bewacht hatten.

Ein hochgewachsenes Mädchen mit milchweißer Haut, klaren blauen Augen und langem, glattem Haar von der Farbe reifen Weizens stand stolz aufgerichtet in der Mitte ihres Verlieses und erwartete ihr Geschick. Obgleich die jungen festen Brüste sich vor Aufregung heftig hoben und senkten, verrieten ihre Augen keine Furcht.

»Wer bist du?« fragte sie.

»Conan, ein Cimmerier. Ich gehöre zu deines Vaters Trupp«, sagte er in ihrer Sprache, doch mit einem Akzent, der ihr fremd war. »Das heißt, wenn du Njals Tochter bist.«

Sie hob ihr Kinn. »Ich bin Rann Njalsdatter.«

»Gut«, brummte er. Er steckte den Schlüssel, den er den toten Hexenmännern abgenommen hatte, in das Schloß. »Ich bin hier, um dich zu holen.«

»Allein?« Ihre Augen weiteten sich ungläubig.

Conan nickte nur. Er griff nach ihrer Hand und führte das Æsirmädchen hinaus auf den Korridor, wo er ihr eines der beiden erbeuteten Schwerter gab. Mit ihr hinter sich und seiner neuen Waffe kampfbereit in der Rechten, kehrte er vorsichtig den Weg zurück, den er gekommen war.

Wachsam und leise wie eine Wildkatze schlich er durch die Korridore, während der Blick seiner funkelnden Augen die Wände entlang huschte und an den vereinzelten Türen kurz haften blieb. In dem flackernden Fackellicht wirkten seine Augen wie die eines unzähmbaren Raubtiers.

Conan war klar, daß die Hexenmänner sie jeden Augenblick entdecken konnten, denn ganz sicher befanden sich nicht alle Bewohner der Burg mit den Folterknechten oben auf der Brustwehr. Tief in seinem Herzen stieß er ein lautloses Gebet an Crom, den erbarmungslosen Gott seiner wolkenverhangenen Heimat, hervor und flehte ihn an, das Mädchen und ihn unentdeckt durch die Schießscharte gelangen zu lassen, durch die er gekommen war.

Wie ein Schatten huschte der junge Cimmerier durch die düsteren Gänge, die sich jetzt den Rundungen der Kurtine anpaßten. Und Rann folgte ihm wie auf weichen Katzenpfoten. Die Fackeln flackerten und rauchten in ihren Halterungen, und die dunklen Zwischenräume schienen von Bösem belebt zu sein.

Sie stießen auf niemanden, doch Conan hatte ein ungutes Gefühl. Gewiß, sie hatten bisher Glück gehabt, aber wie leicht mochte es jeden Augenblick enden. Wenn sie es nur mit zwei oder drei Hexenmännern zu tun bekamen, konnten sie sich möglicherweise den Weg freikämpfen, denn die Frauen der Æsir waren keine verwöhnten Puppen, sondern geübte und kühne Schwertkämpferinnen. Sie standen oft in der Schlacht Schulter an Schulter mit ihren Männern, und wenn sie kämpfen mußten, taten sie es mit der Wildheit von Tigerinnen.

Aber wenn sie sechs oder gar einem Dutzend Hexenmännern in die Arme liefen, was dann? So jung er war, wußte Conan doch, daß kein Sterblicher, so geschickt er auch mit dem Schwert umzugehen wußte, alles gleichzeitig im Auge behalten konnte. Und während sie sich hier in diesen dunklen Gängen wehrten, würde sicherlich in der ganzen Burg Alarm geschlagen werden.

Sie brauchten unbedingt etwas, das von ihnen ablenkte. Eine der Fackeln, an denen sie vorübereilten, brachte den Jungen auf eine Idee. Die Fackeln waren in Pech getaucht, um lange und langsam zu brennen, aber sie brannten beständig und ließen sich nicht so leicht löschen. Conan schaute sich um. Die Wände der Burg waren aus Stein, doch die Bodenbretter und Stützbalken aus Holz. Ein zufriedenes Lächeln schob sich über sein grimmiges Gesicht.

Er mußte nur noch einen Lagerraum finden. Und so spähte er durch offene Türen, während sie weiterliefen. Ein Raum war leer, ein anderer enthielt zwei unbenutzte Betten, ein dritter schien eine Art Rumpelkammer für beschädigte Waffen und andere Metallgegenstände zu sein, die einer Reparatur bedurften.

Die Tür zum nächsten Zimmer stand nur einen Spalt offen, und es war finster im Innern. Conan schob die Tür weiter auf. Ihre Angeln quietschten ein wenig. Doch hastig zog er sich wieder zurück, denn in dem dunklen Raum stand ein Bett, und in dem Bett lag ein schlafender Hexenmann. Hinter ihm, auf einem Hocker, standen ein paar Fläschchen. Conan nahm an, daß sie Medizin enthielten und der Schlafende krank war. Er ließ ihn ungestört weiterschnarchen.

Hinter der nächsten Tür befand sich der ersehnte Lagerraum. Während Conan vom Gang aus hineinspähte, hörte er näherkommende Schritte und Stimmen. Er wirbelte herum und fletschte die Zähne. Drängend winkte er Rann zu.

»Hinein!« flüsterte er.

Die zwei schlüpften in den Lagerraum, und Conan schloß die Tür hinter sich. Da das Zimmer keine Fenster hatte, mußten sie in absoluter Dunkelheit abwarten. Sie lauschten den schweren Schritten der näherkommenden Hyperboreaner. Bald kamen die Hexenmänner an der Tür vorbei. Sie unterhielten sich in ihrer gutturalen Sprache, und schließlich verklangen die Schritte.

Als alles wieder still war, holte Conan tief Atem. Das hyperboreanische Schwert in der Rechten bereit, öffnete er die Tür einen Spalt und dann weiter, als er sah, daß der Korridor leer war. Durch die offene Tür drang ein wenig des Fackellichts vom Gang. Es genügte gerade, ihn den Inhalt des Raumes erkennen zu lassen. Frische Fackeln waren hier aufgestapelt, ein Faß Pech stand in einer Ecke, und Stroh, mit dem die Verliese statt mit Teppichen ausgelegt wurden, lag aufgehäuft herum.

Conan brauchte nicht lange, das Stroh über den ganzen Raum zu verstreuen und das Pech darüber zu leeren. Dann schoß er hinaus auf den Gang, riß die Fackel aus der nächsten Halterung und warf sie auf den Zündstoff am Boden. Fröhlich prasselnd fraßen die Flammen sich durch das Stroh und spuckten schwarzen Rauch auf den Korridor.

Vom Kopf bis zu den Stiefeln voller Pech und heftig hustend, griff Conan nach Ranns Hand und rannte mit ihr die Wendeltreppe hinunter und in die runde Kammer, durch die er hereingekommen war. Conan hatte keine Ahnung, wie lange es dauern würde, bis die Hexenmänner bemerkten, daß ihre Burg brannte, aber er setzte seine ganze Hoffnung darauf, daß die Flammen ihre volle Aufmerksamkeit auf sich zogen, während Retter und Gerettete sich durch den engen Schlitz wanden und das Seil hinunter in die Sicherheit des gefrorenen Bodens kletterten.

4

WAS SIE VERFOLGTE

Jarl Njal brüllte vor Freude und drückte das gleichzeitig lachende und weinende Mädchen an seine mächtige Brust. Doch selbst in seinem Überschwang nahm der Häuptling sich Zeit, tief in Conans Augen zu schauen und dem Jungen einen freundschaftlichen Schlag auf die Schulter zu versetzen, der einen anderen seines Alters von den Füßen gerissen hätte.

Während sie zu dem Æsirlager unter der Deckung

der schneegekrönten Tannen eilten, beschrieb der Junge in knappen Worten sein Abenteuer. Doch Worte waren kaum nötig. Hinter ihnen verdunkelten Rauch- und Rußwolken den Nachmittagshimmel, und das Krachen und Bersten brechenden Holzes und feuergeschwärzten Mauerwerks hallte wie Donner in den fernen Bergen. Zweifellos würde es den Hexenmännern gelingen, einen Teil ihrer Festung zu retten, obgleich gewiß schon viele der hageren flachshaarigen Teufel der Feuersbrunst zum Opfer gefallen sein mußten.

Ohne Zeit zu vergeuden, befahl Njal seinen Männern, sich auf den langen Heimweg nach Asgard zu machen. Erst wenn er und sein Trupp sich tief in ihrem eigenen Land befanden, konnten die Æsir sich sicher vor der Rache der Hyperboreaner wähnen. Ohne Zweifel würden diese sie verfolgen, doch im Augenblick waren die Bewohner von Haloga mit Lebenswichtigerem beschäftigt.

Die Æsir beeilten sich mit dem Aufbruch und gaben ihre Deckung um der Geschwindigkeit willen auf. Da das Antlitz der langsam untergehenden Sonne noch über den Baumwipfeln hing, gelang es ihnen gewiß, so manche Meile zwischen sich und die Burg zu bringen, ehe die frühe Nordnacht sich herabsenkte.

Auf der Brustwehr von Haloga schaute die zeitlos schöne Königin Vammatar ihnen nach. Ihre jaspisfarbigen Augen glühten in kaltem Haß, und ein böses Lächeln verzerrte ihre Lippen.

Es gab wenig Grün in diesem flachen Sumpfland und auf den niedrigen Hügel, und das bißchen Gras, das zu finden gewesen wäre, lag verborgen unter einer Schneedecke. Als die Sonne sich dem Horizont näherte, wanden sich klamme, würgende Nebelschwaden aus den Sumpfweihern, und eine kalte Hand schien sich um die Herzen der Männer zu legen. Nur wenige Anzeichen von Leben sahen sie, lediglich zwei hyperboreanische Sklaven, die bei ihrem Anblick eilig flohen und im Nebel verschwanden.

Hin und wieder drückte einer der Æsir ein Ohr an den Boden, aber kein Hufschlag war zu vernehmen. Sie hasteten weiter, rutschten und stolperten unsicheren Fußes auf der gefrorenen holprigen Fläche. Doch ehe noch der Tag sich in seinen eisigen Umhang hüllte, um sich zur Ruhe zu begeben, blickte Conan zurück und schrie: »Jemand folgt uns!«

Die Æsir hielten an und starrten in die Richtung, in die der Junge gedeutet hatte. Anfangs sahen sie nichts als die endlose hügelige Ebene, deren Horizont hinter dichtem Nebel verborgen war. Dann rief ein Nordmann, dessen Augen besser als die seiner Kameraden waren:

»Er hat recht. Männer verfolgen uns, zu Fuß. Sie sind vielleicht eineinhalb Meilen hinter uns.«

»Kommt!« knurrte Njal. »Wir werden heute nacht kein Lager machen. In diesem Nebel wäre es eine Leichtigkeit für den Feind, unbemerkt an uns heranzukommen, und wenn wir noch so viele Posten aufstellen.«

Der Trupp stolperte weiter, während die gierigen Nebelschleier die Sonne verschlangen. Die Æsir kämpften sich lange durch die Finsternis, ehe der Mond aufging, durch den Nebel nur schwach sichtbar, und sein Schein auf bewegliche Schatten fiel. Es waren die Verfolger, mehr an der Zahl und bereits näher, als sie gedacht hatten.

Njal, ein Mann von eiserner Konstitution, stapfte mit seiner erschöpften Tochter auf den Armen dahin. Keinem anderen hätte er diese kostbare Last anvertraut. Trotz all der überschüssigen Kraft der Jugend schmerzten Conan jeder Knochen und jeder Muskel, während er dem riesenhaften Jarl auf dem Fuß folgte. Die anderen hielten, ohne zu murren, das kraftraubende Tempo. Ihre Verfolger schienen im Gegensatz zu ihnen absolut nicht zu ermüden. Die Streitmacht von Haloga kam immer näher. Njal fluchte heiser und drängte seine Männer zu noch größerer Eile. Aber so sehr sie sich auch anstrengten, sie waren bald am Ende. Es würde nicht mehr lange dauern, und sie mußten anhalten, um sich dem Feind zu stellen, obgleich dem Jarl natürlich klar war, was es bedeutete, wenn ermüdete Krieger sich in fremdem Gebiet einer Übermacht stellen mußten. Aber sie hatten nur die Wahl, zu kämpfen oder sich niedermetzeln zu lassen.

Jedesmal wenn sie die Kuppe eines niedrigen Hügels erreichten, der in sein mondversilbertes Wintergewand gehüllt war, konnten sie die schweigende Masse ihrer Verfolger, fast das Doppelte ihrer eigenen Anzahl, wieder ein Stück näher sehen. Etwas an ihnen war seltsam, doch weder Njal noch Gorm, noch sonst einer von ihnen wurde sich klar, was mit ihnen nicht stimmte.

Als die Jäger nahe genug heran waren, bemerkten die Gejagten, daß nicht alle des gewaltigen Trupps Hexenmänner waren, denn die Angehörigen dieser Rasse waren im Durchschnitt größer und hagerer als die Nordmänner. Viele der Verfolger hatten breite Schultern, kräftige Statur und trugen die gehörnten Helme der Æsir und Vanir. Eine unheimliche Vorahnung, ein Gefühl der Verzweiflung, ließ Njal unwillkürlich erschauern.

Das andere Ungewöhnliche an diesen Verfolgern war ihre Art zu marschieren …

Gerade voraus erspähte Njal einen Hügel, der höher war als die meisten Erhebungen dieses verhältnismäßig flachen Landes. Seine Augen leuchteten auf. Der Kamm würde eine gute Verteidigungsstellung abgeben, obgleich der Häuptling sich wünschte, der Hang wäre höher und steiler, um den Gegner zu zwingen, in seinem Sturm geradewegs in die Waffen der Æsir zu laufen. Doch wie dem auch war, die Verfolger befanden sich ihnen schon so knapp auf den Fersen, daß sie sich ihnen sehr bald stellen mußten.

Njal hob das Mädchen jetzt auf seine Schulter und drehte sich um. Aus heiserer Kehle brüllte er: »Auf jenen Berg, Männer! Lauft! Dort werden wir es ihnen zeigen!«

Die Æsir stapften den nebligen Hang empor und sammelten sich auf seiner Kuppe. Jeder einzelne freute sich, nicht länger einen des Marsches müden Fuß vor den anderen setzen zu müssen. Und wie bei jedem echten Krieger gab der Gedanke an den bevorstehenden Kampf ihnen neuen Mut.

Thror Eisenhand und die anderen Unterhäuptlinge ließen Lederflaschen mit Wein und Wasser herumgehen, obgleich von beidem nur noch wenig vorhanden war. Die Nordmänner rasteten, schöpften Atem und legten ihre Bogen zurecht. Die Langschilde aus Weidenrohr und Fell, die sie über ihre Rücken geschlungen hatten, bauten sie nun als Schildwall rings um den Hügelkamm auf. Der einäugige Gorm nahm seine Harfe aus der Hülle und sang mit melodischer Stimme ein altes Schlachtlied:

Unsere Klingen, geschmiedet in Flammen so heiß,
die um die Gluten der Hölle spielen,
sind erkaltet in tiefen Flüssen aus Eis,
wo der Männer Gebeine liegen so weiß,
die im Kampf mit unsern Vätern fielen.

Doch die Rast war ihnen nur eine kurze Weile vergönnt. Aus dem Nebel tauchte eine Schar finsterer Gestalten auf und stieg gleichmäßigen, rhythmischen Schrittes den Hang empor, Männern gleich, die schlafwandeln, oder auch Marionetten, die an Fäden bewegt werden. Der Speerhagel, der ihnen vom Kamm entgegenprasselte, hielt sie nicht im geringsten auf. Sie warfen sich ungeachtet der Geschosse gegen den Schildwall. Blanker Stahl blitzte im schwachen Mondschein. Die Angreifer hieben mit Schwertern, Äxten und Streithämmern auf die Nordmänner ein und durchtrennten und zerschmetterten Fleisch und Knochen.

Njal, in vorderster Reihe, stieß den alten Schlachtruf der Æsir aus, und hieb mächtig auf seinen Gegner ein. Dann hielt er blinzelnd inne, während er glaubte, das Herz müßte ihm stillstehen. Denn der Mann, gegen den er kämpfte, war kein anderer als sein eigener Unterhäuptling, Egil der Jäger, der am Morgen dieses selben Tages am Ende eines baumelnden Stricks an den Mauern Halogas einen grauenvollen Tod gefunden hatte. Der Schein des bleichen Mondes fiel unverkennbar auf die vertrauten Züge, und alles in Jarl Njal verkrampfte sich.

5

»MENSCHEN KÖNNEN NICHT ZWEIMAL STERBEN!«

Ja, das Gesicht, das unbewegt in sein eigenes starrte, war zweifellos sein alter Kamerad. Das bewies unter anderem auch die weiße Narbe über Egils Brauen, die er sich vor fünf Sommern bei einem Kampf gegen die Vanir zugezogen hatte. Doch die blauen Augen Egils erkannten seinen Jarl nicht. Diese Augen waren so kalt und leer wie der Himmel der sternenlosen Nebelnacht.

Njal faßte sich und bemerkte die ungeheure Wunde in der nackten Brust, wo vor noch gar nicht so vielen Stunden das lebende Herz viel zu früh herausgerissen worden war. So sehr ihn auch Abscheu vor dem erfüllte, was er vor sich sah, wurde Njal nun doch klar, daß, wie viele Wunden er seinem Gegner auch zufügen mochte, keine bluten würde. Genausowenig wie die Leiche seines alten Freundes den bitteren Kuß des Stahles spürte.

Hinter dem toten, doch kämpfenden Æsir stolperte ein halb verkohlter Hexenmann den Hang empor. Sein Gesicht war eine grinsende Maske des Grauens. Das, dachte Njal, ist zweifellos ein Bewohner Halogas, der im heutigen Feuer umgekommen war.

»Verzeih mir, Bruder«, flüsterte Njal durch zusammengepreßte Lippen, als er mit weitausholender Klinge die Knie der wandelnden Leiche durchtrennte. Wie eine Marionette, deren Fäden losgelassen worden waren, rollte der verstümmelte Körper rückwärts den Hang hinunter. Doch sofort nahm der Kadaver des grinsenden Hexenmanns seinen Platz ein.

Der Häuptling der Æsir kämpfte mechanisch, doch ohne Hoffnung. Denn wie kann man den Sieg erringen, wenn der Gegner Tote belebt und in den Kampf schickt?

Überall am Kamm schrien Njals Männer bestürzt auf, als sie feststellten, daß sie gegen die wandelnden Leichen ihrer eigenen Kameraden kämpften, die am Strick und unter den Messern der Hyperboreaner ein grausames Ende gefunden hatten. Doch in der gespenstischen Streitmacht, die sich gegen sie warf, befanden sich auch andere. Seite an Seite mit Hexenmännern, die unter den eingefallenen Mauern gestorben waren oder in der Feuersbrunst den Tod gefunden hatten, stapften auch Leichen, die lange schon unter der Erde gelegen hatten und aus deren bleichem, zerfressenem Fleisch Würmer krochen und zuckend auf den Boden fielen. Diese Toten warfen sich ohne Waffen auf die Æsir. Ihr Gestank war schier unerträglich, und das Grauen übermannte alle, außer die Stärksten. Selbst der alte Gorm spürte die eisige Hand der Furcht um sein Herz. Sein Schlachtgesang verstummte.

»Ihr Götter, so helft uns!« murmelte er. »Wie wollen wir noch hoffen, wenn wir unsere Klingen mit den Toten messen müssen? Menschen können nicht zweimal sterben!«

Die vordere Reihe der Æsir gab nach, als Welle um Welle der wandelnden Leichen sie überschwemmte, und ein Krieger nach dem anderen ging zu Boden. Die Leichen, die sie nun überfielen, trugen keine Waffen. Sie kämpften mit ihren nackten Knochenhänden und zerrissen die Lebenden mit ihren eisigen eisenharten Klauen.

Der Cimmerier stand in der zweiten Reihe. Als der kräftige Krieger vor ihm fiel, brüllte Conan auf, mit einer Stimme, so mächtig wie der Nordwind, und sprang nach vorn, um die Lücke in der schwankenden Reihe zu füllen. Mit einem Schwung des eroberten hyperboreanischen Schwertes durchtrennte er den Hals des Gerippes, das das Leben aus dem Nordmann zu seinen Füßen quetschte. Der totenschädelgleiche Kopf rollte grinsend den Hügel hinab.

Da stockte Conans Blut schier vor Grauen, denn auch enthauptet erhob sich der lange schon tote Kadaver und tastete mit Knochenhänden nach ihm. Trotz des Grauens, das ihm die Härchen am Nacken aufstellte, stieß Conan den Stiefel in die weißen Rippen, die durch das verrottete Fleisch schauten. Die Leiche stolperte rückwärts, fing sich und kam mit ausgestreckten Klauen wieder auf ihn zu.

Der Cimmerier hielt sein Schwert nun mit beiden Händen und legte seine ganze Kraft in einen mächtigen Hieb. Die Klinge schnitt durch die fleischlose Mitte des Skeletts und durchtrennte das Rückgrat, und das halbierte Knochengerüst stürzte zu Boden. Im Augenblick hatte Conan keinen weiteren Gegner. Er atmete schwer und warf seine rabenschwarze Mähne zurück, ehe er sich umschaute.

Njal war gefallen, doch nicht ohne ein Dutzend der leblosen Feinde zerhackt mit sich zu nehmen. Heulend wie ein Wolf nahm der alte Gorm seinen Platz in der schwankenden Reihe ein und schwang seine Streitaxt mit tödlicher Fertigkeit. Doch die Reihe brach, die Schlacht näherte sich ihrem Ende.

»Tötet nicht alle!« erschallte eine kalte Stimme, von eisigem Wind getragen, in der Stille. »Bringt, wen ihr könnt, als Sklaven zurück.«

Conan kniff die Augen zusammen und erspähte durch die Nebelschleier die Sprecherin. Es war Königin Vammatar, die in wollendem, schneeweißem Gewand auf einem hohen Rapphengst saß. Conan zitterte am ganzen Leib, als ihm bewußt wurde, daß die Legion der wandelnden Toten ihrem Wort gehorchte.

Plötzlich tauchte Rann an seiner Seite auf. Tränen benetzten ihre Wangen, doch ihre blauen Augen verrieten keine Furcht. Sie hatte ihren Vater und Gorm unter dem Ansturm des grauenvollen Gegners fallen sehen und sich einen Weg durch das Getümmel zu dem jungen Cimmerier gebahnt. Sie hob ein herrenloses Schwert auf und machte sich bereit, kämpfend zu sterben. Doch, wie als Gabe Croms, kam Conan eine Idee. Die Schlacht war bereits verloren. Er und die überlebenden Æsir würden so sicher, wie die Nacht dem Tage folgte, in die Sklavenpferche der Hyperboreaner gebracht werden. Doch etwas mochte noch aus den Ruinen all ihrer Hoffnung gerettet werden.

Er wirbelte herum, hob das Mädchen hoch und warf es sich über die Schulter. Dann stieß und hieb er sich einen Pfad durch den Feind, den leichenbestreuten Hang zum Fuß des Berges hinab, wo die Königin auf ihrem Rappen mit einem grausamen Lächeln auf das Ende der Schlacht wartete.

In der Schwärze unter den wirbelnden Nebelschwaden bemerkte Vammatra, deren Augen gehoben waren, um nichts vom Kampf auf dem Kamm zu versäumen, die lautlose Annäherung des Cimmeriers nicht. Auch das Mädchen sah sie nicht, das er auf dem zertrampelten Schnee absetzte. Keine Vorahnung erfüllte sie, ehe eisenharte Finger sich um Arm und Schenkel legten. Sie kreischte vor Schrecken und Wut, als sie von ihrem Roß gezerrt wurde. Mit einem heftigen Schwung schleuderte Conan die Königin von sich, so daß sie in den eisigen Sumpf platschte. Dann hob er die protestierende Rann in den leeren Sattel.

Ehe er sich jedoch hinter ihr auf das tänzelnde Pferd schwingen konnte, eilten mehrere der lebenden Leichen auf Befehl ihrer Königin herbei, packten Conan von hinten und klammerten sich wie Blutegel an seinen linken Arm.

Mit übermenschlicher Anstrengung, ehe die nach Fäulnis stinkenden Toten ihn zu Boden zerren konnten, hieb er mit der flachen Klinge auf das Hinterteil des Hengstes. »Reit, Mädchen, reit!« brüllte er. »Nach Asgard und in die Sicherheit!«

Der Rappe bäumte sich auf, wieherte und raste über die neblige schneebedeckte Ebene. Rann legte die Arme um den Hals des Pferdes und preßte ihre tränennassen Wangen gegen seinen warmen Nacken, bis ihr langes blondes Haar mit seiner flatternden schwarzen Mähne eins wurde.

Als der Hengst am Ende des Hügels nach Westen abbog, warf sie noch einen Blick über die Schulter zurück. Sie sah den tapferen Jüngling, der zweimal ihr Leben gerettet hatte, kämpfend unter einem Haufen Kadaver zu Boden gehen. Königin Vammatar, deren weißes Gewand mit Schlamm besudelt war, stand mit einem bösen Lächeln auf den Lippen im eisigen Mondschein. Und dann verbargen der Hügel und die Nebelschwaden gnädig die grauenvolle Szene des Gemetzels.

Etwa zwanzig überlebende Æsir schleppten sich ostwärts im bleichen Mondlicht über die Ebene. Ihre Arme waren mit ungegerbten Lederstreifen auf den Rücken gebunden. Die wandelnden Toten – jene, die in der Schlacht nicht zerstückelt worden waren – umzingelten die Gefangenen. Am Kopf des gespenstischen Zuges marschierten zwei Gestalten: Conan und Königin Vammatar.

Bei jedem Schritt hieb die Königin, deren schönes Gesicht von Wut verzerrt war, mit der Reitpeitsche auf den jugendlichen Cimmerier ein. Rote Striemen liefen kreuz und quer über sein Gesicht und seinen Körper, doch er marschierte mit hocherhobenem Kopf und gestrafften Schultern, obgleich er wußte, daß noch keiner die Sklavenpferche dieses verfluchten Landes lebend verlassen hatte. Es wäre einfach gewesen, die Königin zu töten, als er sie von ihrem Pferd zog, aber in seinem Heimatland geboten die Sitten Ritterlichkeit gegenüber den Frauen, und er konnte nicht vergessen, was ihm angeboren und anerzogen worden war.

Als der Nebel im Osten mit dem Erwachen des neuen Morgens verblaßte, erreichte Rann Njalsdatter die Grenze von Asgard. Ihr Herz war schwer, aber sie entsann sich der letzten Strophe des Liedes, das Gorm im Nebel unter dem bleichen Mond gesungen hatte.

Besiegt ihr uns auch und bringt uns den Tod,
uns Nordmänner bricht kein Schmerz.
Bringt ihr uns Ketten, Folter und Not,
Vergießt unser Blut in Strömen so rot,
ist doch stolz und frei unser Herz.

Die tapferen Worte dieses Kampfliedes richteten sie auf und verliehen ihr neuen Mut. Ungebeugt, den Kopf hoch erhoben, ritt sie im jungen Morgen nach Hause.

Das Volk des Gipfels

Das Volk des Gipfels

Björn Nyberg und L. Sprague de Camp

Nach ein oder zwei Jahren eines gesetzlosen Lebens als Dieb in Zamora, Corinthien und Nemedien versucht der inzwischen zwanzigjährige Conan, sich auf verhältnismäßig ehrliche Weise seinen Unterhalt als Söldner im Dienst König Yildizs von Turan zu verdienen. Aufgrund der Ereignisse, die in der Geschichte ›Die Stadt der Schädel‹ beschrieben sind, und als Belohnung für die Zusara, der Königstochter, geleisteten Dienste, wird Conan zum Sergeanten befördert. Als Mitglied der Eskorte eines Unterhändlers begibt er sich in das Khozgarigebirge. Der Unterhändler soll im Auftrag des Königs die ruhelosen Stämme dieser Gegend mit Versprechungen und Drohungen dazu überreden, ihre Überfälle auf die Turanier der Niederungen aufzugeben. Doch die Khozgari sind kriegerische Barbaren, die nur sichtbare und überzeugende Übermacht anerkennen. Heimtückisch überfallen sie den Trupp, töten den Unterhändler und alle außer zwei des Begleitschutzes. Diesen beiden, Conan und Jamal, gelingt es zu entkommen.

Der hagere Turanier, dessen staubiges rotes Wams und dessen fleckige weiße Beinkleider Zeugen der anstrengenden Flucht waren, zügelte auf das Zeichen hin seine Stute. Seine schwarzen Augen richteten sich fragend auf seinen riesenhaften Führer.

»Können wir es wagen, hier zu rasten?«

Sein Begleiter nickte. Er war ähnlich bekleidet, wenn

man von dem goldgestickten Krummsäbel am rechten Ärmel des Wollhemds absah, der das Rangabzeichen eines Sergeanten in der turanischen Grenzreiterei war. Blaue Augen funkelten unter dem roten, um den Spitzhelm gewickelten Turban. Er riß das dünne Tuch zur Seite, das sein Gesicht vom wirbelnden Staub schützte, und spuckte erst einmal aus, ehe er antwortete.

»Die Pferde müssen sich ausruhen.«

Die keuchenden Flanken der beiden Tiere und ihre schaumbedeckten Mäuler machten die Notwendigkeit einer Rast nur allzu klar.

»Aber Conan«, protestierte der Turanier, »wenn diese Teufel von Khozgari uns immer noch folgen?« Besorgt studierte er den Krummsäbel, den er durch seine Schärpe geschoben hatte, und umklammerte den Lanzenschaft in der ledernen Halterung neben dem rechten Steigbügel. Das Gewicht des doppelt geschwungenen Bogens und des vollen Köchers, beides auf seinem Rücken, beruhigte ihn ein wenig.

»Dieser verdammte, idiotische Unterhändler!« knurrte der Cimmerier. »Jamal, dreimal warnte ich ihn vor den heimtückischen Khozgari, aber sein Kopf war so voll mit seinen Handelsabkommen und Karawanenrouten, daß er nicht hören wollte. Jetzt hängt sein dickschädeliger Kopf mit denen von sieben unserer Kameraden in der Räucherkammer einer Häuptlingshütte. Möge er in der Hölle schmoren, und mit ihm der Leutnant, der dem Palaver im Felsendorf zustimmte.«

»Aber was hätte unser Leutnant denn tun können? Der Unterhändler hatte das Kommando über ihn. Unsere Aufgabe war lediglich, ihn zu beschützen und ihm zu gehorchen. Hätte er sich gegen den Unterhändler aufgelehnt, hätte der Hauptmann seinen Säbel vor dem ganzen Regiment zerbrochen und ihn zum Gemeinen degradiert. Du kennst doch die Unbeherrschtheit unseres Hauptmanns.«

»Lieber zum Gemeinen erniedrigt als tot«, brummte Conan mit finsterem Gesicht. »Wir zwei hatten Glück, daß wir entkommen konnten, als diese Teufel uns überfielen. Horch!« Er hob die Hand. »Was war das?«

Der Cimmerier richtete sich in den Steigbügeln auf. Sein Blick streifte über die Klüfte und Spalten nach dem Ursprung des schwachen Lautes, den er vernommen hatte. Als sein Begleiter schweigend seinen Bogen vom Rücken nahm und einen Pfeil an die Sehne legte, schloß Conans Hand sich um den Griff des Krummsäbels.

Einen Herzschlag später schwang er sich aus dem Sattel und stürmte wie ein Stier zur nahen Felswand, denn in diesem kurzen Augenblick war ein Junge über die schmale Klamm gerast und kletterte die Steilwand mit der Behendigkeit eines Affen empor.

Conan studierte nur kurz die Granitwand. Seine Hände und Füße fanden Halt, und er klomm mit der aus langer Erfahrung gewonnenen Sicherheit hinterher. Er hob sich über den Felsrand und warf sich hastig zur Seite, als ein Prügel auf die Stelle hinuntersauste, wo sich gerade noch sein Kopf befunden hatte. Er rollte sich auf die Knie und packte die Arme seines Angreifers, ehe dieser noch einmal zuschlagen konnte. Dann riß er die Augen erstaunt weit auf.

Es war ein Mädchen, das er hier festhielt, ein zwar sehr schmutziges, von dem die Kleider in Fetzen herabhingen, aber trotzdem ein Mädchen, mit einer Figur, welche die Augen jedes Bildhauers erfreut hätte. Selbst starrend vor Schmutz war ihr Gesicht hübsch, obwohl sie vor hilfloser Wut schluchzte, als er ihre schlanken Arme hinter ihrem Rücken festhielt.

Conans Stimme klang rauh vor Argwohn. »Du bist eine Spionin! Von welchem Stamm?«

Die smaragdgrünen Augen des Mädchens blitzten. Sie fauchte ihn an:

»Ich bin Shanya, Tochter Sha Karazs, des Häuptlings

der Khozgari und Herrscher der Berge. Er wird dich auf seine Lanze spießen und an seinem Ratsfeuer rösten, wenn du es wagst, Hand an mich zu legen!«

»Klingt ja sehr wahrscheinlich«, spottete Conan. »Eine Häuptlingstochter, die sich ohne Geleit herumtreibt!«

»Niemand wagt es, sich Shanya gewaltsam zu nähern. Die Theggir und die Ghoufags verkriechen sich in ihre Hütten, wenn Shanya, Tochter Sha Karazs, vorüberreitet, um die Bergziege zu jagen. Turanischer Hund, laß mich los!«

Sie wand sich wütend in seinem Griff, aber Conan hielt sie wie in einem Schraubstock.

»Nicht so heftig, meine Hübsche. Du wirst eine brauchbare Geisel für unsere sichere Rückkehr nach Samara abgeben. Du wirst den ganzen Weg vor mir im Sattel sitzen, und du hältst dich besser ruhig, wenn du den langen Ritt nicht gebunden und geknebelt machen willst.« Er grinste amüsiert über ihr hitziges Temperament.

»Hund!« schrie sie. »Ich werde dir wohl im Augenblick gehorchen müssen. Aber hüte dich davor, den Khozgari einmal in die Hände zu fallen!«

»Wir waren noch vor zwei Stunden von deinen Stammesbrüdern umzingelt«, knurrte Conan. »Aber ihre Schützen trafen nicht einmal die Wand einer Schlucht. Jamal hier schießt besser als sie alle. Doch genug dieses Geredes! Wir reiten jetzt, und wir reiten schnell. Halte also deine hübsche Zunge in Zaum, wenn du nicht geknebelt werden möchtest.«

Die Lippen des Mädchens verzogen sich vor Wut, als die Pferde sich vorsichtig ihren Weg durch Steine und Felsbrocken tasteten.

»Welchen Weg willst du nehmen, Conan?« Jamals Stimme klang besorgt.

»Zurück können wir nicht. Eine Geisel würde uns

möglicherweise in der Hitze eines Hinterhalts nicht allzuviel nutzen. Wir reiten am besten direkt südwärts zur Straße nach Garma und überqueren die Nebelberge durch den Bhambarpaß. Von dort aus dürften wir noch etwa zwei Tage nach Samara brauchen.«

Das Mädchen drehte sich um und starrte ihn an. Ihr Gesicht war blaß vor plötzlicher Angst.

»Du Narr! Ist dir dein Leben so wenig wert, daß du es in den Nebelbergen von dir werfen willst? Das Volk des Gipfels haust dort. Und noch kein Fremder hat je das Land wieder verlassen, wenn er tollkühn genug war, es zu betreten. Nur ein einzigesmal kamen die Angehörigen dieses Volkes aus dem Nebel. Das war damals zur Zeit Angharzebs von Turan, und sie vernichteten seine ganze Armee durch Zauber und Ungeheuer, als der König versuchte, die Grabstätten der alten Turaner zurückzuerobern. Es ist ein Land des Grauens und des Todes! Betritt es nicht!«

Conans Antwort klang gleichgültig. »Überall gibt es Ammenmärchen über Dämonen und Ungeheuer, die kein Lebender je gesehen hat. Meine Route ist die sicherste und kürzeste. Wenn wir einen Umweg machen, sperrt man uns einen ganzen Tag in den Kerker, weil wir uns zuviel Zeit mit der Rückkehr gelassen haben.« Er trieb sein Pferd an. Das Klappern der Hufe auf dem steinigen Untergrund war der einzige Laut, als sie ihren Weg durch die hohen Berge nahmen.

»Dieser verdammte Nebel ist dick wie Stutenmilch!« fluchte Jamal eine Weile später.

Klamm und undurchdringlich wallte der Bodendunst um sie. Die Reiter konnten kaum sechs Fuß voraus sehen. Die Pferde tasteten sich vorsichtig, Schritt um Schritt, nebeneinander her und berührten sich hin und wieder. Die Dichte des milchigen Dunstes war nicht immer gleich, hin und wieder wirbelte er zur

Seite und gestattete einen flüchtigen Blick auf die Felswände des Passes.

Conans Sinne waren angespannt. Mit einer Hand hielt er den blanken Krummsäbel, mit der anderen Shanya. Seine Augen nahmen scharf alles in Sichtweite auf, und so konnte er jeden Vorteil nutzen.

Der schrille Schrei des Mädchens, der aus plötzlichem Grauen geboren war, ließ sie abrupt anhalten. Sie deutete mit zitterndem Finger und drückte sich bebend an Conans mächtige Brust.

»Ich sah etwas, das sich bewegte! Nur ganz flüchtig! Es war gewiß nicht menschlich!«

Mit leicht zusammengekniffenen Augen schaute Conan sich um. Als die Nebelschwaden sich vor ihnen zusammenballten, sah er flüchtig den Weg vor ihnen. Er erstarrte im Sattel, dann entspannte er sich und trieb sein Pferd weiter.

»Nichts, was die Tochter eines Khozgari-Häuptlings fürchten sollte«, brummte er.

Aber was an der Wegseite zu sehen war, wirkte nicht gerade beruhigend. Ein menschliches Gerippe baumelte von zwei überkreuzten Stangen. Die Knochen waren durch flatternde Fetzen, Reste von Sehnen und verdorrter Haut, zusammengehalten. Der Schädel lag grinsend auf dem Boden, er war vom Hals gebrochen und wie eine Kokosnuß aufgeschlagen worden.

Ein Laut wogte durch den Nebel. Er begann als dämonisches Gelächter, einmal lauter, einmal leiser, wurde zu einem hämischen Kichern und endete in einem auf- und abschwingenden Wimmern. Das Mädchen fing zu weinen an. Ihre Lippen bewegten sich, steif vor Angst.

»Die – die Dämonen des Gipfels brüllen nach unserem Fleisch! Unsere Gebeine werden noch vor Einbruch der Nacht abgenagt in ihren Steinhütten liegen. Oh, rettet mich! Ich will nicht sterben!«

Conan spürte, wie die Härchen in seinem Nacken sich aufstellten und kalter Schauder wie winzige Echsenbeine seinen Rücken hinablief. Aber er schüttelte die Angst vor dem Unbekannten mit einem Schulterzucken von sich ab.

»Wir sind hier, und wir müssen durch. Soll dieser Heuler nur in die Reichweite meiner Klinge kommen, dann wird er noch gräßlicher brüllen, aber aus einem anderen Grund.«

Als sein Pferd einen weiteren Schritt machte, ließen ein schweres Krachen und ein Stöhnen Conan zurückblicken. In diesem Augenblick spürte er, daß etwas an seiner wimmernden Gefangenen zerrte. Ehe er sie noch fester umklammern konnte, wurde sie in einer Schlinge am Ende eines schlangengleichen Seiles in die Höhe gezogen. Conans Pferd bäumte sich wild auf und warf seinen Reiter ab. Während der Cimmerier mühsam auf die Füße taumelte, verlor sich das Hufklappern in der Ferne.

Ganz in der Nähe lag Jamal unter seinem Pferd, Reiter und Tier von einem gewaltigen Felsblock zermalmt. Die Hand des Toten ragte unter dem Felsen hervor. Sie umklammerte noch immer den mächtigen Bogen, und der Köcher lag daneben. Mit einer schnellen Bewegung hob Conan beides auf. Er gönnte sich keine Zeit, seinen toten Kameraden zu betrauern, denn immer noch schwebte Gefahr in der Luft. Er knurrte wie ein gereizter Panther, schlang sich den Bogen um die Schulter, steckte die Pfeile in die Schärpe und umklammerte seinen blanken Säbel.

Der dicke Nebel wallte um ihn, als er eine Schlinge über seinen Kopf fallen spürte. Blitzschnell duckte er sich, dann faßte er das Seil mit seiner freien Hand, zog daran und stieß den gedämpften Schrei eines Gewürgten aus. Er kniff die Augen zu Schlitzen zusammen, als er von einer ungeheuren Kraft, deren Ursprung er sich nicht vorzustellen vermochte, in die Luft gezogen wurde. Nebel drang feucht in seine Nase.

Kräftige Hände erfaßten ihn, als er den oberen Rand der Felswand erreichte, aber die Gestalten, die er im nun dünneren Nebel entdeckte, waren nicht mehr als Schatten. Er löste sich lautlos aus den umklammernden Fingern und warf sich in tödlicher Stille auf den nächsten Schatten. Etwas Weiches, Nachgiebiges und ein schriller Schrei verrieten ihm, daß seine krumme Klinge in lebendes Fleisch gedrungen war. Und dann kamen die Schatten auf ihn zu und bildeten einen Halbkreis um ihn. Mit dem Rücken zum Rand des Abgrunds schwang er seine Klinge in tödlichem Bogen.

Nie zuvor hatte Conan in solch gespenstischer Umgebung gekämpft. Seine Gegner verschwanden in den wirbelnden Nebelschwaden, nur um immer und immer aufs neue wie Geister zurückzukehren. Ihre Klingen zuckten vor wie Schlangenzungen, aber er gewöhnte sich schnell an ihre etwas plumpe Fechtkunst. Mit neuem Selbstvertrauen verhöhnte er seine schweigsamen Angreifer.

»Wird Zeit, daß ihr lernt, mit dem Schwert umzugehen, ihr Nebelschakale! Harmlose Reisende aus dem Hinterhalt zu überfallen, verlangt kein großes Geschick mit der Klinge. Ihr braucht Unterricht. Seht, der Hieb aus der Drehung, so! Der Hieb von oben, da! Der Stich von unten in die Kehle, in der Art!«

Seine Worte wurden von Demonstrationen begleitet, die viele der schattenhaften Gestalten gurgelnd und schreiend zu Boden sinken ließ. Der Cimmerier kämpfte mit kalter, gnadenloser Beherrschtheit und ging mit einemmal zu einem wilden Angriff über. Zwei weitere Gegner fielen unter seiner scharfen Klinge. Und plötzlich zog der Rest sich in panischer Flucht zurück.

Conan wischte sich mit dem Uniformärmel den Schweiß von der Stirn. Dann bückte er sich, um sich die

Leichen näher anzusehen. Er schluckte vor Überraschung, denn was hier mit kleinen blicklosen Augen und weiten Nasenöffnungen vor ihm lag, war nicht die Leiche eines Menschen. Die niedrige Stirn und das fliehende Kinn waren die eines Affen, doch anders als die Affen, die er aus den Wäldern an der Küste der Vilayetsee kannte. Dieser Affe hier war unbehaart, nackt von Kopf bis Fuß. Das einzige, was seine Blöße ein wenig bedeckte, war ein schweres Seil, das er sich um den dicken Bauch gewickelt hatte.

Conan war verwirrt. Die großen Vilayetaffen jagten nie in Meuten, und ihnen fehlte auch die Intelligenz, Waffen und Werkzeuge zu benutzen, außer sie wurden für Darbietungen am Königshof von Aghrapur dressiert. Der Säbel der Kreatur war durchaus nicht primitiver Art. Er war aus bestem turanischen Stahl geschmiedet, meisterhaft gehärtet, und die krumme Klinge messerscharf. Conan fiel auf, daß ein starker Moschusgeruch von dem toten Affen ausging. Seine Nasenflügel weiteten sich, um diesen Geruch aufzunehmen. Durch seine Hilfe würde er den Geflüchteten folgen und seinen Weg durch den milchigen Nebel finden.

»Ich muß diese Närrin retten«, murmelte er vor sich hin. »Sie ist zwar wahrscheinlich gar keine Häuptlingstochter, aber ich werde keinesfalls eine hilflose Frau in den Händen dieser haarlosen Affen lassen.« Wie ein Leopard auf der Jagd folgte er witternd dem Geruch.

Wo die Nebelschleier dünner wurden, schlich er vorsichtiger weiter. Die Geruchsspur zog sich kreuz und quer dahin, als hätte Panik die Flüchtenden völlig durcheinandergebracht. Conan lächelte grimmig. Besser Jäger als Gejagter zu sein!

Da und dort neben dem Pfad erhoben sich kleine Pyramiden aus runden Steinen zur Mannsgröße aus dem nun tiefhängenden Nebel. Das waren die alten Grabstätten von Häuptlingen früher turanischer Stämme. Weder der Zeit noch den Affen war es gelungen, sie zu zerstören. Der Cimmerier trat vorsichtig um jedes dieser Grabmäler herum, nicht nur, um einem möglichen Hinterhalt zu entgehen, sondern auch aus Respekt für jene, die hier bis in alle Ewigkeit ruhten.

Nur vereinzelte dünne Nebelschleier wehten noch durch die Luft, als er die oberen Höhen erreichte. Hier wurde der Weg zu einem schmalen Pfad auf einem Grat, zu dessen beiden Seiten sich schwindelerregende Abgründe befanden. Am Ende dieses Pfades, am Gipfel des Berges, hob sich eine beeindruckende Festung aus geflecktem Serpentin wie ein Zeigefinger des Bösen gegen den düsteren Hintergrund ferner Bergketten ab. Conan verbarg sich hinter einer der Grabpyramiden, um die Lage zu erkunden. Aber keine Spur von Leben war zu bemerken.

Shanya erwachte in einer merkwürdigen Umgebung. Sie lag in rauhes schwarzes Tuch gehüllt auf einem Diwan. Keine Ketten oder Stricke banden sie, aber man hatte ihr die gesamte Kleidung weggenommen. Sie streckte ihren geschmeidigen Körper auf diesem ungewohnten Bett, ehe sie sich umsah. Als sie es tat, zuckte sie erschrocken zurück.

Auf einem hölzernen, merkwürdig geschnitzten Sessel saß ein Mann, aber er war anders als alle Männer, die sie bisher gesehen hatte. Sein aschfahles Gesicht schien wie aus Kalk geformt und wirkte seltsam steif. Seine Augen waren schwarz, ohne jegliches Weiß um die Iris, und sein Schädel war kahl. Er trug einen Kaftan aus schwarzem Tuch und verbarg seine Hände in den Ärmeln.

»Es ist schon viele Jahre her, seit eine schöne Frau zum Heim Shangaras kam«, sagte er mit leiser, leicht zischelnder Stimme. »Seit zweihundert Jahren verlieh kein frisches Blut dem Volk des Gipfels neue Kraft. Du bist eine geeignete Gefährtin für mich und meinen Sohn.«

Das Grauen zündete eine Flamme der Wut in der Brust des stolzen Barbarenmädchens.

»Glaubst du vielleicht, daß die Tochter eines hundertfachen Häuptlings sich mit einem deiner abscheulichen Rasse einlassen würde? Lieber stürze ich mich in die nächste Schlucht als in deinem Haus zu leben! Gib mich frei, oder diese Mauern werden unter dem Hagel Tausender Khozgarispeere erbeben!«

Ein spöttisches Lächeln teilte die bleichen Lippen des uralten fahlen Gesichts.

»Du bist etwas unüberlegt mit deinen Worten. Keine Speere dringen durch den Bhambarnebel. Keine Sterblichen wagen es, noch würde es ihnen gelingen, diese Berge zu durchqueren. Sei vernünftig, Mädchen. Solltest du halsstarrig bleiben, wird kein leichter Sprung in den Abgrund dein Geschick sein. Statt dessen wird dein Leib als Nahrung für den ältesten Bewohner dieses vergessenen Landes dienen – ihm, der in den Sklavenbanden des Gipfelvolks liegt.

Er war es, der half, den turanischen König zu zerschmettern, als er versuchte, unser Reich zu erobern. Damals waren wir noch stark und konnten kämpfen. Jetzt sind unser nur noch wenige. Unsere Zahl schwand im Lauf der Jahrhunderte zu kaum mehr als einem Dutzend, das hier wohnt, geschützt von unseren Felsenaffen.

Aber wir fürchten keine Feinde, denn der Uralte lebt und ist bereit, einzuschreiten, wenn Gefahr droht. Du darfst ihn sehen und dann dein Geschick wählen.«

Der Greis erhob sich. Er strich die Falten seines Kaftans glatt und klatschte in die klauengleichen Hände. Sofort betraten zwei weißgesichtige schwarzäugige

Männer den Raum. Sie verbeugten sich und faßten nach zwei Griffen, die aus der Steinmauer ragten. Zwei gewaltige Türflügel rollten lautlos zurück. Ein Gemach lag dahinter, das mit wallendem Nebel gefüllt war. Wie eine vom Wind gepeitschte Wolke wirbelte ein Teil dieses Dunstes in den größeren Raum.

Als er sich zum Teil verflüchtigt hatte, wurden die vagen Umrisse einer gigantischen, unbewegten Gestalt offenbar.

Und jetzt sah das Mädchen, was der Nebel verborgen hatte. Sie schrie gellend und verlor die Besinnung. Die schweren Türflügel schlossen sich wieder.

Conan, der hinter einer Grabpyramide lauerte, verlor allmählich die Geduld. Während seines langen Wartens hatte sich nichts Lebendes um oder an dem drohenden Turm gezeigt. Wäre da nicht der unverkennbare Moschusgeruch der Affen gewesen, hätte er angenommen, die Festung sei unbewohnt. Angespannt fingerte er am Griff seines Krummsäbels und strich über den Bogen.

Endlich trat jemand auf die Brustwehr und schaute über das felsige braune Terrain. Aus dieser Entfernung konnte Conan keine Einzelheiten erkennen, aber die schmalen Konturen unter dem wallenden Gewand verrieten eine menschliche Gestalt. Conans Lippen verzogen sich zu einem grimmigen Grinsen.

Mit einer schnellen Bewegung zog er einen Pfeil aus dem Köcher, spannte ihn an die Sehne. Gleich darauf warf das Wesen auf der Brustwehr die Arme in die Höhe und stürzte über die Zinnen in die Tiefe. Conan legte einen weiteren Pfeil an und wartete.

Diesmal wurde seine Geduld nicht auf die Probe gestellt. Ein durchbrochenes Steintor schwang langsam auf. Eine Gruppe Affen rannte heraus und plattfüßig über den schmalen Weg. Conan schoß zielsicher. Sein erbarmungsloser Pfeilhagel ließ sie einen nach dem anderen in die düstere Schlucht stürzen. Doch weitere der Affen kamen mit hechelnden Zungen und geifernden Lefzen heran.

Conan schickte seinen letzten Pfeil ab, dann warf er den Bogen von sich. Er zog den Säbel und rannte den beiden entgegen, die auf dem schmalen Pfad den Zugang verteidigten. Sich duckend wich er dem Schwerthieb des vorderen aus, während seine eigene Klinge durch Fleisch und Knochen drang. Der letzte Affe erwies sich als flinker. Conan hatte kaum Zeit, seine rote Klinge aus der haarlosen Leiche zu ziehen, um einen Hieb abzuwehren, der gegen seinen Kopf gerichtet war. Die Wucht des Aufpralls ließ ihn jedoch stolpern, und er fiel auf die Knie. Mit Entsetzen sah er die schwindelerregende Tiefe des Abgrunds, der ihn hinabzuziehen schien. Der stumpfe Verstand des großen Affen erkannte die Lage. Er eilte auf Conan zu, um ihn in die bodenlose Kluft zu stoßen.

Noch auf den Knien täuschte Conan seinen Gegner mit einer raschen Bewegung und stach blitzschnell zu. Der Affe heulte auf und taumelte über den Rand. Erst nach einer Weile verstummte sein grauenvoller Schrei in der Tiefe.

Sicher wie eine Bergziege rannte Conan über den nun ungeschützten Pfad zum offenen Tor. Etwas zischte über seinen Kopf, als er sich hastig zur Seite warf. In tödlichem Reflex stieß er seinen Krummsäbel in eine schwarzgekleidete Gestalt, die in der Düsternis des Eingangs gelauert hatte. Ein schnell verstummendes Gurgeln folgte dem Klirren der auf dem Boden aufschlagenden Waffe.

Conan bückte sich, um den Toten zu betrachten. Ein hochgewachsener, fast skelettdürrer Mann mit eigenartig steifen Zügen starrte aus blicklosen Augen zu ihm empor. Jetzt bemerkte er, daß das Gesicht mit einer merkwürdigen Maske aus einer durchscheinenden Substanz bedeckt war. Er riß sie los und studierte sie.

Nie zuvor hatte der Cimmerier etwas auch nur annähernd Ähnliches gesehen, weder was die Machart noch das Material betraf. Er schob die Maske in seine Schärpe und trat hinein in eine stille Halle. Von dort schlich er wachsam durch einen gekrümmten Korridor. Die Steine der Außenwand waren feucht, und die klamme Luft erinnerte ihn an die Kälte des frühen Morgennebels. Plötzlich weitete der Gang sich zu einem großen Gemach, aus dem ihm eine ungewöhnliche Gesellschaft entgegensah.

Zehn schwarzgekleidete totenähnliche Gestalten erwarteten ihn. Zwei Frauen bemerkte er unter ihnen. Ihr strähniges farbloses Haar umgab kalkige Züge. Sie alle standen wie bemalte Gespenster, und jede hatte einen mörderischen Säbeldolch in der Hand.

Hinter ihnen, auf einem schwarzbehangenen Katafalk in der Mitte des Gemachs, ruhte der nackte Körper eines Mädchens, das er als Shanya erkannte. Reglos lag sie, die Lider mit den langen dichten Wimpern geschlossen. Aber ihr Busen hob und senkte sich in langsamen Atemstößen. Man mußte ihr entweder ein Mittel eingeflößt haben, dachte Conan, oder sie war bewußtlos.

Er umklammerte den Säbelgriff fester, als er die geisterhaften Gestalten musterte, deren kohlschwarze Augen mit einer Mischung aus Furcht und Haß brannten.

Ein großer kahlköpfiger Mann öffnete die Lippen. Obgleich seine Stimme kaum lauter als das Flüstern des Windes war, klang sie doch klar wie eine Glocke.

»Was suchst du hier? Du bist weder Hyrkanier noch ein Mann der Berge, auch wenn du die Uniform eines Turaners trägst.«

»Ich bin Conan, ein Cimmerier. Das Mädchen dort ist

meine Geisel. Ich bin hier, um sie zu holen, damit ich meine Reise fortsetzen kann.«

»Cimmerien – ein zungenbrechender Name für ein Land, von dem wir noch nie gehört haben. Versuchst du, deinen Spaß mit uns zu treiben?« flüsterte der fremdartige Mann.

»Hättet ihr je den eisigen Norden besucht, so wüßtet ihr, daß ich nicht scherze. Wir sind ein kriegerisches Volk. Mit nur der Hälfte meines Stammes könnte ich mich zum Herrscher von Turan machen.«

»Du lügst!« zischte der Greis. »Das Land des Nordwinds liegt am Rand der Welt und erstreckt sich unter einer sternenlosen ewigen Nacht. Das Mädchen ist unser nach dem Recht der Eroberer. Sie wird unserer Rasse neue Kraft geben, indem ihr jugendlicher Leib starke Männer gebiert. Du, der du es wagtest, das Volk des Gipfels zu stören, wirst als Nahrung für unseren Beschützer, den Uralten, dienen.«

»Wenn ich sterbe, werdet ihr mir in die Hölle vorausgehen«, knurrte Conan und hob seinen Säbel.

Als Antwort schlug der gespenstische Mann auf einen Silbergong. Der Schlag hallte dröhnend wider. Zwei der Schwarzgekleideten verließen schweigend die Gruppe und schritten zur gegenüberliegenden Wand. Sie zogen an zwei Eisengriffen und öffneten die Flügel einer schweren Tür. Wie eine gewaltige Callalilie, die sich im ersten Morgengrau öffnet, wallte dicker weißer Dunst aus der Tür und wirbelte zur Zimmermitte.

In absolutem Gleichklang legten die perläugigen Alten ihre Linke auf ihr Gesicht. Ehe der dichter werdende Dunst ihm ganz die Sicht raubte, sah Conan, daß jeder von ihnen sich eine der merkwürdigen durchscheinenden Masken übergestreift hatte, wie er sie auch seinem Angreifer am Eingang abgenommen hatte.

Instinktiv tastete Conan in seine Schärpe, riß die Maske heraus und drückte sie an sein Gesicht, bevor der schier erstickende Nebel um ihn herum wirbelte und seine schwarzgekleideten Feinde verbarg. Zu seiner Überraschung klebte die Substanz der Maske von selbst an seiner Stirn, den Wangen und Lidern und hielt einen schleierfeinen Abstand von seinen Augen. Er schaute sich im Zimmer um und staunte, daß er völlig klar sehen konnte, als wäre der beißende dicke Rauch eines Lagerfeuers in die Dunkelheit geschwunden.

Seine Gegner waren hinter ihrem Nebelschild hervorgeschlichen, und zwei hatten ihn schon fast erreicht. Schon schnitt seine krumme Klinge durch den Dunst des Gemachs.

Es war ein Gemetzel. Die Überreste einer ehemals mächtigen Rasse hatten kaum eine Chance gegen den ergrimmten Cimmerier. Gebogene Sägemesser prallten, ohne etwas auszurichten, von der blitzschnellen Krummklinge ab. Jedesmal, wenn Conans Säbel zustach, sank eine weitere der schwarzen Gestalten sterbend auf den Boden. Sein angeborener Kodex der Ritterlichkeit gebot ihm, die weißhaarigen Hexen zu verschonen, doch als sie sich in wilder, unerbitterlicher Wut auf ihn stürzten, erwiderte er Hieb um Hieb.

Schließlich stand der Cimmerier allein in dem gewölbten Gemach, mit zehn Toten um sich und dem immer noch bewußtlosen Mädchen auf dem Katafalk. Er stützte sich auf seinen langen Krummsäbel und sah sich zufrieden um. Doch plötzlich wand sich einer der vermeintlichen Toten und hob eine hagere, anklagende Hand. In den Augen leuchtete ein letzter Funke Leben auf, und ein Zischen drang aus den schmerzverzerrten Lippen.

»Hund eines Barbaren! Du hast unsere Rasse ausgerottet. Aber du wirst nicht am Leben bleiben, um deinen Triumph zu genießen. Der Uralte wird dir das Fleisch von deinen stinkenden Knochen reißen und das Mark aus ihnen saugen. Gib mir Kraft, o Uralter ...«

Während Conan fasziniert zusah, erhob der hagere Mann sich mit einem grauenvollen Ächzen auf die Knie. Mit seinen letzten Kräften kroch er zu der nur einen Spalt geöffneten Tür, dann zog er an einem der beiden Griffe. Mit einem gewaltigen Donnern schwang der eine Flügel ganz auf.

Conans Nackenhaare stellten sich auf, als er die kauernde Gestalt in dem höhlenartigen Gemach sah. Titanisch und vielgliedrig war der Körper und spinnenartig, oder wie ein Ei mit unzähligen Beinen. Seine Stielaugen und der aufgerissene Rachen strömten eine fast greifbare Kraft des Bösen aus, denn dieses Ungeheuer war eine Kreatur, die noch aus den finsteren Äonen der Erde stammte, als der Mensch kaum geboren ward.

Conan kämpfte gegen das Grauen an. Er sprang vorwärts, warf die schlaffe Shanya über seine Schulter, während eine haarlose Klauenhand nach dem anderen Griff tastete, um auch den zweiten Türflügel ganz zu öffnen. Im Laufschritt eilte er durch den langen Korridor, der zum Ausgang führte. Ein keuchendes Schnüffeln folgte ihm.

Conan hatte den schmalen Pfad, über den er in größter Hast balancierte, schon fast hinter sich, als er flüchtig über die Schulter zurückblickte. Das Ungeheuer, das flink auf seinen zehn kräftigen Beinen rannte, hatte etwa die Hälfte des Pfades hinter sich gelegt. Keuchend zwang Conan sich weiterzueilen, bis er zwischen zwei der Pyramidengräber stand. Sanft legte er das bewußtlose Mädchen am Fuß eines der Gräber nieder und stellte sich zum Kampf.

Den ersten Ansturm des Ungeheuers begegnete Conan mit einem wilden Hieb gegen eines der nach ihm greifenden Glieder, aber seine Klinge zersprang, als sie den undurchdringlichen Panzer der Bestie traf. Obgleich sie durch die Wucht ein wenig zurückgeworfen wurde, kam sie doch schnell mit ihrem wiegenden Gang wieder heran.

Verzweifelt schaute Conan sich nach einer Waffe um. Sein Blick blieb an der Pyramide neben ihm haften. Er straffte seine mächtigen Muskeln und stemmte einen der kugelrunden Steine hoch. Mit aller Kraft warf er ihn der Schreckensgestalt entgegen, die ihn schon fast erreicht hatte.

Die längst vergessenen Beschwörungen seit Äonen toter Zauberer, an die niemand sich mehr erinnerte, hatten auch jetzt noch ihre Wirkung über ein Ungeheuer, das die Berge unsicher gemacht hatte, als die Menschheit noch jung gewesen war. Mit einem Schrei, der das Blut stocken ließ, zerrte die Kreatur halb gelähmt an einem Bein, das unter dem schweren Stein zermalmt war.

Conan packte einen zweiten Stein und warf ihn, danach nahm er einen weiteren und rollte ihn auf das um sich schlagende Ungeheuer. Er warf einen vierten, dann brach die unterhöhlte Pyramide aus gewaltigen Kugelsteinen in einer donnernden Lawine zusammen, die die vielbeinige Kreatur in einer Staubwolke mit in den Abgrund riß.

Conan wischte sich mit einer Hand, die sowohl von Ekel als auch Erschöpfung zitterte, über die schweißglänzende Stirn. Er hörte eine Bewegung hinter sich und wirbelte herum. Shanyas Augen waren offen. Erstaunt blickte sie sich um.

»Wo bin ich? Wo ist dieser weißgesichtige, grauenvolle Mann?« Ihr schauderte. »Er sagte, ich solle als Fraß dienen für diese – diese …«

Conan unterbrach sie rauh. »Ich habe dieses Nest mumifizierter Räuber ausgehoben. Ihre Ausgeburt des Bösen ist in den Abgrund zurückgekehrt, aus der sie kam. Du hattest Glück, daß ich gerade noch rechtzeitig genug erschien, deine hübsche Haut zu retten.«

Shanyas Smaragdaugen blitzten verärgert und überheblich. »Es wäre mir schon gelungen, sie zu überlisten. Und dann hätte mein Vater mich gerettet.«

»Wenn er seinen Weg hierher überhaupt gefunden hätte, würde dieses Ungeheuer seine Krieger zerfleischt haben. Nur durch einen Zufall entdeckte ich eine Waffe, die dieses überdimensionale Ungeziefer töten konnte. Doch jetzt muß ich mich beeilen. Wenn ich nicht vor dem Ende der Woche zurück in Samara bin, komme ich in des Teufels Küche. Und ich brauche dich noch als Geisel. Also, los!«

Shanya starrte den schroffen Barbaren an, der sich mächtig gegen den blauen Himmel abhob und ihr eine Hand entgegenstreckte, um ihr aufzuhelfen. Ihre grünen Augen wurden weich. Einen Moment senkte sie die Lider und errötete, als sie sich plötzlich ihrer Nacktheit bewußt wurde. Dann warf sie ihren Kopf stolz zurück, zuckte die Schultern und sagte:

»Ich komme mit, Conan, doch nicht als Geisel, sondern als deine Führerin zur Grenze. Du hast mein Leben gerettet und sollst als Belohnung das Land der Khozgari ungehindert passieren dürfen.«

Conan hörte einen warmen Unterton in ihrer jetzt sanften Stimme, als sie mit einem leichten Lächeln fortfuhr: »Es könnte ganz interessant sein, ein wenig mehr über die Gepflogenheiten eines Barbaren aus dem Norden zu erfahren.«

Shanya räkelte ihren bezaubernden Körper, den die untergehende Sonne rosig tönte, und griff nach seiner Hand.

Conan blickte sie bewundernd an. »Bei Crom! Vielleicht sollte ich mir doch ein paar Tage länger Zeit lassen. Möglicherweise sind sie eine Woche Strafwache wert.«

Schatten in der Finsternis

Schatten in der Finsternis

Lin Carter und L. Sprague de Camp

Nach seiner Söldnerzeit in mehreren Ländern und einer Weile als Pirat bei den schwarzen Korsaren der kushitischen Küste zieht es Conan in die schwarzen Königreiche. Danach kehrt er in den Norden zurück und verdingt sich erst als Soldat in Shem und dann in dem kleinen hyborischen Königreich Khoraja. Dem Abenteuer folgend, das in der Erzählung ›Natok, der Zauberer‹ beschrieben wird (bei dem er die Armeen des schrecklichen Natokhs schlägt, eines schon lange toten, doch durch Magie wiedererweckten Zauberers), läßt Conan sich als General der khorajanischen Streitkräfte nieder. Er ist jetzt Ende zwanzig. Aber es kommt zu Komplikationen. Die Regentin, Prinzessin Yasmela, deren Liebhaber er zu sein glaubt, ist viel zu sehr mit Staatsgeschäften beansprucht, um Zeit für ihn zu haben. Ihr Bruder, König Khossus, wurde auf heimtückische Weise überwältigt und von dem feindlichen König von Ophir gefangengesetzt, wodurch Khoraja in eine gefährliche Lage geriet.

Auf der Straße der Magier in der shemitischen Stadt Eruk räumten die Kundigen der geheimen Künste ihr Handwerkszeug auf und schlossen ihre Läden. Die Seher hüllten ihre Kristallkugeln in Lammwolle; die Feuerleser löschten die Flammen, in denen sie ihre Visionen sahen; und die Magier putzten die Pentagramme von den abgetretenen Fliesen ihres Fußbodens.

Rhazes der Astrologe war ebenfalls damit beschäftigt, seinen Laden zu schließen, als ein Eruki in Kaftan und Turban auf ihn zukam und sagte:

»Schließt noch nicht, Freund Rhazes. Der König bat mich, Euch um einen letzten Rat zu ersuchen, ehe Ihr nach Khoraja aufbrecht.«

Rhazes, ein großer korpulenter Mann, murmelte widerwillig, doch dann verbarg er seinen Mißmut hinter einem höflichen Lächeln: »Tretet ein, tretet ein, hochgeehrter Dathan. Was wünscht Seine Majestät zu dieser späten Stunde?«

»Er begehrt zu erfahren, was die Sterne über das Schicksal der benachbarten Königreiche und Könige kundtun.«

»Ihr habt das Silber für meine Dienste bei Euch?« fragte der Astrologe.

»Aber natürlich, werter Meister. Der König erachtet Eure Vorhersagen als von großem Wert und verliert Euch deshalb nicht gern.«

»Wäre das tatsächlich der Fall, weshalb tat er dann nichts, um den Neid meiner erukischen Kollegen auf einen Fremden zu zügeln, und unternahm nichts gegen ihre Anpöbelungen? Doch selbst dafür wäre es jetzt zu spät. Bei Morgengrauen mache ich mich auf den Weg nach Khoraja.«

»Kann Euch denn nichts davon abhalten?«

»Nichts, denn größere Reichtümer erwarten mich dort, als sie dieser kleine Stadtstaat zur Verfügung hat.«

Dathan hob die Brauen. »Wie seltsam. Reisende aus Khoraja berichten, daß das Land in Armut lebt, seit Natokh nicht mehr ist – möge er in der Hölle schmoren!«

Rhazes überging diese Bemerkung. »Nun, so wollen wir die Sterne befragen. Bitte, setzt Euch.«

Dathan ließ sich auf einem Stuhl nieder. Rhazes stellte einen truhenähnlichen Gegenstand aus Messing vor ihn, der auf seinen vertikalen Flächen Gleitringe und Zeiger aufwies. Durch Öffnungen entlang seiner

Seiten konnte man eine Vielzahl von Zahnrädern erkennen. Der Astrologe nahm Einstellungen vor, dann drehte er langsam einen silbernen Knauf am Ende eines herausragenden Schaftes. Er konzentrierte sich auf die Zeiger, bis sie wunschgemäß eingestellt waren. Schließlich sprach er:

»Ich sehe unheilvolle Veränderungen. Der Stern Mitra wird bald mit dem Stern Nergal zusammentreffen, der im Aufgehen ist. Ja, es wird Veränderungen in Khoraja geben.

Ich sehe drei Personen, alle königlich, entweder gegenwärtig, früher oder in zukünftiger Zeit. Eine, eine schöne Frau, ist in einem Netz wie das einer Spinne gefangen. Die zweite ist ein junger Mann von hoher Stellung. Dicke Steinmauern umgeben ihn.

Die dritte ist ein mächtiger Mann, etwas älter als der andere, doch noch jung und von ungestümem Heldenmut. Die Frau drängt ihn, sich ihr im Netz anzuschließen, aber er vernichtet es. Inzwischen trommelt der junge Mann verzweifelt mit den Fäusten gegen die Mauern.

Jetzt bewegen sich fremdartige Gestalten auf der Astralebene, Hexen reiten im Schein des zunehmenden Mondes über die Wolken, die Geister ertrunkener Männer tauchen gurgelnd aus stillen Sümpfen auf. Und der Riesenwurm bohrt sich seinen Weg unter der Erde, um die Gräber der Könige zu finden.«

Rhazes schüttelte den Kopf, als erwachte er aus einer Trance. »Berichtet Eurem Herrn, daß in Khoraja und im Lande Koth Veränderungen bevorstehen. Und nun entschuldigt mich. Ich muß noch meine Vorbereitungen für die Reise treffen. Lebt wohl, und mögen die Sterne gut für Euch stehen.«

Conan der Cimmerier schritt über Marmorböden durch Säle mit Kuppeln aus Lapislazuli im Königspalast von Khoraja. Mit knarrenden Stiefeln und klirrenden Sporen kam er zu den privaten Gemächern Yasmelas, der Prinzeßregentin des Königreichs Khoraja.

»Vateesa!« brüllte er. »Wo ist Eure Herrin?«

Eine dunkeläugige Hofdame lugte durch den Türbehang. »General Conan«, sagte sie. »Die Prinzessin erwartet den Abgesandten von Shumir und kann Euch im Augenblick keine Audienz gewähren.«

»Zum Teufel mit dem Abgesandten von Shumir! Ich habe Prinzessin Yasmela seit dem letzten Neumond nicht mehr allein gesehen, und dessen dürfte sie sich auch bewußt sein. Wenn sie sich Zeit für einen glattzüngigen Pferdedieb aus einem dieser verdammten Stadtstaaten nehmen kann, müßte sie auch für mich Zeit haben.«

»Gibt es Schwierigkeiten in der Armee?«

»Nein, meine Kleine. Die meisten Unruhestifter, die sich erniedrigt fühlten, unter einem Barbarengeneral zu dienen, fielen in Shamla. Jetzt hört man nichts mehr, außer dem in Friedenszeiten üblichen Gebrummel über zu geringen Sold und einer zu langen Wartezeit auf Beförderungen. Aber ich möchte Eure Herrin sehen, und bei Crom, ich …«

»Vateesa!« rief eine sanfte Stimme. »Laß ihn herein. Der Abgeordnete kann eine Weile warten.«

Conan stapfte in das Gemach, wo Prinzessin Yasmela in aller Pracht ihres königlichen Staates vor ihrem Frisiertisch saß. Zwei Leibmägde bedienten sie. Eine betupfte behutsam ihre weichen Lippen mit Rot, die andere setzte eine glitzernde Tiara auf ihr nachtschwarzes Haar.

Sie entließ die Frauen und erhob sich, um dem riesigen Cimmerier entgegenzusehen. Conan streckte seine muskulösen Arme nach ihr aus, aber Yasmela wehrte mit einer Handbewegung ab.

»Nicht jetzt, Liebster«, hauchte sie. »Das würde meiner königlichen Robe schlecht bekommen.«

»Bei den Göttern, Weib!« knurrte der Cimmerier. »Wann habe ich dich denn wieder einmal für mich? Du gefällst mir ohnedies besser ohne diesen Flitterkram.«

»Conan, mein Teurer, ich kann nur wiederholen, was ich dir schon mehrmals sagte. So sehr ich dich auch liebe, ich gehöre dem Volk von Khoraja. Meine Feinde lauern wie Geier darauf, daß ich Fehler mache. Es war unbedacht, was wir in den Tempelruinen taten. Gäbe ich mich dir erneut hin und die Kunde davon verbreitete sich, würde der Thron unter mir zu wanken beginnen – und schlimmer noch, sollte ich gar ein Kind von dir empfangen! Außerdem bin ich so sehr mit Staatsaffären beschäftigt, daß ich am Ende des Tages selbst zur Liebe zu müde bin.«

»Dann komm mit mir zum Hohenpriester deiner Ischtar, damit er uns vereint.«

Yasmela seufzte und schüttelte den Kopf. »Das ist unmöglich, mein Liebster, solange ich Regentin bin. Wäre mein Bruder frei, sähe es vielleicht anders aus, obgleich eine Verehelichung mit einem Fremden gegen unsere Sitten ist.«

»Du meinst, wenn ich König Khossus aus Moranthes' Verlies befreien könnte, würde er all diesen Kram, der dir die Zeit stiehlt und dich von mir fernhält, auf sich nehmen?«

Yasmela hob die Hände. »Gewiß würde der König seine Pflichten wieder übernehmen. Ob er unsere Verbindung gestattet, weiß ich nicht. Doch glaube ich, daß ich ihn dazu überreden könnte.«

»Und das Königreich kann das Lösegeld, das Moranthes verlangt, nicht aufbringen?« fragte Conan.

»Nein. Vor dem Krieg mit Natokh hätten wir eine Summe aufbringen können, die er angenommen hätte. Doch Ophirs Preis ist gestiegen, während unsere Schätze schrumpften. Und nun fürchte ich, daß Moranthes meinen Bruder an den König von Koth verkaufen wird. Ich wollte, wir hätten einen Magier, der den armen Khossus aus seinem Verlies herauszaubern könnte. Aber nun muß ich gehen, mein Schatz. Pünktlichkeit war immer schon die Höflichkeit der Könige, und ich muß die Tradition unseres Hauses aufrechterhalten.«

Yasmela läutete eine kleine Silberglocke. Die beiden Leibmägde kehrten für die letzten Handreichungen zurück. Conan verbeugte sich und schritt rückwärts zur Tür, an der er stehen blieb. »Prinzessin«, sagte er, »deine Worte haben mich auf eine Idee gebracht.«

»Welche Idee, mein General?«

»Ich werde sie dir erzählen, wenn du einmal Zeit zum Zuhören hast. Einstweilen: leb wohl.«

Taurus, der Kanzler, strich das weiße Haar über einem Gesicht voll Sorgenfalten zurück, die sich im Laufe vieler Jahre eingegraben hatten. Er blickte Conan durchdringend an, der ihm in seinem Staatskabinett gegenübersaß.

»Ihr fragtet, was geschehen würde, falls Khossus ein vorzeitiges Ende widerführe? Nun, dann würde der Rat seinen Nachfolger wählen. Da er keine unmittelbaren Erben hat, dürfte die Wahl auf seine Schwester fallen, da Prinzessin Yasmela beliebt und gewissenhaft ist.«

»Und wenn sie die Ehre ablehnte?« fragte Conan.

»Dann käme wohl ihr Onkel Bardes an die Macht. Wenn Ihr, guter Conan, glaubt, die Krone selbst aufsetzen zu können, so vergeßt diesen Gedanken. Wir Khorajer sind sehr stammesbewußt. Niemand würde einen Fremden wie Euch als König akzeptieren. Das ist durchaus nicht abschätzend gemeint. Ich spreche lediglich die Tatsachen aus.«

Conan wehrte Taurus' Entschuldigung ab. »Ich achte ehrliche Männer. Doch was geschähe, wenn ein Narr auf den Thron käme?«

»Besser ein Narr, mit dem alle einverstanden sind, als zwei fähige Prinzen, die in ihrem Kampf um die Macht das Land verwüsten. Doch kamt Ihr nicht, um über die Thronfolge zu diskutieren, sondern mit einem Vorschlag. Habe ich recht?«

»Ich dachte, wenn ich mich heimlich nach Ophir begäbe und Khossus herausschmuggelte, würde es dem Königreich zugutekommen, oder nicht?«

Obgleich er ein erfahrener Staatsmann war, weiteten sich doch Taurus' Augen. »Erstaunlich, daß Ihr diesen Vorschlag macht. Erst vor ein paar Tagen sprach ein Seher darüber. Die Sterne, sagte er, kündeten, daß Conan genau dieses Abenteuer auf sich nehmen und zu einem guten Ende bringen würde. Da ich nicht viel von Magie und Astrologie halte, machte ich mir weiter keine Gedanken mehr darüber. Doch vielleicht ließe dieses Unternehmen sich wirklich erfolgreich durchführen.«

»Was war das für ein Seher?« fragte Conan überrascht.

»Rhazes, ein Corinthier, der erst kürzlich von Eruk hierherkam.«

»Ich kenne ihn nicht«, murmelte Conan. »Etwas, das die Prinzessin erwähnte, brachte mich auf diese Idee.«

Taurus blickte den Barbarengeneral scharf an. Er hatte Gerüchte über eine Affäre zwischen Conan und Yasmela gehört, aber er hielt es für klüger, nicht darüber zu sprechen. Allein der Gedanke einer Verbindung zwischen der verehrten Prinzessin und diesem rauhen barbarischen Söldner ließ Taurus schaudern. Doch trotz seines Klassenbewußtseins versuchte er, dem Retter Khorajas gegenüber fair zu sein.

»Ich halte es nur für eine schwache Hoffnung, den König auf diese Weise zu retten, aber wenn wir etwas erreichen wollen, müssen wir schnell handeln. Da wir Moranthes das geforderte Lösegeld nicht bezahlen können, wird er, fürchte ich, unseren jungen Monarchen an Strabonus von Koth ausliefern, der Ophir ein sehr vorteilhaftes Bündnis anbietet. Haben die Kothier Khossus erst in ihren Klauen, werden sie ihn zweifellos foltern, bis er zugunsten Strabonus' abdankt und ihn so zum Herrscher unseres Reiches macht. Natürlich werden wir gegen ihn kämpfen, doch das bittere Ende dürfte gewiß sein.«

»Wir schlugen Natokhs Armee«, erinnerte ihn Conan.

»Ja, das verdanken wir Euch. Aber Strabonus befehligt eine größere Streitmacht wohldisziplinierter Truppen, im Gegensatz zu Natokhs zusammengewürfelter Horde.«

»Wenn ich den König befreie, welche Belohnung kann ich dann erwarten?« fragte Conan.

»Ihr kommt direkt zur Sache, nicht wahr, General?« Taurus lächelte ein wenig steif. »Ihr erhofft Euch doch nicht, mehr von der Prinzessin zu haben, wenn ihr Bruder den Thron wieder übernimmt, oder?«

»Und wenn es so ist?« knurrte Conan.

»Gemach – dies war nicht als Beleidigung gedacht. Würde Euch diese Belohnung denn nicht genügen?«

»Nein, das würde sie nicht. Wenn ich die Achtung Eurer parfümierten Höflinge gewinnen soll, brauche ich mehr als einen Offizierssold. Ich würde mich mit der Hälfte der Summe zufriedengeben, die Ihr Moranthes für die Rückgabe des Königs angeboten habt, ehe er seinen Preis erhöhte.«

Mit einem anderen hätte Taurus zu handeln versucht. Aber er schätzte Conan als zu gerissen ein, um zu hoffen, durch Feilschen etwas erreichen zu können. Der unberechenbare Cimmerier mochte vielleicht in dröhnendes Gelächter ausbrechen, doch genausogut vor Wut toben und wortlos davonstürmen und Khoraja verlassen, gerade, wenn das Königreich ihn so sehr brauchte.

»Einverstanden.« Taurus nickte. »Zumindest wird das Geld nicht außer Landes gehen. Ich werde nach Rhazes schicken und mit ihm Euer Unternehmen planen.«

Conan betrat den Raum, in dem Yasmela, Taurus und ein weiterer Mann warteten. Der ihm Unbekannte war korpulent, mittleren Alters, in ein fast schleierfeines Gewand gekleidet und hatte einen schläfrigen Blick. Conan folgte ein kleiner wieseliger Mann, dürr wie ein Skelett, in schmutzigen Lumpen.

»Heil, Prinzessin!« grüße Conan. »Und heil, Kanzler. Und Euch, wer immer Ihr seid, einen guten Tag.«

Taurus räusperte sich. »General Conan, darf ich Euch mit Master Rhazes von Limnae, dem berühmten Astrologen, bekanntmachen? Und wer, wenn ich fragen darf, ist dieser Herr, der Euch begleitet?«

Conan lachte laut. »Wisset, Freunde, daß dies kein Herr ist, sondern Fronto, der geschickteste Dieb in eurem ganzen Königreich. Ich entdeckte ihn in einer stinkenden Kneipe, während ihr ehrlichen, anständigen Leute euch bereits alle dem Schlaf der Gerechten hingabt.«

Fronto verbeugte sich tief. Taurus bemühte sich, seinen Abscheu zu unterdrücken.

»Ein Dieb?« fragte er. »Wozu benötigen wir für unser Unternehmen einen Dieb?«

»Da ich selbst einmal Dieb war«, erwiderte Conan ruhig, »verstehe ich ein wenig von der Arbeit der Diebe. Doch gelang es mir nie, die Kunst des Schlösseröffnens zu erlernen, da meine Finger zu groß und plump dafür sind. Aber für unsere Zwecke brauchen wir vermutlich einen, der gut mit Schlössern umgehen kann – und in dieser Beziehung ist keiner geschickter als Fronto. Ich erkundigte mich bei anderen, die es mir versicherten.«

»Ihr habt den erstaunlichsten Bekanntenkreis«, sagte

Taurus trocken. »Doch – wie können wir uns auf jemanden seines Charakters verlassen?«

Conan grinste. »Fronto hat seine Gründe, uns zu helfen. Erzähl es ihnen selbst, Fronto.«

Jetzt erst öffnete der Dieb zum erstenmal den Mund und sprach mit einem weichen ophireanischen Akzent: »So wisset, meine guten Herren und meine edle Dame, da ich eine Rechnung mit König Moranthes von Ophir zu begleichen habe. Ich bin, wenn auch nicht von blauem Blut, so doch von einer höheren Stellung als der, in der ihr mich jetzt seht. Ich bin der einzige Sohn Hermions, zu seiner Zeit der erste und berühmteste Architekt von Ophir.

Vor vielen Jahren, als Moranthes als unreifer Jüngling den Thron von Ophir bestieg, beschloß er, einen neuen und größeren Palast in Ianthe zu erbauen. Er erteilte meinem Vater diesen Auftrag. Der König bestimmte, daß dieser Palast einen Geheimgang vom Innern des Palastkomplexes zu einer bestimmten Stelle außerhalb der Stadtmauer bekommen sollte, durch den er sich im Falle eines Aufstands seines Volkes oder der Vernichtung der Stadt durch einen Feind in Sicherheit bringen könnte.

Als der Palast einschließlich des Geheimgangs vollendet war, befahl der König, daß alle, die an diesem Geheimgang gearbeitet hatten und davon wußten, getötet würden, damit niemand davon erfahren möge. Meinen Vater ließ er am Leben, denn er hielt sich für gnädig. Er befahl nur seine Blendung.

Diese furchtbare Tat brachte meinen Vater ins frühe Grab. Er starb noch im gleichen Monat. Doch ehe er dahinschied, verriet er mir das Geheimnis des Ganges, und so bin ich in der Lage, den General in den Palast zu führen. Da dieser Gang noch dazu in den Kerkerteil führt und ich imstande bin, jedes Schloß zu öffnen, haben wir eine gute Chance, den König zu befreien.«

»Und was, guter Dieb, hättet Ihr gern für Eure Dienste?« erkundigte sich Taurus.

»Außer meiner Rache würde ich mich über eine kleine Pension freuen – etwa in der Höhe, wie Khoraja sie seinen altgedienten Soldaten bezahlt.«

»Ihr sollt sie haben«, versicherte ihm der Kanzler.

Conan warf einen Blick auf den Astrologen und fragte:, »Und wie seid Ihr an dieser Sache beteiligt, Meister Rhazes?«

»Ich biete Euch meine Dienste für Eure Expedition an, General. Mit meinem astronomischen Rechner«, er deutete auf die kleine Messingtruhe, die mit Zeigern und Rädern ausgestattet war und die er nun auf seine Hand hob, »kann ich die günstigste Zeit für jeden Schritt Eures Unternehmens berechnen.«

Rhazes streckte ihm das Messingkästchen entgegen und drehte am Silberknauf. Nachdem er die Zeiger betrachtet hatte, sagte er: »Welch glücklicher Zufall! Die beste Zeit für unseren Aufbruch während der nächsten beiden Monate wäre morgen.« Er schaute zu Conan hoch. »Ich bin zwar kein Zauberer, trotzdem kann ich Euch mit ein paar magischen Tricks aushelfen.«

Conan knurrte: »Ich bin bisher ohne die Hilfe magischer Kniffe ausgekommen und sehe keinen Grund, weshalb ich mich ihrer jetzt bedienen sollte.«

»Außerdem«, fuhr Rhazes ungerührt und ohne auf Conans Bemerkung einzugehen, fort, »kenne ich Koth gut und beherrsche die Landessprache ohne den geringsten Akzent. Da wir auf unserem Weg nach Ophir dieses große Königreich durchqueren müssen ...«

»Zum Teufel damit!« brummte Conan. »Strabonus würde uns liebend gern in seine Hände bekommen. Nein, wir werden um die Grenzen Koths einen Bogen machen und durch Shem und Argos ...«

»Rhazes hat seine Gründe«, warf Taurus ein. »Die

Zeit ist von größter Wichtigkeit, und Eure Route würde die Reise verlängern.«

Yasmela pflichtete dem Kanzler bei. Schließlich erklärte Conan sich, wenn auch widerwillig, bereit, den direkten Weg zu nehmen, und er erhob auch keine Einwände mehr gegen die Begleitung des Corinthiers.

Der Kanzler sagte: »Ihr werdet Leibwächter und Diener benötigen, welche die Arbeit für euch machen und sich um die Pferde kümmern ...«

»Nein!« donnerte Conan und schlug mit der Faust auf den Tisch des Audienzsaals. »Jeder Mann mehr bedeutet ein weiteres Augenpaar, das Dinge wahrnimmt, Ohren, die lauschen, und eine Zunge, die unsere Geheimnisse ausplaudern könnten. Ich habe in vielen Landen bei gutem und schlechtem Wetter kampiert, und auch Fronto kennt die rauhere Seite des Lebens. Falls Meister Rhazes diese kleinen Unannehmlichkeiten nicht in Kauf nehmen will, ist es besser, er bleibt in Khoraja.«

Taurus kicherte. »Es ist äußerst ungewöhnlich für einen Mann Eures Ranges, General, ein Land zu durchreisen, ohne auch nur einen Burschen mitzunehmen, der ihm die Stiefel putzt.«

»Ich habe mich früher selbst bedient, und es wird mir nicht schaden, es wieder zu tun. Bei einem Unternehmen wie diesem kommt der am schnellsten voran, der allein reist.«

Der fette Astrologe seufzte. »Ich komme auch ohne Diener mit, wenn es sein muß. Aber verlangt nicht von mir, Brennholz zu hacken.«

»Na gut.« Conan erhob sich. »Kanzler, gebt Fronto einen Passierschein aus dem Palast, damit nicht eine übereifrige Wache das Schlimmste annimmt und ihn in Ketten legt.« Er warf dem Dieb eine Münze zu. »Fronto, besorg dir was zum Anziehen – etwas Anständiges, aber nichts Auffälliges – und komm eine Stunde vor dem

Abendmahl zu mir ins Offiziersquartier. Prinzessin, gestattet mir, Euch zu Euren Gemächern zu begleiten.«

Als sie den Korridor entlangschritten, murmelte Conan: »Darf ich heute nacht zu dir kommen?«

»Ich – ich weiß nicht – das Risiko …«

»Es ist vielleicht das letzte Mal, daß wir zusammensein können, das dürfte dir ja klar sein.«

»Oh, du Schlimmer, mich so zu quälen. Also gut, ich werde meine Leibmägde vor der Wachablösung wegschicken.«

Drei Reiter und ihre Packtiere trotteten den sanften Hügel empor, der zum nördlichen Teil der kothischen Befestigungsanlage gehörte. Hin und wieder begegneten sie einigen Leuten: einem Krämer, der mit seiner Ware in einem Korb auf dem Rücken zu Fuß dahinmarschierte; einem Bauern auf einem Ochsenkarren; einer Kamelkarawane, die von Shemiten in gestreiften Gewändern und Kopftüchern geführt wurde; und einem khorajanischen Aristokraten, der das edle Gespann seines Wagens vor dem laufenden Troß mit der Peitsche antrieb.

Endlich erreichten sie den Schutzwall der Befestigungsanlage. Von unten sah das Ganze wie massiver Fels aus, doch als sie näherkamen, sahen sie, daß die Mauer von schmalen Klüften durchbrochen war.

Die Straße führte in eine dieser Schluchten. Als sie ihre Pferde den in die Kluftwand gehauenen Serpentinenpfad hochtrieben, verbargen die Felsen die untergehende Sonne. Bis sie den höchsten Wall erreicht hatten, war ihre rote Scheibe bereits verschwunden.

Im Westen hoben die runden kothischen Hügel sich wie die Brüste einer schlafenden Riesin dem Himmel entgegen. In der Ferne sah Conan den Gipfel des Kroshas, dessen Rauchsäule durch das tobende Feuer in seinem Krater mit tiefem Rot durchwoben war.

Vor ihnen stieg das Land sanft an, und hier hielt sie ein Trupp Bewaffneter in den goldenen Helmen Koths und mit den Emblemen des Landes auf ihren Umhängen an. Die Reisenden hatten die Grenze erreicht. Rhazes bat:

»General Conan, überlaßt mir die Verhandlungen.« Schwerfällig kletterte der dicke Astrologe aus dem Sattel und ging auf den Befehlshaber der Grenzwache zu. Er nahm den Offizier am Ellbogen, zog ihn zur Seite und redete in schnellem, fließendem Kothisch auf ihn ein, dann wies er auf seine Begleiter. Das strenge Gesicht des Offiziers verzog sich zu einem Grinsen. Dann brach er in schallendes Gelächter aus und schlug sich klatschend auf die Schenkel, ehe er sich zu Conan und Fronto wandte und mit dem Daumen deutete.

»Reitet weiter!« rief er.

Als der Grenzposten mit der Entfernung immer kleiner wurde, fragte Conan: »Was habt Ihr diesem Kerl gesagt, Rhazes?«

Der Astrologe lächelte mild. »Ich erklärte ihm, wir befänden uns auf dem Weg nach Asgalun, und wir hörten Gerüchte über einen Krieg zwischen den westlichen Staaten von Shem.«

»Gut, aber weshalb lachte der Bursche so?«

»Oh, ich behauptete, Fronto sei mein Sohn, und wir beabsichtigten im Tempel von Derketo zu beten, um die Götter milde zu stimmen, damit er einen Sohn zeugen könne. Ich sagte, er leide – ah – unter gewisser körperlicher Schwäche.«

»Ihr Bastard!« entfuhr es Conan, und er brach ebenfalls in schallendes Gelächter aus, während Fronto mit finsterer Miene auf die Straße starrte.

Der Mond wuchs zu seiner vollen Größe, dann schrumpfte er zu einer schmalen Sichel, während sie die endlosen Meilen durch Koth dahinritten. Sie kamen durch weites Prärieland, wo berittene Kuhhirten Langhornrinder bewachten. Das öde Zentralkoth, wo Flüsse einen See speisten, der so salzig war, daß die wenigen Pflanzen der Ufergegend mit Stacheln und Dornen bewehrt waren, umritten sie. Erst als sie fruchtbareres Land erreichten, hielten sie an, um kurz Rast zu machen.

Conan musterte seine Begleiter. Fronto machte ihm Sorgen. Der kleine Dieb war ein williger Helfer, tüchtig und gewandt, aber er redete pausenlos über seinen privaten Kummer und seine privaten Unbillen.

»Wenn die Götter mir die Chance gewähren«, erklärte er, »erschlage ich diesen Schurken Moranthes, auch wenn sie mich hinterher in kochendes Öl werfen.«

»Ich kann dir deinen Wunsch nicht verdenken«, sagte Conan. »Rache ist süß, und auch ich genoß sie so manchesmal. Aber man muß überleben, um sie auszukosten. Vergiß nicht, daß wir nicht nach Ophir reiten, um Moranthes zu töten, selbst wenn er den Tod noch so oft verdiene, sondern um Khossus aus der Gefangenschaft zu befreien. Wenn du später zurückkehren willst, um dem König aufzulauern, ist es deine Sache.«

Aber Fronto brummte weiter vor sich hin, kaute an seinen Lippen und verkrampfte seine Finger in der Leidenschaftlichkeit aufgestauter Gefühle.

Rhazes war das genaue Gegenteil. Der Astrologe half bei keiner Arbeit, außer Conan las ihm die Leviten, und er war auch so ungeschickt, daß, selbst wenn er willig gewesen wäre, er sich kaum als Hilfe erwiesen hätte. Dafür war er immer guter Laune und unterhielt die beiden mit Geschichten aus alten Mythen und Belehrungen über die geheimen Künste.

Er hatte jedoch auch ein Talent, direkte Fragen zu überhören und unbeantwortet zu lassen. Er wand sich unter ihnen davon wie eine Schlange vor einem herabkommenden Fuß. Conan empfand ein vages Mißtrauen, aber so sehr er den Mann auch beobachtete und seine Worte überdachte, fand er nichts, das wirklich gegen ihn sprach.

Sie kampierten in einem Waldstreifen östlich von Khorshemish, als Rhazes erklärte: »Ich muß unser Horoskop stellen, um herauszufinden, ob uns in der Hauptstadt von Koth Gefahr erwartet.«

Er holte sein Kästchen aus dem großen Ledersack, der auch seine anderen Zauberutensilien enthielt. Dann studierte er die Sterne hoch über ihnen, spähte durch die Zweige der Bäume ringsum und drehte am Silberknauf, während er im flackernden Feuerschein die Zeiger beobachtete. Schließlich sagte er:

»Ja, wahrhaftig erwartet uns Gefahr in Khorshemish. Wir nehmen besser einen Nebenweg, der um die Stadt herumführt. Ich kenne ihn.« Der Astrologe betrachtete stirnrunzelnd sein Instrument, nahm eine kleinere Änderung in der Einstellung vor, dann murmelte er: »Ich weiß nicht recht, was es bedeuten soll, aber die Zeiger verraten mir, daß eine andere Gefahr ganz in der Nähe unser harrt.«

»Welcher Art?« fragte Conan.

»Das kann ich nicht sagen, aber wir sollten auf der Hut sein.« Rhazes packte vorsichtig seine Maschine zurück in den Ledersack, wühlte darin herum und brachte schließlich ein Stück Strick zum Vorschein. »Ich zeige euch einen simplen Zaubertrick, den ich von einem Magier in Zamora lernte. Seht euch den Strick an, ja? Hier, fangt ihn!«

Er warf ihn Conan zu, der schnell eine Hand danach ausstreckte. Als er ihn hatte, sprang er fluchend hoch und schleuderte das Ding in weitem Bogen von sich, denn als es seine Hand erreichte, hatte es sich in eine sich windende Schlange verwandelt. Als es jedoch auf dem Boden aufschlug, war es lediglich wieder ein Stück lebloser Strick.

»Verflucht, Rhazes!« knurrte Conan und griff nach seinem Schwert. »Wollt Ihr mich ermorden?«

Der Astrologe kicherte, während er den kurzen Strick zurückholte. »Nichts als eine Illusion, mein teurer General. Es war nie etwas anderes als ein Stück Seil. Selbst wenn es wirklich eine Schlange gewesen wäre, war es – klar ersichtlich für jedermann – eine ungefährliche Art.«

»Für mich ist Schlange Schlange«, brummte Conan und setzte sich wieder. »Ihr könnt von Glück sagen, daß Euer Kopf noch auf den Schultern sitzt.«

Ungerührt packte Rhazes den Strick in den Ledersack zurück. »Ich möchte Euch nur freundschaftshalber warnen, nicht in diesen Sack zu langen. Manche der Dinge darin sind nicht ganz so ungefährlich. Diese Truhe hier, beispielsweise.«

Er holte einen kunstvoll geprägten Kupferbehälter heraus, der etwas größer war als der Rechenkasten, deutete kurz darauf und schob ihn wieder in den Sack zurück.

Fronto grinste. »Also gibt es doch etwas, das unser tapferer General fürchtet.«

»Wenn wir erst die Türme von Ianthe vor uns haben, werden wir schon sehen, wer was fürchtet ...«

»Rührt euch nicht!« befahl eine barsche Stimme auf Kothisch. »Ein Dutzend gespannter Bogen sind auf euch gerichtet.«

Conan drehte die Augen, als ein Mann aus den Schatten trat – ein hagerer Mann in ehemals prunkvoller, doch jetzt sehr mitgenommener Kleidung, mit einer Binde über einem Auge. Eine Bewegung zwischen den Bäumen bewies die Anwesenheit seiner Begleiter.

»Wer seid Ihr?« knurrte Conan.

»Ein in eine Notlage geratener Herr, dem Maut für seine Domäne gebührt, nämlich für diesen Forst«, erwiderte der Mann und rief seine Kameraden: »Kommt näher, Burschen, und zeigt eure Pfeilspitzen.«

Es waren nur sieben Bogenschützen, aber sie genügten, um drei Reisende in Schach zu halten.

Conan beugte die Knie, als wollte er aufspringen. Wäre er allein gewesen, hätte er sofort angegriffen, denn sein Kettenhemd unter dem Wams hätte die Pfeile schon abgewehrt. Doch die Wahrscheinlichkeit, daß seine Begleiter einen Pfeilbeschuß nicht überlebten, war groß und ließ ihn zögern.

»Ah«, murmelte der Räuberhauptmann und beugte sich über Rhazes' Ledersack. »Was haben wir denn hier?« Er schob die Hand hinein und brachte die kleine Kupfertruhe zum Vorschein. »Gold? Nein, nicht schwer genug. Juwelen vielleicht. Wir wollen sehen …«

»Ich warne Euch, öffnet die Truhe lieber nicht«, murmelte Rhazes.

Der Einäugige lachte spöttisch. Er machte sich am Verschluß zu schaffen und öffnete den Deckel. »Aber – sie ist ja leer!« rief er überrascht. »Nur voll Rauch …«

Plötzlich schrie er schrill und schleuderte die Truhe von sich. Etwas, das im Feuerschein wie eine Wolke rußigen Rauches aussah, war herausgequollen. Die Wolke schwoll zur Mannesgröße an und wickelte sich um den einäugigen Räuberhauptmann, der wild herumhüpfte und mit beiden Händen auf seine Kleidung schlug, als stünde sie in Flammen. Während er seinen Schreckenstanz aufführte und weiterhin gellend schrie, saß Rhazes reglos da und murmelte vor sich hin.

Die Truhe lag nun offen auf dem Boden, wo sie aufgeprallt war. Eine weitere Wolke quoll heraus, dann noch eine. Wie amorphe Wesen, die durch die Tiefen des Ozeans schwimmen, bewegten sie sich durch die Luft. Eine wand sich um einen zweiten Räuber, der ebenfalls zu hüpfen und zu schreien begann.

Die übrigen Bandenmitglieder schossen ihre Pfeile auf die tintigen Wolken ab, die pausenlos aus der Kupfertrühe wallten, aber die Schäfte und Spitzen stießen auf keinen Widerstand. Der Räuberhauptmann und sein Kumpan sanken zu Boden und blieben reglos liegen. Sofort verschwanden die restlichen Räuber aus dem Feuerschein. Nur ihre hastenden Füße und ihre Schreckensschreie, die sich allmählich im Wald verloren, waren zu hören.

Rhazes erhob sich und holte seine Truhe zurück. Den Deckel hielt er offen und begann einen gespenstischen Singsang. Nach und nach kehrten die rauchigen Wolken in die Truhe zurück. Sie schienen keine Schwierigkeiten zu haben, alle darin Platz zu finden.

Schließlich klappte Rhazes den Deckel zu und ließ den Verschluß einschnappen. »Er kann nicht behaupten, ich hätte ihn nicht gewarnt«, brummte der Astrologe und lächelte. »Oder sollte ich genauer sein und sagen, sein Geist kann mich nicht beschuldigen?«

»Ihr seid ein besserer Zauberer, als Ihr zugeben wollt«, knurrte Conan. »Was waren diese Rauchwesen?«

»Elementargeister, die durch einen mächtigen Zauber auf dieser stofflichen Ebene festgehalten werden. In der Dunkelheit gehorchen sie mir, aber sie ertragen das Licht des Tages nicht. Ich gewann diese Truhe von einem Magier aus Luxor in Stygien.« Er zuckte die Schultern. »Die Sterne verrieten mir, daß ich das Spiel gewinnen würde.«

»Ihr habt ihn also betrogen«, brummte Conan.

»Ah, aber auch er versuchte, mich zu betrügen, indem er die Würfel mit einem Zauber belegte.«

»Ich habe schon mehr Gold und Silber verspielt, als die meisten Menschen in ihrem ganzen Leben auch nur sehen«, sagte Conan. »Aber Mitra bewahre mich davor, mich mit einem Zauberer in ein Glücksspiel einzulassen!« Der Cimmerier stocherte nachdenklich im Feuer. »Eure menschenverzehrenden Wolken haben zwar unsere Habe und vielleicht auch unsere Hälse gerettet, aber ohne Eure Geschwätzigkeit hätte ich die Annäherung der Bande gehört und wäre nicht wie ein neugeborenes Lamm überrascht worden. Also redet lieber nicht mehr soviel und schlaft jetzt. Ich übernehme die erste Wache.«

Rhazes führte seine Begleiter über kaum benutzte Wege um Khorshemish herum, bis sie wieder die Straße nach Ophir erreichten.

Ein ungutes Gefühl bemächtigte sich Conans, je mehr Meilen sie zurücklegten. Es war nicht etwa ihr Vorhaben, in König Moranthes' Palast einzubrechen, das ihn beunruhigte, denn Ähnliches hatte er schon oft erfolgreich hinter sich gebracht. Es war auch nicht Furcht vor Foltern, und der Tod war schon zu lange sein Begleiter, als daß er ihm mehr Beachtung schenkte als einer lästigen Fliege.

Nein, das alles war es nicht. Endlich wurde ihm klar, was seine Unruhe hervorrief. Ihre Reise war bis jetzt von wirklichen Schwierigkeiten verschont geblieben. Wann immer sie von Patrouillen angehalten worden waren, hatte Rhazes ihnen den Weg so leicht freigeredet wie am ersten Grenzposten. Es hatte keine Bedrohung durch Zauberei gegeben, keinen Kampf, keine Verfolgung. Conan grinste über diese Ironie. Er war so sehr an Gefahren gewöhnt, daß ihre Abwesenheit ihn beunruhigte.

Endlich kam Ianthe am Purpurfluß in Sicht. Ein kurzes, heftiges Gewitter hatte die Luft gereinigt, und die untergehende Sonne ließ die metallenen Verzierungen aufleuchten, die die Kuppeln und Türme der Stadt krönten. Die roten Dächer höherer Häuser ragten über die Stadtmauer.

Fronto sagte: »Wenn wir den Fluß auf der Brücke überqueren wollen, kommen wir direkt ans Stadttor und müssen dort hindurch – davon würde ich abraten.

Wir können auch ein paar Meilen flußaufwärts bis zur nächsten Furt reiten.«

»Ist der Tunneleingang an der Nordseite?« fragte Conan.

»Ja, General.«

»Dann reiten wir flußaufwärts.«

Rhazes blickte Fronto scharf an. »Können wir den Geheimgang bis Mitternacht erreichen?«

»Dessen bin ich sicher.«

Der Astrologe nickte.

Die dicke Mondsichel, die am Zunehmen war, leuchtete bleich durch die Bäume, als die drei Männer sich in einem Hain im Nordosten der Stadt von ihren Pferden schwangen. Eine Pfeilschußweite entfernt hob die mit Zinnen geschützte Stadtmauer sich schwarz gegen den Sternenhimmel ab. Conan holte ein Bündel Fackeln – lange Stöcke aus Fichtenholz, die an einem Ende mit ölgetränkten Lumpen umwickelt waren – aus einer Satteltasche.

»Bleibt bei den Pferden, Rhazes«, bat Conan. »Fronto und ich werden den Geheimgang betreten.«

»O nein, General«, protestierte der Astrologe. »Ich komme mit euch. Die Tiere sind sicher angekoppelt. Und wer weiß, ob ihr nicht meinen Sack mit Zaubertricks benötigt, um Khossus lebend herauszubekommen.«

»Er hat recht, General«, pflichtete Fronto Rhazes bei.

»Er ist zu alt und fett, um sich als Akrobat zu betätigen«, brummte Conan.

»Ich bin agiler, als Ihr glaubt«, widersprach Rhazes. »Außerdem steht in den Sternen, daß Ihr meine Hilfe braucht, um Euer Unternehmen zu einem guten Ende zu bringen.«

»Also gut«, knurrte Conan. Trotz seines Unglaubens hatten einige von Rhazes Vorhersagen, die das Wetter und Unterkunft in Herbergen betrafen, ihn beeindruckt. »Aber wenn Ihr zurückbleibt und von den Ophiten geschnappt werdet, dürft Ihr nicht erwarten, daß ich umkehre, um Euch zu retten.«

»Ich bin bereit, dieses Risiko auf mich zu nehmen«, erklärte Rhazes.

»Dann laßt uns endlich aufbrechen!« zischte Fronto zappelig. »Ich kann es kaum erwarten, meinen Dolch in einen von Moranthes' Henkersknechte zu stoßen.«

»Kein Töten nur um des Vergnügens willen!« warnte Conan. »Nicht deshalb sind wir hier. Also, kommt jetzt!«

Brummelnd führte der Dieb seine Begleiter durch den Hain und in ein Dickicht, ein paar Fuß von der Palastmauer entfernt. Über ihnen funkelte Mondschein auf den Helmen und Speeren der Wachen, die ihre Runde auf der Schutzwehr zogen. Alle drei erstarrten wie gejagtes Wild. Sie verhielten sich absolut reglos, bis die Posten weitergezogen waren.

In der Mitte des Dickichts, das von allen Seiten durch kreisförmig angepflanzte Büsche geschützt war, fanden sie eine Stelle, an der das Gras nur spärlich wuchs. Fronto tastete herum, bis er einen Bronzering fand. Er zog daran, doch nichts geschah.

»General«, flüsterte er. »Ihr seid stärker als ich. Versucht Ihr, ihn zu heben.«

Conan holte tief Luft, beugte sich, faßte den Ring und zog. Langsam, mit schleifendem Geräusch öffnete sich die Falltür. Conan spähte hinunter in die modrig klamme Tiefe. Der Mond warf seinen Schein auf die hinunterführenden Stufen.

»Mein Vater hat den Gang gut geplant«, sagte Fronto leise. »Selbst ein Mann von Eurer Größe, General, kann darin aufrecht gehen, ohne an die Decke zu stoßen.«

»Warte hier«, befahl Conan, »und schließ die Falltür, wenn ich unten eine Fackel angezündet habe.« Er tastete sich die Treppe hinab.

Unten machte er sich mit Feuerstein und Stahl an die Arbeit. Nachdem er eine Weile ohne Erfolg versucht hatte, Feuer zu schlagen, knurrte er:

»Bei Croms Teufeln! Der Regen ist mir an meinen Zunder gekommen. Hat einer von euch noch trockenen?«

»Ich habe etwas, das sich an seiner Statt benutzen läßt«, versicherte ihm Rhazes. »Tretet ein wenig zurück, ich bitte Euch.«

Aus seinem Ledersack holte der Astrologe eine Rute, die er unter unverständlichem Gemurmel an die Fackel hielt. Das Ende der Rute leuchtete rot auf, dann wurde sie gelb und schließlich weiß. Ein Strahl grellen Lichtes fraß sich in die Fackel, die zu rauchen, zu glühen und schließlich hell zu brennen anfing. Das Glühen der Rute verblich, und Rhazes steckte sie in seinen Ledersack zurück.

»Schließ die Falltür, Fronto!« bat Conan. »Leiser, Narr! Wenn du sie zuschlägst, werden gleich die Wachen herbeieilen.«

»Tut mir leid, meine Hand rutschte aus«, entschuldigte sich der kleine Dieb und eilte spinnengleich die Treppe hinunter. »Gebt mir die Fackel. Ich kenne den Weg.«

Schweigend schlichen die drei Männer durch den nur von der Fackel erhellten Gang. Boden und Wände bestanden aus Steinplatten, und schwere Balken stützten die Decke. Moos und Pilzbewuchs drangen durch die Spalten der Platten und überwucherten sie teilweise, so daß sich ein platschendes Geräusch unter ihren Füßen ergab. Ratten quiekten und flohen. Ihre roten Augen glitzerten wie Rubine in der Dunkelheit. Ihre Krallen scharrten bei ihrer hastigen Flucht über die Platten.

Nur von Frontos Fackelschein geleitet, huschten sie durch die Finsternis. Keiner gab einen Laut von sich. War es ihre Vorsicht oder weil sie sich nicht eingestehen wollten, daß der klamme Hauch der Furcht ihnen durch die Dunkelheit folgte?

Conan schaute sich grimmig um. Die flackernden orangefarbenen Flammen der Fackel malten schwarze Schatten auf den flechtenüberzogenen Boden – Schatten, die herabstießen und anschwollen wie gewaltige Fledermäuse. Der unterirdische Gang war seit vielen Jahren von der Außenwelt abgeschlossen, und so war nun die Luft würgend und zum Schneiden dick vom Modergeruch des Zerfalls.

Nach einer Weile knurrte Conan: »Wie weit noch, Fronto? Wir müßten inzwischen quer durch die Stadt marschiert und schon wieder außerhalb Ianthes sein.«

»Wir haben noch nicht einmal die Hälfte des Wegs hinter uns. Der innere Palast liegt in der Stadtmitte, wo sich früher einmal die Zitadelle befand.«

»Was ist das für ein seltsames Geräusch?« erkundigte sich Rhazes, als ein donnerndes Rumpeln zu hören war.

»Nur ein Ochsenkarren auf der Ischtarstraße«, erwiderte Fronto.

Endlich erreichten sie das Ende des Tunnels. Hier führte eine Treppe zu einer ähnlichen Falltür wie der, durch die sie gekommen waren. Conan nahm die Fackel und untersuchte die Planken.

Leise fragte er: »In welchen Teil der Verliese führt dieser Gang?«

Fronto rieb sich nachdenklich das stopplige Kinn. »Irgendwo ans Ende des Südteils«, erwiderte er.

»Und König Khossus wird im mittleren Teil festgehalten, der parallel zu diesem liegt«, murmelte Rhazes hinter ihnen. Conan warf ihm einen mißtrauischen Blick zu.

»Woher wißt Ihr das?« fragte er scharf.

Der korpulente Seher breitete beide Arme in einer entwaffnenden Gebärde aus. »Aus meinen Sternen, wie denn sonst?«

Conan brummte etwas, das sich wie ein Fluch anhörte.

Der ungeduldige Dieb hob die Falltür einen Fingerbreit an und preßte ein Ohr an das rauhe Holz. »Es scheint sich niemand in der Nähe aufzuhalten«, flüsterte er. »Kommt, schnell.«

Trotz eines schwachen Quietschens der Angeln stieß er die Tür ganz auf und bedeutete seinen Begleitern heraufzukommen.

Conan stieß seinen angehaltenen Atem aus und stellte die Fackel so ab, daß sie an der Korridorwand lehnte und mit schwachem, aber willkommenem Licht brannte. Dann folgte er Fronto, und Rhazes kam keuchend hinterher.

Sie erreichten einen Korridor, der etwa zwanzig Schritt lang war und zu beiden Seiten unbesetzte Zellen hatte. Die Luft war schwer vom Gestank nach Fäulnis, Moder und Exkrementen. Das einzige Licht kam von einer schwach brennenden Fackel in einer Halterung an der Wand eines Quergangs am fernen Ende ihres Korridors. Außer diesem Licht kam allerdings noch ein schwaches rötliches Leuchten von der Fackel, die Conan im Tunnel unten an die klamme Wand gelehnt hatte. Um dieses verräterische Leuchten zu verbergen, begann Fronto die Falltür zu schließen, doch Conan schob schnell eine Münze zwischen Tür und Rahmen, damit eine winzige Unregelmäßigkeit im Boden ihnen gleich verriet, wo die Tür zu finden war, wenn sie auf dem Rückweg auf sie zueilten.

Conan zog das Schwert aus der Scheide, als er sich umdrehte und seinen Begleitern voraus auf den fernen Fackelschein zuschritt. Unter den zusammengezogenen Brauen huschten seine Augen von Seite zu Seite und studierten die Verliese hinter den Gitterstäben. Die meisten waren leer, doch in einer schimmerten weiße Gebeine in der Düsternis. In einer anderen schlurfte ein knochiger Gefangener, schmutzig und in Lumpen, das Gesicht unter den verfilzten Strähnen kaum sichtbar, zum Gitter und beobachtete schweigend die Eindringlinge. So leise schlichen sie dahin, daß das Schweigen im engen Gang laut zu dröhnen schien.

Als sie die Ecke des Korridors erreichten, wo die Fackel in der Wandhalterung rußte, deutete Fronto nach rechts. Auf leisen Sohlen hasteten sie wie jagende Löwen unbemerkt über die Gangkreuzung zu einem weiteren Korridor mit Verliesen an beiden Seiten. Sie rannten lautlos dahin, bis Fronto mit dem Daumen zuckte, um Conans Aufmerksamkeit auf eine Zelle zu lenken.

Sie war doppelt so groß wie die anderen. In der Düsternis erkannte der Cimmerier einen Stuhl, einen kleinen Tisch, eine Waschgelegenheit und ein Bett. Ein Mann, der auf dem Bett gesessen hatte, erhob sich, als die drei Männer vor den Gittern seines Verlieses stehenblieben. Deutlich war der Mann nicht zu sehen, aber nach seinen Umrissen und seinen Schritten, als er näherkam, schloß Conan, daß er jung war und vornehm gekleidet.

»Mach dich ans Werk, Fronto«, flüsterte Conan.

Der Dieb zog einen dünnen gebogenen Draht aus seinem Stiefel und steckte ihn in das Schlüsselloch. Seine Wieselaugen glitzerten im flackernden Fackelschein. Nach ein paar geschickten Drehungen klickte das Schloß, und die Gittertür ließ sich öffnen. Conan trat ins Verlies.

Der Gefangene wich zurück, als er das Schwert in Conans Hand sah. »Hat Moranthes Euch geschickt, mich zu ermorden?« wisperte er heiser.

»Nein, mein Junge. Wenn Ihr Khossus von Khoraja seid, wollen wir nichts anderes als Euch befreien.«

Der junge Mann straffte die Schultern. »So spricht man nicht zu einem gesalbten König. Die Anrede für mich …«

»Leiser!« knurrte Conan. »Seid Ihr nun Khossus oder nicht?«

»Ich bin es. Aber man spricht mich mit ›Eure Maje ...‹«

»Für die Hofetikette haben wir jetzt keine Zeit. Wollt Ihr mitkommen oder hierbleiben?«

»Ich komme mit«, versicherte ihm der junge Mann. »Aber wer seid Ihr?«

»Ich bin Conan, General Eurer Streitkräfte. Und jetzt kommt schnell und leise.«

»Leiht mir erst Euer Schwert, General.«

»Wozu?« fragte Conan erstaunt.

»Der Hauptmann der Wache hat mir Schmach angetan. Er hat die Ehre Khorajas beleidigt, und ich habe geschworen, ihn im Kampf zu töten. Ich werde nicht von hier fortgehen, ehe es nicht vollbracht ist!«

Khossus' Stimme hob sich, bis sie in der Zelle widerhallte. Conan warf seinen beiden Begleitern einen Blick zu, schüttelte seine zerzauste Mähne und versetzte dem jungen König einen Kinnhaken. Klickend schlugen Khossus' Zähne aufeinander, und er fiel gegen sein Bett.

Conan warf ihn sich über die Schulter und führte seine Begleiter aus dem Verlies und den Korridor zurück. Als sie zu der Gangkreuzung kamen, hörten sie hallende Schritte und metallisches Klirren.

»Lauft zum Tunnel, ich kümmere mich um die Wache«, zischte Conan.

»Nein, Ihr tragt den König. Lauft zu, ich werde mit dem Burschen schon fertig«, flüsterte Rhazes und wühlte im Ledersack.

»Was geht hier vor?« donnerte eine grimmige Stimme, als ihr Besitzer mit blankem Schwert um die Ecke bog.

Während Conan und Fronto zu dem Korridor hetzten, in dem sich die Falltür befand, zog der Astrologe etwas aus dem Sack, das wie eine Hanfschlinge aussah. Der Gefangenenwärter warf eine Hand hoch, um die durch die Luft fliegende Schlinge aufzufangen. Er kreischte schrill, als er sah, was er in der Hand hielt, und schleuderte hastig die sich windende Schlange von sich. Dann drehte er sich um und rannte wie ein Irrer schreiend in die Richtung zurück, aus der er gekommen war.

Rhazes trottete zu der offenen Falltür, wo Conan, den bewußtlosen König immer noch auf der Schulter, ihm die Hand entgegenhob, um ihn beim Hinuntersteigen zu stützen. Als der Astrologe den Riemen seines Ledersacks bequemer zurechtrückte, rannte Fronto die Stufe wieder hoch und ließ die Falltür langsam einrasten.

Conan murmelte: »Gibt es denn keinen Riegel, um die Tür zu sichern?«

»Ich sehe keinen«, antwortete ihm Fronto. »Die Tatsache, daß sie in den Fliesen eingelassen ist, macht sie vom Korridor aus so gut wie unsichtbar.«

»Dann müssen wir laufen«, brummte Conan. Er verlagerte das Gewicht des schlanken Königs auf seiner Schulter und folgte dem mit der Fackel vorauseilenden Fronto. Rhazes keuchte wie ein Kauffahrer mit geblähten Segeln hinter ihm her.

Während ihrer Flucht kam Khossus zu sich. Als sein Kopf wieder klar war, wurde ihm seine unwürdige Haltung bewußt und er beschwerte sich.

»Weshalb schleppt Ihr mich wie einen Sack Kartoffeln? Setzt mich sofort ab! So behandelt man seinen König nicht!«

Ohne die Geschwindigkeit zu verringern, brummte Conan: »Wenn Ihr so schnell rennen könnt wie ich, setze ich Euch ab. Außer, natürlich, Ihr möchtet gern von den Kerkerwachen eingeholt und zurück in Euer Verlies geworfen werden – oder ein schlimmeres Geschick erleiden. Nun?«

»So sei es denn«, gab der junge König leicht schmollend nach. »Aber Ihr scheint wahrhaftig keine Ehrfurcht vor königlicher Würde zu haben.«

Am Ende des Geheimgangs stellte Conan den König auf die Füße. Er hastete vor Fronto die Stufen hinauf und stemmte mit aller Kraft die Falltür auf. Fronto folgte ihm unmittelbar.

»Lösch die Fackel!« befahl Conan ungehalten. Fronto gehorchte.

Dann trat Conan hinaus ins Sternenlicht. Der Mond war untergegangen, da wurde dem Cimmerier bewußt, daß die Befreiung länger als erwartet gedauert hatte.

Seine Begleiter blieben dicht hinter ihm, als Conan auf das Dickicht zulief. Abrupt hielt er an. Nur ein paar Schritt entfernt standen gut zwanzig Bewaffnete mit schußbereiten Armbrüsten zwischen den Büschen. Hinter ihnen bemerkte er ein Lagerfeuer in dem Hain, wo ihre Pferde standen.

»Was hat das zu bedeuten?« zischte Conan und riß sein Schwert aus der Scheide.

»Ich kann es erklären, General«, keuchte Rhazes hinter ihm.

»Kommt heraus, Rhazes!« rief eine der dunklen Gestalten auf Kothisch. »Damit wir nicht versehentlich Euch treffen.«

Der Astrologe schob sich an Conan vorbei und drehte sich um. »Teurer, naiver General, Ihr ergebt Euch am besten ohne viel Getue. Das hier sind Soldaten meines Heimatlands Koth, dessen König ich die Ehre habe zu dienen. Ich arrangierte diesen Hinterhalt mit dem Grenzposten auf unserem Herweg, und er leitete alles weitere in die Wege. Wir machten einen Umweg um Khorshemish, um zu verhindern, daß möglicherweise Bekannte mich grüßten und so meine Tarnung aufdeckten. Ihr wart so freundlich, mir zu helfen, König Khossus aus Moranthes' Klauen zu holen, und nun bringen wir euch beide nach Koth. Damit wäre das letzte Hindernis beseitigt, Khoraja wieder seinem Mutterland einzuverleiben.«

Conan spannte die Muskeln und verlegte sein Gewicht auf die Ballen, um sich zum Sprung bereitzumachen. Er vertraute darauf, daß sein Kettenhemd die Armbrustgeschosse abwehren würde. Wenn nicht – nun ja, kein Mensch lebt ewig.

»Laßt Euer Schwert fallen, General Conan!« befahl der Soldat, der zuvor gesprochen hatte.

»Da müßt Ihr mich schon erst töten!« brüllte Conan und sprang dem kothischen Offizier entgegen.

Jetzt handelte Fronto. Mit Augen, die im Feuerschein glühten, und einem Wutschrei sprang der kleine Dieb vorwärts und stieß seinen Dolch einmal, zweimal, dreimal in Rhazes feisten Bauch. Zwei Armbrüste schnellten. Die Pfeile zischten durch die Dunkelheit, ohne Schaden anzurichten, da die Schützen befürchteten, ihre eigenen Leute zu treffen.

Lautlos sank Rhazes zu Boden. Sein flatterndes Gewand wallte wie bleicher Nebel im Sternenlicht. Sein Ledersack fiel geöffnet neben ihn. Wie eine Spinne sprang Fronto zur Seite, packte den Sack und rannte zum Hain. Doch da schnellte eine weitere Armbrustsehne. Fronto würgte an einem Husten, Blut schäumte aus seinen Lippen, und er stürzte mit dem Kopf voraus in die Flammen des Lagerfeuers. Auch der Ledersack, den er hielt, fiel in der Glut.

Conan, der Khossus beschützte, wechselte Hiebe mit mehreren Kothiern. Sein Schwert wirbelte und klirrte gegen die seiner Gegner, und die kalten Sterne spiegelten sich auf der Klinge. Ein Kothier wich mit heiserem Schrei zurück und griff nach dem Stumpf, wo sich im Augenblick zuvor noch seine Schwerthand befunden hatte. Ein weiterer fiel blutüberströmt nieder. Khossus sprang vor und riß das Schwert aus der abgetrennten

Hand, um den kämpfenden Cimmerier vor einem Schwerthieb in den Rücken zu bewahren.

Doch dann hörte Conan trotz des Kampflärms und der Verwirrung das schwache Klirren von Kettenrüstungen, das Krachen zerbrechender Zweige und das Trampeln von Stiefeln, als weitere Bewaffnete sich den Weg durchs Dickicht bahnten. Conan zerrte Khossus hastig mit sich in die Büsche, während ein Trupp ophireanischer Wächter auf der Spur ihres befreiten Gefangenen aus dem Geheimgang drangen. Sie stürzten durch das Gestrüpp und sahen sich den Männern von Koth gegenüber. Conan und sein König, die in den Schatten verborgen waren, hörten das Schnappen von Sehnen und Schmerzensschreie, als der neue Kampf begann.

Es herrschte absolutes Durcheinander. Kothier kämpften gegen Ophiten. Die Offiziere brüllten widersprüchliche Befehle.

»Khossus!« zischte der Cimmerier. »Lauft zum Hain nach links! Die Pferde sind dort angekoppelt.«

Sie stürzten aus dem Buschwerk und rannten. Da erkannte einer der ophireanischen Gefangenenwärter den schlanken König. Er brüllte seinen Kameraden zu: »Zu mir: Dort ist der Gefangene – und sein Befreier! Auf sie!«

»Schneller!« brüllte Conan und wirbelte herum, um die Flut der Verfolger aufzuhalten. Er parierte den Hieb eines Gegners, der in der Düsternis kaum zu sehen war, und verwundete einen anderen. Er war gerade dabei, einen weiteren niederzustrecken, einen Kothier, als ein Ophite diesen Mann angriff und der Kampf sich in der Dunkelheit verlor. In diesem Chaos gelang es Conan und Khossus, sich aus dem Getümmel zu retten, den Hain zu erreichen, über die erlöschende Glut des Lagerfeuers zu springen und zu den Pferden zu rasen.

»Haltet sie! Haltet sie!« brüllte ein ganzer Chor von

Stimmen, gerade als die Flüchtenden zwischen den Bäumen untertauchten. Sowohl Kothier als auch Ophiten rannten hinter ihnen her, beide darauf versessen, den König und seinen barbarischen Beschützer zu fangen. Ein Kothier sprang über die Glut. Conan wirbelte herum und stach ihn nieder, gerade als ein heftiger Knall die Erde erschütterte und die Flüchtlinge mit einem Regen von Funken und Holzstücken besprühte. Rhazes' Ledersack, der in der Glut angeschmort war, hatte Feuer gefangen.

Während zwei Ophiten den Flüchtlingen dicht auf den Fersen in den Hain folgten, wallten schwarze rauchige Wolken aus dem wieder aufflammenden Feuer. Welle um Welle erhoben die Schatten sich wie riesige Amöben, die in der Tiefe des Meeres schwimmen. Einer schwang sich herab auf den vordersten Verfolger und hüllte ihn ein. Der Mann stieß einen grauenvollen Schrei aus und rührte sich nicht mehr. Der zweite Verfolger versuchte auszuweichen, stolperte dabei über eine Wurzel und verschwand in einer wogenden Wolke.

»Rhazes' Elementargeister«, murmelte Conan, als der Schrei eines weiteren Sterbenden die Nacht zerriß. »Bindet die Pferde los, schnell! Reitet eines und haltet ein zweites.« Mit zitternden Fingern gehorchte Khossus.

Im nächsten Augenblick schwangen beide Männer sich in die Sättel und brausten hinaus aus dem Hain, die Gesichter an die Hälse der Pferde gedrückt, um sich vor den peitschenden Zweigen zu schützen. Conan blickte über die Schulter zurück und sah die wallenden Schatten wie Todesschwingen unparteiisch sowohl über den Ophiten als auch ihren kothischen Gegnern schweben, deren Schmerzens- und Angstschreie sich zu atemstockendem Gellen vermischten.

Conan und der König erreichten die Straße. Das

Klappern der Hufe übertönte schließlich die letzten Laute des Todes.

Während die fliegenden Hufe die Stille der Nacht zerrissen, rief Khossus dem Cimmerier mit zitternder Stimme zu: »Conan! Das ist nicht der Weg nach Khoraja! Wir sind auf der Straße nach Argos und Zingara!«

»Auf welchem Weg, glaubt Ihr denn, suchen sie uns?« brummte Conan. »Beeilt Euch, seht zu, daß Ihr Euren lahmen Gaul zu größerer Geschwindigkeit antreibt!« Er galoppierte westwärts, der König von Khoraja dicht hinter ihm.

Obgleich das Paar mit Windesschnelle dahinbrauste und die Rosse wechselte, befanden sie sich am nächsten Abend doch immer noch innerhalb der Grenzen von Ophir. Aber keiner hielt sie auf, denn auf ihrer rasenden Flucht waren sie der Nachricht ihres Entkommens weit voraus. In einem Waldstück machten sie Rast und stärkten sich mit Dörrfrüchten und Zwieback aus ihren Satteltaschen. Khossus, der aufgegeben hatte, Conan dazu bringen zu wollen, ihn nach der Hofetikette anzureden, erzählte, wie es zu seiner Gefangenschaft gekommen war.

»Moranthes schlug ein Bündnis gegen Strabonus von Koth vor, das mir vernünftig erschien. Wie ein Narr begab ich mich mit einer kleinen Eskorte zu einer Unterredung zu ihm. Vorsichtigerweise umritt ich Koth und reiste statt dessen durch die Stadtstaaten von Shem. Taurus hatte mich vor Moranthes gewarnt, aber ich war sicher, daß kein gekröntes Haupt sich zu einer so gemeinen Heimtücke hergeben würde. Jetzt weiß ich es natürlich besser, denn kaum hatte ich Ianthe erreicht, warf der Schurke mich in sein Verlies.

Mein Los war ein wenig besser als das der einfachen Gefangenen. Hin und wieder hörte ich Neuigkeiten über die Außenwelt. So erfuhr ich auch von Eurem Sieg über Natokh am Shamlapaß.« Der König kniff die Augen ein wenig zusammen und blickte Conan durchdringend an. »Auch das Gerücht drang zu mir, daß Ihr der Liebhaber meiner Schwester seid. Ist das wahr?«

Conan blickte mit der Spur eines Lächelns vom Feuer hoch. »Stimmte es, wäre es ungalant von mir, es zuzugeben. Ich bin keine errötende Jungfrau, die küßt und es dann in die Welt posaunt. Aber sagt mir, würdet Ihr mich als Schwager anerkennen?«

Khossus zuckte zurück. »Diese Frage könnte nie ernsthaft zur Debatte stehen, mein guter General. Ihr – ein fremdländischer Barbar und vulgärer Söldner! – nein, Freund Conan, schlagt Euch das aus dem Kopf. Ich weiß Euren Heldenmut zu schätzen, und es ist mir klar, daß ich Euch mein Leben verdanke, aber nie könnte ich Euch in die Königsfamilie aufnehmen. Und jetzt ist es mein königlicher Wunsch zu schlafen, da ich unbeschreiblich müde bin.«

»Sehr wohl, Eure Majestät«, brummte Conan ätzend. »Euer königlicher Wille möge geschehen.«

Conan saß in dieser Nacht noch lange neben der erlöschenden Glut und hing mit finsterem Gesicht düsteren Gedanken nach.

Am nächsten Tag überquerten sie die argossanische Grenze und nahmen sich Zimmer in einem einfachen Gasthof. Nach dem Abendessen, während sie über einem Krug Bier saßen, sagte Khossus:

»General, ich habe nachgedacht. Ich habe Euch viel zu verdanken.« Er hob eine Hand, als Conan den Mund zu einer Antwort öffnete. »Nein, widersprecht mir nicht, die Rettung Eures Königs aus dem Verlies der Ophiten, vor den Verfolgern und den Kothiern und auch vor den Elementargeistern Eures verräterischen Freundes Rhazes waren Heldentaten, eines Epos würdig.

Ein Mann wie Ihr sollte eine Familie gründen, und es

ist mein Wunsch, daß Ihr bei uns bleibt als Befehlshaber meiner Streitkräfte. Da es nicht möglich ist, daß Ihr Yasmela heiratet, werde ich eine schöne Maid des Mittelstands für Euch suchen – die Tochter eines Gutsbesitzers, vielleicht – und euch beide zusammengeben. Genauso werde ich auch einen königlichen Gemahl für meine Schwester auswählen.

Obgleich ich natürlich will, daß Ihr meine Armee befehligt, ist es doch nicht richtig, daß einer Eurer niedrigen Abstammung weiterhin khorajische Ritter und Edle kommandiert. Ihr hattet doch in dieser Beziehung Schwierigkeiten mit dem bedauernswerten Grafen Thespides, nicht wahr? Also werde ich einem Mann von Adel den Rang eines Generals verleihen, doch er hat Eurem Rat zu folgen. Und ich werde eine hochbezahlte Stellung schaffen, die auch für Soldaten gemeiner Abstammung offen ist, als Zeichen meiner Gunst.«

Conan schaute den König mit undeutbarem Blick an. »Die Großzügigkeit Eurer Majestät überwältigt mich«, sagte er.

Khossus hörte den Sarkasmus nicht. Er wehrte den vermeintlichen Dank mit einer Handbewegung ab. »Ihr habt es Euch wahrlich verdient, mein guter Mann. Wie würde Euch der Titel Sergeantgeneral gefallen?«

»Wir wollen es aufschieben, bis wir zurück sind«, brummte Conan.

Conan lag wach auf dem Bett in seinem dunklen Zimmer und dachte über seine Zukunft nach. Er hatte bisher immer in den Tag hinein gelebt und das Morgen auf sich zukommen lassen. Doch nun stand zweifellos fest, daß es mit seiner weiteren Karriere in Khoraja Schwierigkeiten geben würde., Dieser herablassende, doch wohlmeinende junge Esel glaubte jedes Wort, das er über seine königlichen Rechte und Pflichten sagte.

Gewiß, er könnte den König heimlich töten und mit

irgendeiner phantastischen Geschichte über das traurige Ende des Idioten nach Khoraja zurückkehren. Aber soviel zu riskieren, ihn zu retten und den Narren dann zu morden, wäre grotesk. Yasmela würde ihm nie verzeihen. Außerdem hatte er sein Wort gegeben, den König zu retten, und – das wurde ihm plötzlich mit Verwunderung klar – ganz abgesehen davon war seine Leidenschaft zu der Prinzessin inzwischen abgekühlt.

Khossus fand in Messantia einen Hafenbeamten, der ihn kannte und ihm in Hinblick auf seine königlichen Würden zweihundert argossanische Golddelphine borgte, die ihm ein Geldverleiher zu diesem Zweck zur Verfügung gestellt hatte.

Der König händigte den Beutel mit diesem kleinen Vermögen Conan zur Aufbewahrung aus, wobei er meinte:

»Es ist unter der Würde eines Monarchen, schmutziges Geld bei sich zu tragen.«

Sie fanden ein Schiff, das in Asgalun anlegen würde. Von dort aus konnten sie durch Shem nach Khoraja zurückkehren. Als die Seeleute die Taue kappten, griff Conan in den Beutel mit Gold und holte eine Handvoll heraus.

»Hier«, sagte er und stopfte es in Khossus' Wamstasche. »Ihr werdet es brauchen, um nach Hause zu kommen.«

»Aber – aber – was – was macht Ihr? Ich – ich dachte …«

»Ich habe meine Pläne geändert«, brummte Conan. Als das Schiff vom Pier ablegte, sprang er schnell über die Reling auf den Kai. Dann drehte er sich um und fügte rufend hinzu: »Es wird Zeit, daß ich meine Heimat wieder einmal besuche, ich hörte, daß morgen ein Schiff nach Kordava aufbricht.«

»Aber mein Gold!« schrie der König vom seewärts gleitenden Deck.

»Betrachtet es als Preis für Euer Leben«, brüllte Conan über den rasch breiter werdenden Wasserstreifen zurück. »Und sagt Prinzessin Yasmela Lebewohl von mir!«

Vor sich hinpfeifend schritt er davon, ohne einen Blick zurückzuwerfen.

Der Stern von Khorala

Der Stern von Khorala

Björn Nyberg und L. Sprague de Camp

Conan überlebt die Abenteuer als Führer der Kozaki in den Steppen östlich von Zamora und auch die als Piratenkapitän auf der Vilayetsee. Er rettet Königin Taramis von Khauran vor einem Komplott ihrer Zwillingsschwester, wird Anführer einer Bande Zuagirnomaden in der Wüste und gewinnt ein Vermögen, das er jedoch schnell wieder in den Vergnügungshäusern und Spielhöhlen von Zamboula verliert. Doch durch List und Fingerfertigkeit bringt er einen Ring von angeblich großen magischen Kräften in seinen Besitz: den berühmten Stern von Khorala.

Conan ist jetzt einunddreißig. Nach den Ereignissen in ›Die Menschenfresser von Zamboula‹ reitet er mit dem Stern westwärts in das Weideland von Shem und durch die Weiten von Koth auf seinem Weg nach Ophir, wo er sich von der Königin eine beachtliche Belohnung für die Wiederbeschaffung ihres magischen Juwels erhofft. Er erwartet zwar vielleicht nicht gleich die sagenhafte Kammer voll Gold, aber doch zumindest genügend Reichtum, der ihm eine Weile ein angenehmes Leben gewährt, und dazu eine Stellung mit gutem Sold und nicht geringer Macht. Statt dessen muß er feststellen, daß weder die politische Lage in Ophir das ist, womit er gerechnet hat, noch die magische Kraft des Ringes das, was man ihr nachsagte.

1

DER WEG NACH IANTHE

Der üppige Fluß schlängelte sich unter einem wolkenlosen Himmel träge zwischen den Königreichen Koth und Ophir dahin. Die Hufe eines Rosses spritzten an einer Furt durchs seichte Wasser, und die Tropfen glitzerten in allen Regenbogenfarben. Die schweißdunklen Flanken der Stute hoben und senkten sich heftig, als sie den Kopf beugte, um zu trinken. Doch ihr Reiter, auf ihre Gesundheit achtend, nahm die Zügel fester in die Hand und lenkte sie erst hinüber zum anderen Ufer. Wenn sie sich ein wenig abgekühlt hatte, würde ihr das kalte Flußwasser weniger schaden.

Schweißspuren zogen sich durch das staubige Gesicht des Reiters, und seine ursprünglich schwarze Kleidung war vom Straßenstaub grau bepudert. Doch der Griff seines mächtigen Breitschwerts, der aus der Scheide am Gürtel ragte, bewies sorgfältige Pflege. Seit mehr als einem Monat war Conan schon von Zamboula unterwegs, ritt durch die Wüsten und Steppen von Ostshem und über die Straßen und Wege des turbulenten Koth. Es war gut, hier das Schwert immer bereitzuhalten.

Sein Beutel enthielt einen beruhigenden Schatz – den Stern von Khorala, einen goldenen Ring mit einem großen Edelstein, der vor geraumer Zeit der Königin von Ophir gestohlen worden war und den Conan heimlich dem Statthalter von Zamboula abgenommen hatte.

Der mächtige, abenteuerlustige Cimmerier beabsichtigte, das Juwel der schönen Königin Marala zurückzubringen. Ein solcher Dienst für die Herrscherin eines so großen Königreichs sollte ihm, wenn auch vielleicht nicht gleich die legendäre Kammer voll Gold, so doch zumindest ein paar hundert Goldmünzen einbringen, die ihm mehrere Jahre lang ein angenehmes Leben sicherten. Für die Belohnung, so dachte er, könnte er Land kaufen, oder sie würde es ihm erleichtern, als höherer Offizier in einer hyborischen Armee unterzukommen oder einen Adelstitel zu erstehen.

Conan verachtete die Menschen von Ophir, deren Königreich seit langem schon der Zankapfel verschiedener feudaler Kräfte war. Der Herrscher, Moranthes II., ein Schwächling, hatte sich auf den stärksten seiner Barone gestützt. Angeblich versuchte vor Jahrhunderten ein weitsichtiger Graf, die streitbaren und auf Macht erpichten Edlen und ihren König dazu zu zwingen, ein Friedensabkommen zu unterzeichnen. Jetzt noch erzählte man gern und viel von dieser lange zurückliegenden Bemühung, eine beständige Regierung zu schaffen, doch die gegenwärtige Lage in Ophir deutete nicht auf ein Ende der uralten Unruhen hin.

Conan wählte die kürzeste Route nach der Hauptstadt Ianthe. Sein Weg führte durch das felsige Grenzland, wo außer einigen Ziegenhirten, die hier ihr kärgliches Dasein fristeten und in windschiefen Hütten hausten, kaum Menschen zu finden waren. Doch dann wurde das Land allmählich fruchtbar, und nach siebentägigem Ritt durch das Königreich trabte Conans Stute schließlich zwischen Feldern goldenen Weizens dahin.

Doch im Wesen der Landbevölkerung änderte sich auch hier nichts. Die Menschen waren mürrisch und schweigsam. Zwar gewährten sie dem Reisenden Unterkunft in den Herbergen am Weg und gestatteten, daß er sich das Lebensnotwendigste kaufte, aber sie beantworteten seine Fragen brummend und einsilbig oder überhaupt nicht. Obgleich Conan selbst nicht gerade ein redseliger Mann war, störten ihn diese Zurückhaltung und Wortkargheit. Um den Grund dafür zu erfahren, lud er einen Wirt in einer Schenke außerhalb der Hauptstadt von Ophir zu einem Becher Wein ein und fragte ihn:

»Was haben die Menschen hier? Nie zuvor stieß ich auf ein so mürrisches und maulfaules Volk, das sich benimmt, als fräßen die Würmer an ihren Eingeweiden! Es gibt keine Gerüchte über einen bevorstehenden Krieg, und das Land quillt von Früchten und reifendem Getreide schier über. Was ist faul im Königreich Ophir?«

»Die Menschen haben Angst«, erwiderte der Wirt. »Es ist die Unsicherheit. Wir wissen nicht, was uns erwartet. Das Gerücht verbreitet sich, daß der König die Königin in den Kerker warf, weil sie – so behauptet er – sich der Lüsternheit hingab, während er mit Staatsdingen beschäftigt war. Aber wir wissen, daß sie eine gütige Dame ist, immer gerecht und herzlich zum einfachen Volk war, wenn sie durch das Land reiste. Und nie zuvor hat der heiße Hauch des Skandals sie bisher berührt.

In letzter Zeit verlassen die Barone kaum noch ihre Burgen. Sie sorgen für Vorräte und bereiten sich auf einen Krieg vor. Was in des Königs Kopf vorgeht, wissen wir nicht.«

Conan brummte: »Ihr meint, Ihr fragt Euch, ob der König den Verstand verloren hat? Welcher Clan beherrscht denn jetzt den Schwächling?«

»Man sagt, Rigello, des Königs Vetter, sei wieder in höchster Gunst. Vor fünf Jahren ließ er zehn Dörfer seiner Lehnsmänner in Brand stecken, weil die Bauern ihm ihr Zehent an Getreide nicht liefern konnten, da der Regen ausgeblieben war. Rigello wurde deshalb vom Hof verbannt und fiel in Ungnade. Doch jetzt, so raunt man, sei er wieder zurück. Wenn das wahr ist, steht uns nichts Gutes bevor.«

Die Tür des Schenkraums schwang auf. Ein heftiger Luftzug und das Klingeln von Glöckchen unterbrachen die Unterhaltung. Ein älterer Krieger in Helm und Kettenrüstung, mit einem sternförmigen Wappen auf der Brust, kam herein. Er nahm den Helm vom Kopf und warf ihn achtlos auf den Boden.

»Wein, verdammt!« befahl er heiser. »Wein, um meinen Durst zu stillen und mein Gewissen zu beruhigen.«

Eine Schenkdirn eilte mit einer Kanne und einem Becher herbei. Conan fragte den Wirt: »Wer ist dieser Mann?«

Der Wirt beugte sich näher und murmelte kaum hörbar: »Hauptmann Garus, ein Offizier von Königin Maralas Garde. Das Regiment wurde aufgelöst. Ich kann nur hoffen, daß er das Geld hat, zu bezahlen, was er bestellt.«

Conan holte eine Silbermünze aus seinem Beutel. »Das dürfte für sein Essen und Trinken reichen, und für meines ebenfalls. Der Rest wird Euch helfen zu vergessen, worüber wir uns unterhielten.«

Der Wirt öffnete den Mund, doch nach einem kurzen Blick auf die grimmigen Augen des dunklen Cimmeriers antwortete er lediglich mit einem Nicken und kehrte hastig hinter die Theke zurück. Conan nahm seine Kanne und den Becher und setzte sich zu dem alten Krieger an den Tisch.

»Gesundheit, Hauptmann!« wünschte er.

Der ehemalige Offizier schaute Conan durchdringend an. »Macht Ihr Euch lustig über mich, Fremder? Bei Mitra, wollt Ihr mich verspotten? Ich weiß selbst, daß ich mein Leben zur Verteidigung meiner Königin hätte geben müssen, und ich versagte. Ihr braucht es mir nicht unter die Nase zu reiben!«

Conan unterdrückte die Antwort, die bereits auf seiner Zunge lag, als die Tavernentür aufgerissen wurde und vier Männer in pechschwarzer Rüstung, die Hände um die Schwertgriffe, hereinstapften. Ihr Führer, ein hagerer Bursche mit einer weißen Narbe vom Ohr zum Mund, deutete mit behandschuhtem Finger. »Packt den Verräter!«

Der alte Hauptmann kam ein wenig schwerfällig auf die Füße und zog an seinem Schwert, als zwei Soldaten nach ihm griffen und ihn zu entwaffnen versuchten. Conan sprang auf den Tisch und schickte mit einem weitausholenden Tritt einen der Eindringlinge in eine Ecke. Der andere hieb nach Conans Bein, aber der Cimmerier hüpfte mit zusammengedrückten Knien in die Höhe, und die Klinge zischte unter ihm hindurch, ohne Schaden anzurichten. Dann schlugen seine Stiefelabsätze gegen die Brust des Angreifers, und beide Männer landeten auf dem strohbedeckten Boden. Der Soldat brach schreiend mit gebrochenen Rippen zusammen.

Conan rollte sich auf die Füße und riß sein Schwert aus der Scheide, um gerade noch einen Hieb des narbengesichtigen Offiziers zu parieren. Aus dem Augenwinkel bemerkte er, daß sein Trinkkumpan sich mit dem übriggebliebenen Eindringling schlug. Schwerter blitzten im Feuerschein. Die anderen Gäste der Schenke sahen zu, daß sie aus dem Weg kamen – sie rannten aus der Tür, drückten sich an die eichene Wand oder krochen unter die schweren Holztische.

Während die Schwerter hauend, stechend, parierend gegeneinander hieben, brüllte Conan: »Warum, zum Teufel, stört Ihr mich beim Trinken?«

»Das werdet Ihr in Graf Rigellos Kerker erfahren!« keuchte der andere. »Die Tage Eurer Saufgelage sind vorbei.«

Narbengesicht, erkannte Conan, war ein erfahrener und geschickter Kämpfer. Während einer kurzen Pause zog der Offizier einen Dolch aus dem Gürtel, und nachdem er einen wütenden Angriff des Cimmeriers abgewehrt hatte, umklammerte er ihn und stach mit seiner freien Linken nach ihm.

Conan ließ sein Schwert fallen und griff nach dem Handgelenk des Offiziers. Mit einer Geschwindigkeit, die kein zivilisierter Mann erreichen könnte, legte er die Hand um die Hüfte Narbengesichts, hob ihn hoch über seinen Kopf und schleuderte ihn mit einem erderschütternden Krachen auf den Boden. Die Waffen des anderen flogen klirrend zur Seite, und er blieb schwach atmend liegen, während Blut aus seinem Mundwinkel quoll.

Conan holte sich seine Klinge zurück. Er drehte sich um, um zu sehen, wie es mit Garus stand. Dessen Gegner hatte seine Waffe verloren. Er stand mit blutendem Arm an die Wand gedrückt und jammerte um Erbarmen.

»Macht es gnädig!« rief Conan. »Dann wollen wir verschwinden.«

Garus versetzte dem Mann einen Hieb mit der flachen Klinge, so daß dieser murmelnd ins Stroh sank. Der Wirt und die tapfersten der Gäste kauerten an der Tür. Sie starrten mit offenem Mund auf die Herumliegenden, auf die umgekippten Tische und schließlich auf Conan und Garus. Doch die beiden achteten nicht darauf. Sie schoben ihre Klingen in die Scheide und stapften durch die Tür. Kurz danach klapperten die Hufe ihrer Rosse auf der trockenen Lehmstraße nach Ianthe, und ihre Umhänge flatterten hinter ihnen her.

»Weshalb habt Ihr, ein Fremder, mir die Haut gerettet?« brummte Garus, als sie allmählich die Geschwindigkeit zum Trott verringerten.

Conans Lachen schallte auf der mondbeschienenen Straße. »Es gefällt mir nicht, beim Trinken gestört zu werden. Außerdem plane ich ein Geschäft mit der Königin, und Eure Hilfe ermöglicht mir vielleicht eine Audienz bei ihr.«

Er gab seinem Pferd die Sporen, und wieder galoppierten die Rosse weiter in die samtschwarze Nacht.

Im Morgengrauen kamen sie in der Stadt am Purpurfluß an, einem Arm des Khorotas. Die Sonne ging auf und tönte die Fenster der ziegelgedeckten Häuser in allen Schattierungen von Rot, und die metallenen Verzierungen der Kuppeln und Türme glitzerten wie Juwelen in dem frühen Morgenlicht.

2

»BESCHAFFT MIR DIE DRACHENFÜSSE«

Und wieder eine Schenke, wieder ein Tisch, wieder eine Kanne Wein. In wallenden Kapuzenumhängen, die der Cimmerier mit dem Gold aus Zamboula für sie gekauft hatte, saßen er und Garus im *Wilden Keiler* in Ianthe. Die Kaufleute der Stadt trugen diese Art von Kleidungsstück gern, vermutlich, dachte Conan, weil allein seine Stoffülle günstig für den Transport von Gegenständen war, die nicht jeder sehen sollte. Mit dieser Annahme hatte Conan recht, aber die Umhänge dienten auch sehr gut zur Tarnung eines Mannes. Der Cimmerier hatte sie erstanden, damit sie nicht gleich von Graf Rigellos Henkersknechten erkannt würden.

Die beiden sprachen mit gedämpfter Stimme auf eine dunkelhäutige Frau im Gewand einer Dienerin ein, die – der Qualität der Kleidung nach – aus einem vornehmen Haushalt stammte. Das Mädchen hatte rotgeweinte Augen.

»So gern möchte ich meiner Königin helfen!« schluchzte sie.

»Nicht so laut!« knurrte Conan. »Wo ist sie jetzt?«

»Im Westturm des Königspalasts. Zehn von Graf Rigellos Männern bewachen ihre Tür, und ihre Leibmagd bringt ihr das Essen. Die einzige weitere Person, die zu ihr darf, ist ihr Arzt.«

»Wer ist er?« fragte Conan mit glitzernden Augen.

»Der hochgelehrte Doktor Khafrates, der am Ecktor wohnt. Er ist ein alter, weiser Freund der Königin.«

»Fürchte dich nicht, Kleines«, sagte Conan. »Wir werden uns mit dem guten Doktor zusammensetzen und sehen, ob er der Königin nicht helfen kann. Doch zuerst schauen wir uns diesen Westturm an.«

Der frühe Abend wand zu Ehren der kommenden Nacht einen Kranz aus rosigen Wolken, und in den Straßen von Ianthe hallten Rufe und Gelächter der Bevölkerung wider. Conan und Garus spazierten durch die Gassen und erreichten unbemerkt den Westturm des Königspalasts. Der Turm bildete eine Eckbastion der Mauer um den Palasthof. Er erhob sich direkt an der Seite einer der Hauptstraßen der Stadt. In seinen unteren vier Stockwerken gab es keinerlei Öffnungen, doch darüber unterbrachen Fenster sein Mauerwerk. Aus einigen schien Licht.

»Welches ist das Gemach der Königin?« flüsterte Conan. »Laßt mich überlegen«, murmelte das Mädchen. »Es ist das dort! Das dritte Fenster von rechts in der zweiten Reihe von unten.« Sie zeigte nach oben.

»Nicht deuten, Mädchen! Du lenkst die Aufmerksamkeit auf uns.« Conan trat an den Fuß des Turmes und studierte das Mauerwerk.

»Niemand könnte da hochklettern«, meinte Garus.

»Nein? Ihr habt noch nicht gesehen, wessen ein Cimmerier aus den Bergen fähig ist.« Conan betastete den Mörtel zwischen den Quadersteinen. »In einem habt Ihr jedoch recht. Den Fugen zwischen den Steinen fehlt die Tiefe, um Zehen und Fingern Halt zu gewähren. Hätte ich viel Zeit, würde ich für jeden Halt ausreichend Mörtel herauskratzen. Aber ... doch laßt uns nun Doktor Khafrates besuchen.« Der Arzt war ein wohlbeleibter Mann mit einem gewaltigen grauen Bart, der wie schmelzender Schnee über seine breite Brust wallte. Überlegend beantwortete er Conans Fragen.

»Dem Eid folgend, den ich als Arzt ablegte, behandle ich alle, die heilungsuchend zu mir kommen, ohne mich darum zu kümmern, auf welcher Seite des Gesetzes sie stehen. So lernte ich im Laufe vieler Jahre natürlich auch eine Zahl der führenden Diebe der Stadt kennen. Ich würde keinen Namen verraten, außer wenn es darum geht, meiner Königin zu helfen ...

Ich werde Euch zum Haus des Meisterdiebs Torgrio begleiten, der sich erst vor kurzem zur Ruhe setzte. Zu seiner Zeit übte er seinen ungewöhnlichen Beruf auf tollkühne Weise aus. Er war Einbrecher, der mit großem Geschick selbst die steilsten Wände erklomm. Jetzt lebt er von seinem erbeuteten Vermögen und verkauft manchmal das gestohlene Gut jüngerer Kollegen. Kommt.«

Torgrios Haus, ein kleiner, aber gepflegter Bau, kauerte zwischen der prunkvollen Villa eines Magnaten auf einer und einer Töpferei auf der anderen Seite. Es war ein Haus, das ein schwerarbeitender Handwerker sich in einem Leben voll Entbehrungen zusammengespart haben mochte, und sah dementsprechend ehrsam aus. Torgrio hatte offenbar nicht die Absicht, sein Vermögen zur Schau zu stellen.

Er selbst war von so dünner Statur, daß er Conan an eine Spinne erinnerte. Als Khafrates seine Begleiter vorstellte und für sie bürgte, nickte Torgrio mit zahnstumpfigem Grinsen.

»Wie der gute Doktor habe auch ich meine Prinzipien«, erklärte er. »Aber dieser Fall ist eine Ausnahme. Was erwartet Ihr von mir?«

»Etwas, das es mir ermöglicht, den Westturm zu erklimmen«, antwortete Conan.

»O wirklich?« Trogrio hob eine Braue. »Und was versteht Ihr unter diesem ›Etwas‹?«

»Ihr wißt, was ich brauche«, knurrte Conan. »Es gibt diese Dinge auch in Ianthe. Als ich selbst dieses Geschäft betrieb, hörte ich davon.«

»Nun, ich gebe zu, daß es das gibt, was Ihr offenbar meint.«

»Habt Ihr die Güte, es mir zu zeigen?«

»Vielleicht für eine kleine Entschädigung«, erwiderte Torgrio achselzuckend. Über die Schulter rief er: »Junia, bring mir die Drachenfüße.«

Kurz darauf watschelte eine Frau mittleren Alters mit

einem Armvoll stählerner Gerätschaften herein. Torgrio nahm sie ihr ab. Er befingerte sie und erklärte:

»Dieses Paar wird an den Stiefeln befestigt – ich weiß nicht, ob es nicht für Füße Eurer Größe zu klein ist –, während dieses für Eure Hände dient. Erst stellt Ihr die Klammern auf die Größe der Steinreihen ein. Dann drückt Ihr einen Drachenfuß gegen einen Stein und zieht den Griff herunter, damit die Klammern sich in den oberen und unteren Rand des Steines festkrallen. Um den Drachenfuß zu lösen, müßt Ihr den Hebel hochdrücken – so. Doch haltet Euch immer mit einem Fuß und einer Hand fest, während Ihr Euch mit der anderen Hand und dem anderen Fuß weiterbewegt.«

Garus schüttelte sich. »Selbst wenn Mitra mir persönlich beföhle, eine Mauer wie eine Fliege hochzusteigen, könnte ich es nicht.«

Conans Lachen klang wie Donner zwischen den Bergen. »Ich bin Steilwände aus meiner gebirgigen Heimat gewöhnt. Da hing das Leben oft davon ab, ob man gut klettern konnte. Gestattet mir, ein wenig an Eurer Gartenmauer zu üben, Torgrio.«

3

DIE MAUER, DIE SELBST EINE FLIEGE NICHT ERKLIMMEN KÖNNTE

Der Hauptmann der Wache hielt den korpulenten Arzt vor dem der Königin zugeteilten Gemach auf. Schweigend erduldete Khafrates sowohl die derben Späße der Wachen über seinen Faßbauch als auch die übliche Leibesvisitation. Dann erst wurde ihm die Tür geöffnet, und er durfte die Gemächer der Königin betreten.

Die dunkelhäutige Dienerin in einem wallenden Gewand führte ihn ins innere Zimmer. Dieser Turmteil war ein durchaus luxuriöses Gefängnis. Wandteppiche aus Iranistan und Vendhya schmückten die Mauern. Goldene Kelche, polierte Silberteller glitzerten auf bemalten Borden über Schränkchen mit kunstvoll geschnitzten Reliefs.

Königin Maralas zerzaustes Haar ruhte in seiner ganzen Fülle wie seidiger Flachs auf dem Kissen, in das sie weinend das Gesicht vergraben hatte. Couch und Kissen, auf denen sie lag, waren mit dem feinsten turanischen Goldgewebe überzogen. Aber der Prunk des Gemachs trug nicht dazu bei, der Königin in ihrem Kummer zu helfen. Sie atmete in schmerzhaftem Schluchzen aus, und ihr junger Leib zitterte.

Die schwarze Leibmagd sagte sanft, doch besorgt: »Meine Königin! Der gelehrte Doktor Khafrates ist hier. Wollt Ihr ihn empfangen?«

Marala hob den Kopf und trocknete sich die Augen mit einem feinen Leinentüchlein. »O ja! Kommt herein, guter Doktor! Ihr seid mein einziger Freund außerhalb dieser Mauern, denn nur Euch kann ich vertrauen. Du darfst uns alleinlassen, liebe Rima.«

Khafrates betrat das Zimmer. Er beugte flüchtig ein Knie und stöhnte ein wenig, als er sich wieder aufrichtete. Marala bedeutete ihm, sich neben sie auf die Couch zu setzen. Als er es getan hatte, nahm sie eine seiner Hände in ihre.

»Es ist so schön, Euch zu sehen, Doktor Khafrates«, sagte sie. »Ich bin am Verzweifeln. Seit einem Monat hält man mich bereits hier fest. Und außer Euch und Rima habe ich keinen Freund.

Ich war Moranthes immer treu, doch jetzt übersteigt sein Benehmen mir gegenüber jedes erträgliche Maß. Rima erzählt mir, daß Rigellos Männer wie Eroberer durch den Palast und die Straßen der Stadt stolzieren und daß mein Gemahl springt, wenn Rigello mit den Fingern schnippt.

Ihr müßt mir raten, mein teurer Freund. Ihr wißt, daß mein Vater mich dazu überredete, König Moranthes zu ehelichen, um das Herrschergeschlecht dieses Landes weiterzuführen. Ich hielt nicht viel von dem König, da ich in ihm einen unberechenbaren Schwächling sah, aber ich tat meine patriotische Pflicht. Ich glaube, selbst Vater bedauerte es und hatte seine Zweifel, noch ehe die Trauung stattfand, aber er konnte nichts mehr tun, wollte er nicht eines schnellen Todes durch die Hand der Knechte des Königs sterben.

Leider stellte sich auch noch heraus, daß Vaters Träume von starken Prinzen für Ophirs Thron unerfüllt blieben. Moranthes macht sich nichts aus Frauen, seine Leidenschaft wendet sich in eine andere Richtung. Und dann erhöhten meine Schwierigkeiten sich noch, als vor einem Jahr ein gemeiner Dieb mir den Stern von Khorala stahl.«

Khafrates strich seinen Bart, um seine Gedanken zu sammeln. Nie zuvor hatte die Königin so offen zu ihm gesprochen. Er war kein Hofarzt, der seine Position für politische Zwecke nutzte, und das war auch der Grund, weshalb man ihm immer noch gestattete, die gefangene Königin zu behandeln. Doch jetzt mußte er seine Stellung und damit sein Leben in Gefahr bringen.

Er rief sich sein kürzliches Gespräch mit dem blauäugigen Barbaren und dem grauhaarigen Hauptmann der ehemaligen Garde der Königin ins Gedächtnis. Sein Blut floß stockend durch die Adern, als ihm bewußt wurde, in welche Gefahr sie ihn gebracht hatten. Aber er verehrte diese wunderschöne Frau, ein junges Mädchen noch, die ihn um Hilfe anflehte. Plötzlich war er froh, daß er den Mut gefunden hatte, sich mit den Männern zusammenzutun, die sie retten wollten. Beruhigend strich er über die Stirn der jugendlichen Königin und sagte:

»Verzweifelt nicht, Eure Majestät! Die Gefangenschaft, der Mangel an Verbindung zur Außenwelt und zu Menschen, ist eine Qual für Euch. Doch Hilfe ist näher, als Ihr denkt.«

Königin Marala setzte sich auf. Sie strich das Haar aus dem Gesicht, während ihr angeborener Mut sich sammelte, um der Verzweiflung Herr zu werden.

»Ihr seid zu gütig, Khafrates. Doch Ihr müßt wissen, daß Moranthes die Macht des Sternes fürchtete, solange ich ihn besaß. Doch nun braucht er keine Angst mehr zu haben, und es ist ihm gleichgültig, was aus mir wird.«

Khafrates hob die buschigen Brauen. »Was war denn die Kraft dieses Juwels, meine Königin?«

»Die Legenden legten mehr hinein als wirklich in diesem Ring steckt. Moranthes glaubte, der Stein gäbe mir die Macht, Männer in meinen Bann zu zwingen. Und weil er es annahm, glaubten es auch die anderen mit der Zeit. Aber die Legenden sind falsch.«

Sie erhob sich und schaute den Arzt fest an. »Denkt Ihr, ich brauche Zauberei, um einen Mann in meinen Bann zu bringen – das heißt, einen normalen, wirklichen Mann?«

Obgleich Khafrates schon alt war, erkannte er doch die Kraft, Verlangen zu erwecken, die in der Königin fein geschwungenen Lippen und den wohlgeformten Rundungen ihres anmutigen Körpers lag, eines Körpers, den ihr Gewand kaum verhüllte. Er schüttelte wortlos den Kopf.

»Ich erzähle Euch eine Geschichte«, sagte Marala und schritt mit grazilen Bewegungen und nachdenklich zusammengezogenen Brauen durchs Zimmer. »Graf Alarkar, mein Vorfahre der siebten Generation, besaß als erster diesen Stein. Er war ein berühmter Reisender zu seiner Zeit – das war lange, ehe das gegenwärtige Herrscherhaus von Ophir den Thron bestieg –, und seine Abenteuer führten ihn weit in den Osten, wohin keine Ophiten je ihren Fuß gesetzt hatten ...«

Khafrates hüstelte. »Eure Majestät, ich habe eine dringende Nachricht …«

Ganz in ihre Erinnerung versunken, winkte die Königin ihm befehlend zu, zu schweigen. »Als Alarkar durch die Dschungel von Vendhya reiste, stieß er auf die Ruinenstadt von Khorala, in der nur ein Einsiedler hauste. Dieser Eremit war nahe am Verhungern, denn er hatte sich ein Bein gebrochen und konnte sich nicht um seinen kleinen Garten kümmern.

Alarkar pflegte ihn gesund, während sein Gefolge in den Wäldern ringsum nach Nahrung suchte. In seiner Dankbarkeit zeigte der einsame Alte Alarkar einen versteckten Schatz unter dem Boden eines zerfallenen Tempels und forderte meinen Vorfahren auf, sich davon zu nehmen, was sein Herz begehrte. Alarkar wählte einen Ring mit einem großen azurblauen Stein, in dessen Saphirherzen ein ewiges Feuer wie ein Silberstern leuchtete. Das war alles, was er von dem ganzen Schatz wollte.«

»Weshalb nahm er nicht mehr Juwelen?« fragte Khafrates erstaunt.

Die Königin lächelte. »Graf Alarkar war nicht habgierig und zu Hause ohnedies ein reicher Mann. Außerdem befürchtete er wohl, falls sein Gefolge mit den Schätzen der Dschungelstadt beladen war, Räubern, Mördern und habgierigen Herrschern zum Opfer zu fallen. Wie dem auch war, er begehrte lediglich diesen Ring.

Das erwies sich als gute Wahl. Der Einsiedler war ein Zauberer von zweihundert Jahren und mehr. Hätten Räuber seine Behausung betreten, er hätte sie sofort mit Hilfe übernatürlicher Kräfte vernichtet. Der Magier erkannte jedoch die Tugendhaftigkeit meines Vorfahren und gewährte ihm für seine Unterstützung eine Belohnung. Er legte einen mächtigen Zauber in das Juwel.«

»In den Stern von Khorala?«

»Ja. Als der Zauberer seine Beschwörung vollendet

hatte, sagte er: ›Im Besitz eines guten Menschen wird dieser Ring andere gute Menschen dazu führen, sich um eines guten Zweckes willen um ihn zu sammeln.‹« Sie hielt überlegend inne.

»Aber was – was hat dieses Juwel in unserer Zeit für eine Kraft?« fragte der Arzt.

»Vor zweihundert Jahren«, erwiderte Marala, »verhalf dieser Ring Alarkar zur Unterstützung des Königs und vieler Edler, ein Gesetz zu planen, das Rechte und Pflichten aller Bürger des Königreichs festlegen sollte. Doch durch Verrat scheiterte dieses Unternehmen und ...«

Das Fenster des Gemachs brach mit klirrenden Scherben nach innen. Ein schwarzgekleideter Riese mit funkelnden blauen Augen sprang mit erhobenem Schwert ins Zimmer.

In seiner freien Hand hielt der Riese ein Paar seltsame Geräte, die gewaltigen Vogelkrallen glichen und meisterlich aus Stahl geschmiedet waren. Er stellte sie nebst seiner Waffe vorsichtig auf dem Teppich ab, dann setzte er sich auf einen Hocker und löste ähnliche Vogelklauen von seinen Füßen. Schließlich erhob er sich, schlich zur Tür und lauschte kurz. So furchteinflößend diese unerwartete Erscheinung auch war, mußte Marala die katzengleichen Bewegungen doch bewundern.

Der Eindringling drehte sich zu Khafrates und der Königin um und grinste mit blitzenden Zähnen. Der Arzt war auf die Füße getaumelt, während seine Finger sich zitternd verkrampften. Endlich fand er seine Stimme.

»Conan!« rief er. »Ich bin noch nicht dazu gekommen, Ihrer Majestät von unserem Plan zu berichten. Ihr seid hier hereingeplatzt wie ein Stier in einen der legendären Porzellanläden von Khitai.«

»Elefant«, berichtigte Conan automatisch, während seine Augen Maralas herrliche Gestalt schier verschlangen. Er wandte sich an sie. »Eure Majestät ersehnen sich doch gewiß, aus diesem Gefängnis befreit zu werden?«

»O ja – doch wie?«

»Auf die gleiche Weise, wie ich es betrat – an der Mauer hinunter mit Hilfe dieser Geräte. Ihr müßt Euch jedoch von mir wie ein Sack auf dem Rücken tragen lassen.«

»Wohin wollt Ihr mich bringen, Fremder?« Die Augen der Königin glühten vor Aufregung.

»Zuerst an einen sicheren Ort, wo wir ein Geschäft aushandeln wollen, dann wohin immer Ihr wollt.«

»Aber was ist mit mir?« jammerte Khafrates. »Wenn die Wachen feststellen, daß Eure Majestät verschwunden sind, wird man mich auf die Streckbank spannen und danach in kochendem Öl sieden.«

Marala wandte sich an Conan. »Können wir ihn denn nicht mit uns nehmen?«

Der Cimmerier überlegte. »Nein. Diese Drachenfüße schaffen nicht mehr als das Gewicht von zweien. Doch ich werde dem guten Doktor eine glaubwürdige Entschuldigung geben, weshalb er die Wachen nicht gerufen hat. Wir müssen uns jetzt beeilen. Garus wartet unten mit den Pferden.«

Maralas Gesicht verriet Freude. »So lebt Garus noch? Ihm würde ich mein Leben zu jeder Zeit anvertrauen.«

»Dann laßt uns nicht länger zaudern, Lady! Wir dürfen keine Zeit verlieren.«

Es war ungewohnt für Marala, auf so formlose und befehlende Weise angesprochen zu werden, und noch dazu von einem Fremden mit barbarischem Akzent. Aber sie eilte in ihr Ankleidezimmer und kehrte bald darauf in einem Jagdgewand zurück. Sie sah, daß Khafrates gebunden und geknebelt auf dem Teppich lag. Der Arzt, der eine blauanlaufende Beule am Kinn hatte, wußte weder, wo er sich befand noch was mit ihm geschehen war.

Conan grinste, als die Königin ohne Zögern auf ihn zukam. »Euer Plan für Khafrates' Sicherheit ist sehr vernünftig«, lobte sie. »Ich bin bereit.«

Des Barbaren blaue Augen leuchteten vor Bewunderung, sowohl angesichts ihrer Haltung als auch der aufregenden Kurven, die unter dem samtenen Reitwams und den seidenen Pluderhosen, die in feinen roten Lederstiefeln steckten, kaum verborgen waren.

»Ich binde Euch auf meinen Rücken wie ein Baby in den Schal seiner Mutter. Legt Eure Arme um meinen Hals und preßt Eure Knie um meine Mitte. Wenn die Höhe Euch schwindlig macht, so schließt die Augen. Rührt Euch möglichst nicht, dann werden diese Drachenfüße uns beide ohne Schwierigkeiten tragen.«

Conan setzte sich wieder auf den Hocker, um seine Kletterhilfe an die Stiefel zu schnallen. Dann hüllte er die Königin in eine Decke. Zwei Enden knotete er um seine Brust, zwei um seine Hüften. Mit seiner Last stieg er vorsichtig rückwärts aus dem Fenster und tastete nach den mörtelgefüllten Spalten zwischen den Steinen, um Halt für seine Stahlwerkzeuge zu finden.

Conan nahm den Abstieg sehr bedächtig vor, denn der Zug, sowohl an seinem mächtigen Körper als auch an den Drachenfüßen, war groß. Außerdem verlangte seine Ritterlichkeit, daß er doppelt behutsam vorging, wenn eine Frau ihm ihr Leben anvertraute.

Und so stieg er Fuß um Fuß hinab, während die Stadt unter einem mondlosen Himmel schlief und nicht ein Hund bellte.

4

EIN FEUER AUF DEM BERG

»Fremder, bitte verratet mir, wer Ihr seid.«

Nach einem langen Galopp in südwestlicher Richtung ließen sie ihre Rosse im Schritt gehen, damit sie sich ein wenig erholen konnten. Sie erreichten Garus ohne unliebsame Überraschungen oder Verzögerungen. Er erwartete sie mit drei Pferden und Verpflegung für den Ritt. Das Dröhnen der Hufe weckte weder Prinz noch Bauer, als sie durch die stillen Gassen von Ianthe und die gespenstischen Landstraßen außerhalb der Stadt jagten.

»Ich bin Conan, ein Cimmerier von Geburt – und ein Wanderer«, antwortete der Riese. »Ich kämpfte in mehr Ländern, als Euren gelehrten Männern bekannt sind.«

»Und weshalb habt Ihr mich gerettet?«

»Ich habe vielleicht etwas, das Ihr gern wollt, Lady, und ich glaube, Ihr werdet mir einen angemessenen Preis dafür bieten.«

»Ich fürchte, ich werde nie mehr in der Lage sein, jemandem einen angemessenen Preis zu bezahlen, nicht einmal für einen Laib Brot. Ich bin eine Königin ohne Thron. Doch sagt mir, was ist dieses Ding, das ich, wie Ihr glaubt, gern haben möchte.«

»Wir unterhalten uns später darüber, wenn wir Rast machen. Jetzt können wir uns keine Pause leisten.«

Als die Nacht ihre Decke der Dunkelheit um den langen Tag der Flucht hüllte, machten sie ein kleines Lagerfeuer in einem Felseinschnitt, wo sein Schein von der Straße aus nicht zu sehen war. Ihre Pferde, denen sie die Sättel abgenommen hatten, nachdem sie angepflockt waren, löschten ihren Durst in einem murmelnden Bergbach und kauten an dem spärlichen Gras. Conan hatte auf dem Markt von Ianthe Brot, Früchte und Dörrfleisch sowie einen Lederbeutel kothischen Weines erstanden, und so speisten sie jetzt zum fröhlichen Prasseln der brennenden Scheite.

Als sein Hunger gestillt war, lehnte Conan sich an seinen Sattel und bewunderte die schöne Frau neben sich. Dieses müde, aber mutige Mädchen war also die Königin von Ophir, von der man behauptete, sie mache die Männer mit Hilfe des großen Juwels, das er in seinem

Beutel trug, zu ihren Sklaven. Wie oft hatte er sich ausgemalt, daß er nach Ophir kommen, eine Audienz bei ihr erlangen, sich tief wie ein Höfling verbeugen und ihr den Ring für eine Gegenleistung aushändigen würde – vielleicht für tausend Goldstücke und einen hohen Posten in der ophireanischen Armee. Und nun lag er stattdessen wie ein einfacher Arbeiter auf einem kleinen Grasflecken in einem von Zwist zerrissenen Land, neben einer Königin, die ein mittelloser Flüchtling war. Er sprach jetzt geradeheraus:

»Ich sehe, daß Khafrates Euch nichts erklärte und mir vielleicht auch nicht. Was ist mit diesem Juwel, von dem man behauptet, es könne Euch die Männer zu Willen machen?«

Die Königin blickte ihn fest an. »So wisset, Conan, daß Alarkar, mein Vorfahr, dieses Juwel vor langer, langer Zeit von einem vendhyanischen Einsiedler erhielt.«

Kurz wiederholte sie die gleiche Geschichte, die sie Khafrates erzählt hatte. Die Erinnerung an den alten Verrat machte ihre Stimme schwer von ungeweinten Tränen.

»Nach seiner Rückkehr nach Ophir nahm Graf Alarkar sich entschlossen vor, das Königreich zu einigen, und er rief zu einer Versammlung aller Edlen des Landes auf.« Sie wandte sich an Garus. »Hauptmann, gewiß habt Ihr von der Schlacht der hundertundein Schwerter gehört?«

Garus, der schon halb eingenickt war, verbannte den Schlaf, und seine tiefe Stimme erklang:

»Jawohl, Eure Majestät, ich habe davon gehört, doch nur als eine Legende, die im Lauf der Zeit sicherlich an Wahrheitsgehalt verlor. Graf Alarkar rief diese Versammlung der Edlen vor zweihundert Jahren in seiner Burg Theringo zusammen. Jeder dieser Männer kam nur mit seinem persönlichen Gefolge, um die Probleme des Reiches zu besprechen. Sie trafen sich auf der Ebene vor der Burg, doch erreichten sie keine Einigung. Und dann verschwand der Graf.«

Die Königin führte die Geschichte für ihn zu Ende. »Der Rest ist nur meiner Familie bekannt. Ich werde sie euch beiden erzählen.«

Conan saß völlig still und lauschte gebannt.

»Alle Edlen hatten sich also auf der Ebene vor der Burg versammelt, aber die Verhandlungen zogen sich hin. Obgleich mein Vorfahr die bestehende Macht Koths und die wachsende Macht Turans fürchtete, wollte er doch den magischen Ring nicht benutzen, es sei denn als allerletzten Ausweg.«

Garus stocherte in der schwelenden Glut, bis die paar neu aufgelegten Scheiter sich entzündeten und Funken wie Glühwürmchen in die Nacht sprühten. Die Königin nahm einen Schluck des Weines, ehe sie fortfuhr.

»Während der Konferenz zog der Graf von Mecanta, von dem mein Verwandter Rigello abstammt, sich wortlos zurück. Der Graf von Frosol und die Barone von Terson und Lodier folgten bald darauf seinem Beispiel. Ihr Gefolge hatte bereits ihre Rosse gesattelt, und so jagten sie davon.

Wenige Augenblicke später kam ein Hagel von Armbrustgeschossen aus dem Wald, wo Mecantas Schützen auf einer Kuppe verborgen lagen. Hundert Edle und ihre Ritter wurden an diesem Tag auf der Ebene entwaffnet und die meisten getötet. Alarkar sammelte die Überlebenden um sich und verfolgte die Verräter.«

Maralas Augen füllten sich mit Tränen. Conan zog sie an sich und drückte beruhigend ihren Kopf an seine Schulter.

»Was geschah dann?« fragte er gespannt.

»Alarkar und seine Männer waren kaum eine Pfeilschußweite gekommen, als sie auf Mecantas Streitmacht stießen, die im vollen Galopp zum Angriff daherbrauste. Alarkar stellte sich zur Schlacht und verteidigte sein Familienbanner, bis er durch ein Armbrustgeschoß den Tod fand.« Ihre Stimme stockte bei der Erinnerung an das alte Unrecht.

Conans tiefer Baß rief Marala in die Gegenwart zurück. »Das gleiche wie immer«, sagte er. »Die feinen Herren streiten und stechen einander die Klingen in den Rücken. Was ist daran neu?« Sein Ton war absichtlich abfällig, um die Königin zu veranlassen, mehr über den Stern von Khorala zu erzählen. Sie fuhr fort:

»Alle begrub man dort, wo sie fielen. Die Burg wurde in Schutt und Asche gelegt. Die Gräfin und ein paar Gefolgsleute und Diener flohen durch eine Seitentür, als am Ausgang der Schlacht kein Zweifel mehr bestand. Der Sohn, den sie in ihrem Schoße trug, war mein Vorfahr.«

»Und was war mit dem Stern von Khorala?« fragte Conan.

»Alarkar benutzte seinen Zauber nicht. Er vertraute auf die Macht der Vernunft, denn zweifellos focht er für eine gute Sache. Sein Weib – oder vielmehr seine Witwe – trug den Stein an ihrem Busen. Sie heiratete später in ein anderes Land. Ihr Sohn kehrte, als er erwachsen war, nach Ophir zurück, um sein Lehen zu fordern. Er gründete meine Linie der Familie. Und so wurde die Legende genau wie der Ring von Generation zu Generation weitergegeben. Doch nun ist er für immer verloren.«

»Was würdet Ihr tun, wenn Ihr ihn zurückbekämt?« fragte Conan beiläufig.

»Ich würde versuchen, den Zauber in ihm zu wecken. Ich würde die guten Männer meines Reiches um mich sammeln, damit sie mir hülfen, meinen schwächlichen Gemahl aus den Klauen Rigellos und seiner Henkersknechte zu befreien. Bezweifelt ihr, daß ich Rigello aus dem Land verbannen und das Königreich einigen würde, wenn ich könnte?«

Der wilde Mut des schlanken Mädchens, das mitten in der Wildnis mit nur zwei Begleitern an einem ersterbenden Lagerfeuer saß und doch davon sprach, Tyrannen und Intriganten aus dem Reich zu verbannen, rührte an einer empfänglichen Saite in Conan. Er räusperte sich, ein wenig verlegen über das tiefe Gefühl in ihm.

»Majestät«, sagte er. »Vielleicht kann ich dazu beitragen, daß Ihr Euer Ziel erreicht.« Er faßte in seinen Beutel und holte den Stern von Khorala heraus. »Hier ist Euer kostbares Familienstück. Ihr habt eine bessere Verwendung dafür als ich.«

Die Königin öffnete verwirrt die Lippen. »Ihr – Ihr *gebt* es mir einfach?«

»Ja. Ich bin kein tugendsamer Mensch wie Euer Vorfahr, doch ich … Manchmal helfe ich gern einer tapferen Frau, die sich in Schwierigkeiten befindet.«

Marala nahm den Ring, und ihr Blick hing gebannt an dem Juwel, aus dessen feurigem ovalen Saphirauge die Schönheit des Sternes glitzerte.

»Dadurch stehe ich zutiefst in Eurer Schuld, Conan. Wie kann ich sie Euch zurückzahlen?«

Conans brennende Augen wanderten über Maralas sanfte Rundungen. Mit königlicher Würde löste sie sich aus seinem Arm, um anzudeuten, daß sie seinen unausgesprochenen Vorschlag ablehne.

Er nahm den Blick von ihr. »Ihr schuldet mir im Moment überhaupt nichts. Wenn Ihr Euren Thron zurückgewinnt, mögt Ihr mich zum General Eurer Armee machen.«

Marala schaute Garus fragend an. Er nickte. »Er ist der richtige Mann dafür, meine Königin. Er war Söldnerhauptmann, Häuptling einer Bande wilder Nomaden, Gardekommandant, und er ist ein kluger Stratege und flink und geschickt mit Schwert und Dolch. Er rettete mir das Leben und gab Euch die Freiheit wieder.«

»Dann soll es so geschehen«, erklärte Marala.

5

»HOL MEIN PFERD! WIR BRECHEN SOFORT AUF!«

Graf Rigello trug eine schwarze Kettenrüstung. Schwert und Dolch klirrten an seiner Seite. Sein schwarzer Helm lag vor ihm auf dem Intarsientisch. König Moranthes schaute ihn beunruhigt an, denn er kannte die Macht dieses arroganten Nachkommens des Hauses von Mecanta.

Manchmal dachte der König daran, den schwarzen Grafen aus dem Weg schaffen zu lassen. Aber er befürchtete, daß Rigellos Verwandte und Gefolgsleute ihren Führer an ihm, dem König, rächen würden. Außerdem – wenn Rigello nicht mehr lebte, würde dann nicht ein anderer, der noch schrecklicher war, ihm seine Macht aufzwingen? Oder würde er gar durch einen tollkühnen Usurpator, wie beispielsweise seinen gewissenlosen Vetter Almarus, vom Thron gestoßen?

Der Eifer sprach aus Rigellos groben, verquollenen Zügen, als er sich wie ein Hund, der an der Leine zieht, vorbeugte. »Die Königin wurde gestern nacht aus dem Turm entführt, Eure Majestät«, sagte er. »Ich habe hundert Mann zur Verfolgung bereit, die nur auf Euer Wort warten.«

Rigello wußte, daß sie nur seinem Befehl gehorchen würden, doch es machte ihm Spaß, so zu tun, als wäre er der unterwürfige Lehnsmann des zarten jungen Königs. Er fuhr fort:

»Ich bin überzeugt, daß diese Entführung mit ihrer Einwilligung stattfand. Ihr Arzt wurde besinnungslos, gebunden und geknebelt aufgefunden. Und das Fenster war zerschmettert.«

»Wie könnte jemand durchs Fenster eindringen und

die Gemächer auf dieselbe Weise wieder verlassen?« fragte der König mit schriller Stimme. »Der Turm ist hoch und das Mauerwerk glatt und steil!«

»So ist es, Eure Majestät. Die Königin hat zweifellos ein Seil oder etwas Ähnliches zu ihrem Entführer hinuntergelassen, nachdem sie ein Ende an einem Möbelstück befestigte. Es ist ganz offensichtlich, daß sie ein Komplott gegen Eure Majestät schmiedet, wovor ich Euch bereits mehrmals warnte. Es ist nur noch eine Frage der Zeit, ehe sie einen Aufstand anzettelt.«

Der König kaute an seinem Daumennagel, und sein Blick wanderte durch den vergoldeten Thronsaal, als suchte er Ermutigung von den stummen Wänden. Doch außer dem Grafen und einer der fast statuenhaften Wachen am Eingang befand kein lebendes Wesen sich hier, das ihm raten könnte. Rigello fuhr fort:

»Eure Majestät, jetzt ist die Zeit, den Hader zwischen den Familien der Lehnsleute ein für allemal zu beenden.«

»Ja, ja«, murmelte der König unentschlossen. »Was meint Ihr, soll ich tun?«

»Befehlt die sofortige Verfolgung. Die Königin und ihre Begleiter, wer immer sie auch sein mögen, können noch nicht weit sein. Selbst mit guten Reittieren müssen sie hin und wieder Rast einlegen. Jeder meiner Reiter führt ein zweites Pferd mit sich, und so werden wir sie bald einholen.«

»Woher wollt Ihr wissen, welchen Weg sie nahmen?« fragte der König widerstrebend.

»Zweifellos hat die Königin vor, nach Theringo, dem Land ihrer Vorfahren, zu reiten. Wenn sie sich erhofft, irgendwo Anhänger um sich scharen zu können, dann am ehesten dort.«

»Aber wenn sie den Stern von Khorala irgendwie zurückbekommen hat, kann niemand sie zwingen, etwas gegen ihren Willen zu tun, noch ist es möglich, sich gegen sie zu wehren. Wie wollt Ihr gegen die Macht des Juwels ankämpfen?«

»Herr, niemand hat den Stern gesehen, seit er vor zwölf Monden gestohlen wurde. Hätte sie ihn besessen, wäre sie zweifellos nicht aus dem Turm geflohen. Sie hätte die Gehorsamkeit der Wachen erzwungen und so ihre Freiheit zurückgewonnen.«

Das Gesicht des Königs leuchtete auf. »Ich danke Euch, Rigello. Ihr habt meinen Wunsch vorhergesehen. Reitet wie der Wind. Schafft die Königin in meine Folterkammer und verschont die Männer nicht, die ihr halfen!«

Rigello lächelte, als er den Thronsaal verließ. Er schlüpfte in seinen Kettenhandschuh und schnallte den Schwertgürtel noch ein wenig fester um seine Mitte. Wenn er Königin Marala erst überwältigt hätte, würde er ihre Beliebtheit nutzen, eine Rebellion gegen Moranthes zu schüren, ihn zu stürzen und zu töten. Und dann würde er Marala zum Weib nehmen und als König über Ophir herrschen.

Was die Königin zu diesem Plan sagen würde, interessierte Rigello nicht im geringsten. Zweifellos würde sie einen echten Mann diesem weibischen Schwachkopf vorziehen, der sich jetzt auf seinen Thron verkroch. Lehnte sie eine Verbindung ab, gab es recht unangenehme Überredungsmethoden. Wieder lächelte er.

Einen Augenblick blieb er auf dem Korridor stehen und bewunderte seine aufrechte Gestalt in einem großen Spiegel. Dann streifte er sich seinen zweiten Handschuh über und stieg stolzen Schrittes die Stufen zum Palasthof hinunter.

»Barras! Hol mein Pferd! Wir brechen sofort auf!« befahl er.

6

»DAS IST DIE BURG THERINGO!«

Conan ließ sein Pferd unterhalb des Kammes bei Garus zurück und schlich allein zur Kuppe empor. Er hob seinen Kopf nicht über die Büsche, sondern teilte lautlos die Sträucher und spähte hindurch, um das Land unter ihm zu studieren.

Besorgt fragte Marala: »Weshalb läßt er sich soviel Zeit? Wir sind in größter Eile, die aquilonische Grenze zu erreichen.«

»Wenn jemand Euch in Sicherheit zu bringen vermag, meine Herrin«, sagte Garus, »so ist er es. Obgleich er, wie ich vermute, nur die Hälfte meiner Jahre aufweist, hat er bereits mehr Schlachten geschlagen und mehr gelungene Abenteuer hinter sich, als andere in einem ganzen Leben nur vom Hörensagen kennen. Habt Vertrauen zu ihm!«

Conan winkte sie herauf. Als Marala und Garus den Hügelkamm erreicht hatten, schauten sie hinunter auf eine weite Ebene. Auf einer Erhebung, nicht weit entfernt, war die Ruine einer Burg zu sehen. Dahinter, am Rand der Ebene, schlängelte sich ein glitzernder Fluß am Fuß der bewaldeten Berge entlang, die sich dem Horizont entgegenhoben.

»Ich weiß, wessen Burg das war«, wisperte Marala.

Conan studierte noch immer die Gegend. »Wenn wir erst die Ebene überquert haben«, sagte er, »und danach den Fluß, befinden wir uns ganz in der Nähe der Grenze zu Aquilonien. Ich glaube, sie verläuft entlang dem Kamm jener Bergkette. Die Mannen des Königs würden Schwierigkeiten haben, uns dort noch gefangenzunehmen, denn die Aquilonier haben nichts für bewaffnete Invasoren übrig.«

Eilig kehrten sie zu ihren Pferden zurück. Mühsam nahmen sie den Hang und trabten auf der anderen Seite hinunter. Als sie die Ebene erreichten, vernahm Conan ein schwaches rhythmisches Dröhnen. Er drehte sich im Sattel um und rief:

»Treibt die Rosse an! Reitet so schnell Ihr nur könnt! Ophireanische Kavallerie!«

Die drei Pferde donnerten in wildem Galopp in Richtung auf die Burgruine und die Sicherheit des Flusses dahinter. Doch die Verfolger holten schnell auf. Statt auf der Straße hinter den Flüchtlingen herzujagen, schwärmten sie zu einer weiten Halbmondformation aus.

»Verdammter hyrkanischer Trick!« brummte Conan und stieß seinem schweißüberströmten Tier die Fersen in die Weichen.

Die Königin war eine ausgezeichnete Reiterin, sie hielt die Geschwindigkeit ihrer beiden Begleiter. Doch als sie sich der Burgruine näherten, schlugen die gegnerischen Reiter auf ihren frischen Pferden an den strategischen Halbmondspitzen einen zusammenlaufenden Bogen, und der Reitertrupp bildete nun einen Kreis um den Ruinenhang.

»Kommt, Mädchen!« brüllte Conan, als sie dicht an der Ruine waren. »Dies ist ein Platz, den wir verteidigen können. Wenn wir schon unser Ende hier finden sollen, wollen wir wenigstens einige dieser Hundesöhne mit uns nehmen!« Sie ritten durch einen schmalen Bach, dessen Wasser hoch aufspritzte, und donnerten den sanften Hang empor. Dann sprangen sie aus den Sätteln und führten ihre erschöpften Tiere zu dem trümmerübersäten Haupttor. Innerhalb der zerbröckelnden Mauern stand der Burgfried, ein mächtiger Zylinder aus schweren Steinquadern. Der obere Teil war eingebrochen und hatte an seinem Fuß eine Schutthalde gebildet, aber die Mauer der unteren Stockwerke stand noch trutzig bis in eine Höhe, die ohne Leitern nicht zu erreichen war. Obgleich die Wachttürme zu beiden Seiten des Tores eingefallen waren und die Trümmerstücke die Torflügel unter sich begraben hatten, gelang es ihnen doch, sich einen Weg darüber zu bahnen.

»Wollt Ihr, daß wir uns hier verteidigen?« keuchte Marala, als sie den Innenhof erreicht hatten.

»Nein. Irgendwie würden sie die Mauer erklimmen und von hinten stürmen. Der Burgfried sieht noch recht brauchbar aus, dort werden wir unser Glück versuchen.«

Die hölzerne Tür war verschwunden, doch der Bogeneingang war schmal genug, um nicht mehr als einen Mann zugleich hindurchzulassen. Sie schlugen ihren Pferden auf die Hinterbacken, um sie in den rückwärtigen Hof zu jagen. Dann schob Conan Marala schnell durch den Bogeneingang. Er selbst drehte sich eilig, um den Angriff von zwei Reitern abzuwehren, die ihre Pferde über die Trümmer am Haupttor gezwungen hatten und nun mit blanken Schwertern auf sie einstürmten.

Conan sprang, schwang seine Klinge gegen den Schwertarm des vordersten Reiters und traf. Er wirbelte schnell herum, um sich dem anderen zuzuwenden, doch Garus war bereits unter das Roß des Angreifers getaucht und schlitzte ihm den Bauch auf. Die Schreie des Reiters ähnelten denen des sterbenden Tiers, als Conan dem Burschen die Beine abhieb.

Das Pferd des nächsten Ophiten, der sich Conan und seine Begleiter zum Ziel genommen hatte, stolperte über die Trümmer. Der Reiter flog vom Sattel und schlug sich den Schädel an den zackigen Steinen ein. Während das um sich schlagende gestürzte Tier den Eingang blockierte, nahmen Conan und Garus schnell die Waffen der Toten an sich. Die wertvollsten Beutestücke waren zwei Armbrüste und die dazugehörenden vollen Köcher.

»Nichts wie hinein!« brüllte Conan, und die beiden Verteidiger hasteten durch den Eingang des Burgfrieds und drehten sich um, um auf den nächsten Angriff zu warten. Ein paar Schritt hinter ihnen, mit einem Fuß auf der Wendeltreppe, stand die Königin mit einem glücklichen Lächeln. Sie wirkte wie verzaubert. Der Cimmerier drehte sich wieder um und griff nach ihrem Arm, um sie zu sich zu bringen.

»Was habt Ihr, Mädchen?« Seine rauhe Stimme klang sanft und besorgt.

»Wißt Ihr, wo wir uns befinden?« fragte Marala.

»Unweit der aquilonischen Grenze. Doch es nutzt uns wenig. Sie werden uns jeden Augenblick angreifen, und wir können nicht fliehen.«

Sie deutete mit weitausholender Hand auf die Ruine. »Conan, das ist die Burg Theringo, wo mein Vorfahr Alarkar dem Verrat zum Opfer fiel!«

Verwirrt durch ihre Haltung und den merkwürdigen Ausdruck ihrer bernsteinfarbigen Augen, trat Conan zum Eingang zurück und harrte des nächsten Angriffs. Marala folgte ihm, griff nach einer Armbrust und bat Garus:

»Spannt mir beide Armbrüste, ich habe nicht Kraft genug, es selbst zu tun.«

Als Garus ihren Befehl ausgeführt hatte, trug sie beide die abgetretene Wendeltreppe hoch. Schon nach der ersten Windung entdeckte sie eine schmale Plattform, die durch ein Fenster, nicht viel breiter als eine Schießscharte, schwach erhellt wurde.

Und dann begann der Sturm.

7

EINE REITERSCHAR

Conan, Marala und Garus lehnten müde am Eingang des Burgfrieds. Zweimal hatten sie die Angreifer zurückgeschlagen. Beim zweiten Angriff wären sie durch die große Anzahl der Feinde, die mit vorgestreckten Speeren auf sie einstürmten, fast überwältigt worden. Aber so eng war der Eingang, daß die sich zusammendrängenden Soldaten die Waffen nicht benutzen konnten, während Conan und Garus auf der Treppe über den Ophiten nach den Speerspitzen griffen und auf Köpfe und Hände einhieben. Dazu trugen Conan und Garus eine feste Kettenrüstung, die Soldaten Ophirs dagegen lediglich leichte Lederharnische; die für eine schnelle Verfolgung angebrachter waren. Und da sie sich nicht umdrehen und den Schlägen der Verteidiger entfliehen konnten, fielen viele von ihnen am Fuß der Treppe.

Marala erledigte aus einem Fenster im ersten Stock zwei Angreifer mit ihren beiden Armbrüsten. Obgleich sie keine Übung im Armbrustschießen hatte, konnten ihre Geschosse im Gedränge vor dem Türbogen ein Ziel gar nicht verfehlen. Und nachdem sie beide Waffen abgeschossen hatte, rannte sie eilig die Stufen hinunter, damit der eine oder andere ihrer beiden Begleiter sie ihr in einer kurzen Kampfpause neu spannen konnte.

Das stete Aufreiben ihrer Kräfte ließ die überlebenden Angreifer sich schließlich entmutigt durch das Haupttor zurückziehen. Sie ließen eine große Zahl Toter und Verwundeter hinter sich. Ihre Leiber blockierten den Eingang zum Burgfried, und ihre Schreie, ihr Ächzen und Stöhnen waren grauenvoll anzuhören. Conan bahnte sich einen Weg durch sie hindurch, um sich ihrer Waffen zu bemächtigen.

Graf Rigello saß auf seinem Streitroß am Hang unterhalb der Burgruine und wartete ungeduldig auf die Meldung seiner Hauptleute. Seine schwarze Kettenrüstung war staubbedeckt vom langen Ritt und seine Laune nach diesem lächerlichen Widerstand seiner Opfer unerträglich. Ein alter Hauptmann zügelte sein Pferd, salutierte und meldete:

»Herr, der Burgfried ist uneinnehmbar. Wir haben mehr als drei Dutzend Mann bei dem Versuch verloren, ihn zu stürmen. Weitere unserer Leute verbluten wahrscheinlich oder bleiben Krüppel ihr Leben lang. Es ist unmöglich, mit Übermacht allein etwas auszurichten.«

»Hundert Mann gegen drei – und darunter eine Frau?« höhnte der Graf. »Macht Euch auf etwas gefaßt, wenn wir wieder in Ianthe sind!«

»Aber, mein Herr«, sagte der Hauptmann ernst, »dieser Barbarenkrieger ist unglaublich. Keiner kommt gegen sein Schwert an. Und die Frau steht mit ihren Armbrüsten am Fenster – wenn Ihr gestatten würdet, daß unsere Schützen sie abschießen ...«

»Nein, sie muß um jeden Preis lebend gefangen werden. Aber wartet! Wie viele Armbrustschützen haben wir noch?«

»Etwa zwanzig, die kampffähig sind.«

»So hört. Befehlt den Burschen, ihre Armbrüste zu spannen, zu laden und mit ihnen zu Fuß den Hügel zu stürmen. Sie sollen einzeln und so geduckt wie möglich durch das Tor klettern, sich dann vor dem Burgfried verteilen und auf Befehl gleichzeitig schießen. Wenn nur einer der Verteidiger fällt, können unsere Schwertkämpfer sich auf den anderen stürzen und ihn überwältigen. Tötet die Männer, doch krümmt mir ja der Frau kein Haar!«

Mit zweifelnd gerunzelter Stirn zog der Hauptmann sich zurück, um den Angriff zu befehlen. Rigello beobachtete die Vorbereitungen. Er strich seinen Schnurrbart und sah sich bereits auf den Seidenkissen des Throns sitzen. Nichts, dachte er, kann mich jetzt noch aufhalten.

Doch plötzlich weiteten sich seine Augen. Seine Männer waren abgesessen und stürmten zu Fuß den Hang empor, als zwischen ihnen und der Burgruine eine Reiterschar in Rüstungen längst vergangener Zeit auftauchte.

Rigellos Mannen wichen erschrocken zurück, als die Neuankömmlinge mit vorgestreckten Lanzen und die Schwerter schwingend in flinkem Trott den Hügel hinabritten. Die Schützen warfen die Armbrüste von sich und rannten, so rasch sie konnten, zu ihren Pferden. Hastig schwangen sie sich in die Sättel und trieben ihre Tiere zu wilder Flucht an. Die Schwertkämpfer hielten einen Augenblick länger stand, dann schlossen sie sich den Kameraden an.

»Mitra!« brüllte Rigello und galoppierte zu der schwindenden Flut seiner Mannen. »Was ist in euch gefahren?« kreischte er. »Haltet an und kämpft, ihr Feiglinge! Zu mir! Zu mir!«

Mit dem Mut der Verzweiflung trieb Graf Rigello sein Streitroß den Hang empor. Er bahnte sich einen Weg durch seine fliehenden Mannen und ritt mitten hinein in die herankommenden Gegner. Und dann drang ein Armbrustbolzen in seinen Schädel.

8

»VIELLEICHT KREUZEN UNSERE WEGE SICH EINES TAGES WIEDER«

Die drei Verteidiger standen keuchend auf den Tortrümmern der Burgruine und schauten den fliehenden Ophiten nach.

»Ihr seid ein guter Schütze, Mädchen«, lobte Conan. Und lachend fügte er hinzu: »Falls Ihr einmal müde werden solltet, Königin zu spielen, könnt Ihr Euch in jeder Armee, die ich befehligen werde, als Armbrustschütze verdingen.« Doch dann runzelte er die Stirn. »Ich verstehe nicht, wie plötzlich diese ungewöhnliche

Schar aus dem Nichts auftauchen, unsere Feinde verjagen und so unerwartet, wie sie gekommen war, wieder ins Nichts verschwinden konnte. Habt Ihr einen Zauber bewirkt?«

Marala lächelte ruhig. »Ja, den Zauber des Sternes von Khorala. Den guten Männern, die hier vor zweihundert Jahren fielen, war die Chance, ihr geliebtes Vaterland zu retten, nicht gegeben. Sie mußten bis zu diesem Tag warten, da der Stern und ich – und Ihr, da Ihr ihn mir gabt – sie befreite, damit sie ihre Pflicht tun konnten. Nun endlich ist es Alarkar und seinen Getreuen möglich, in Frieden zu ruhen.«

»Diese Reiter – waren sie aus echtem Fleisch und Blut oder heraufbeschworene Phantome, Geister, die ein Schwert wie Rauch durchdringen könnte?«

Die Königin hob die zarten Hände mit den Handflächen nach oben. Und während sie sie bewegte, glitzerte das Juwel mit seinem in blauem Eis gefangenen Feuer.

»Ich weiß es nicht, und ich glaube, niemand wird es je wissen. Aber Ihr seid verwundet. Laßt mich Eure Verletzungen säubern und verbinden, so gut ich es kann. Auch Ihr, Garus, blutet!«

Sie führte die beiden Männer, die aus ihren Rüstungen geschlüpft waren und müde hinkten, den Hang hinab zu einem klaren Bach, der frisch an seinem Fuß plätscherte. Sie half ihnen, sich zu waschen, und verband ihre glücklicherweise nur leichten Wunden mit Stoffstreifen, die sie aus der Kleidung der Toten gerissen hatte.

»Und was ist mit Euch, Lady?« fragte Conan, der sich erfrischt fühlte. »Rigello ist tot, aber andere werden sich beeilen, an seiner Statt den König zu beeinflussen.«

Marala verknotete den letzten Verband und biß sich nachdenklich auf die Unterlippe.

»Vielleicht vermag der Stern die guten Männer von Ophir zusammenzurufen; aber mir deucht, dem Königreich mangelt es an guten Männern – zumindest unter den Edlen. Alle die Höhergestellten, die ich kenne, sind wie Rigello – habgierig und skrupellos. Natürlich, mit dem Stern von Khorala …« Sie hielt abrupt inne und starrte auf ihre Hand. »Mein Ring! Wo ist er? Er muß mir vom Finger geglitten sein, während ich die Hände in dem kalten Wasser wusch.«

Bis Sonnenuntergang suchten die drei das große Juwel im Bach und entlang seinen Ufern, aber ohne Erfolg. Das rauschende Wasser mußte ihn mit sich getragen oder ihn verspielt in seinem silbernen Sand vergraben haben. Als sie die Suche aufgeben mußten, brach Marala in Tränen aus.

»Nun, da ich ihn endlich wiederbekommen habe, muß ich ihn gleich verlieren!« Conan nahm sie tröstend in seine starken Arme und murmelte: »Nehmt es nicht so schwer, Mädchen. Ich bin ohnedies nicht für Zauberei. Man weiß nie, wie man mit ihr dran ist.«

»Das nimmt mir die Entscheidung ab«, sagte Marala schließlich, als ihre Tränen versiegten. »Selbst mit dem Stern hätte ich in Ophir nur eine geringe Chance gehabt. Ohne ihn habe ich gar keine. Noch glaube ich, daß selbst Mitra einen Mann aus Moranthes hätte machen können. Ich werde nach Aquilonien reiten, wo ich Verwandte habe. Mögen die Männer Ophirs ihren Zwist ohne mich austragen. Und möge Mitra den Menschen meines Reiches gnädig sein.«

»Habt Ihr genug Geld?« erkundigte sich Conan mit rauher Besorgtheit.

»Einen Augenblick, ich zeige es Euch«, sagte die Königin mit einem schwachen Lächeln.

Sie drehte sich um und zog aus ihrer Unterkleidung einen feinen Damastgürtel, in den viele Täschchen, kaum größer als ein Fingernagel, genäht waren. In ihnen steckten glitzernde Juwelen und viele wertvolle Goldmünzen.

»Not werdet Ihr nicht leiden müssen«, brummte Conan zufrieden, »außer ein Dieb bestiehlt Euch.«

»Ich hoffe, Garus weiß das zu verhindern.« Sie drehte sich dem grauhaarigen Hauptmann zu. »Ihr werdet doch mit mir ins Exil gehen, nicht wahr?«

»Meine Herrin«, der alte Soldat lächelte, »ich würde Euch selbst in die tiefste Hölle begleiten.«

»Ich danke Euch, mein getreuer Freund«, sagte Marala mit majestätischem Kopfnicken. »Aber was ist mit Euch, Freund Conan? Ich kann Euch jetzt nicht den versprochenen Generalsposten in der ophireanischen Armee anbieten. Kommt Ihr mit mir nach Aquilonien?«

Conan schüttelte betrübt den Kopf. »Auch ich habe meine Pläne geändert. Ich werde gen Norden reiten, um mein Heimatland wieder einmal zu besuchen.«

Die Königin studierte die ernste Miene des Cimmeriers. »Es klingt, als wärt Ihr über diese Idee selbst nicht sehr erbaut. Fürchtet Ihr Euch vor einer Rückkehr?«

Conans rauhes Lachen klang wie das Klirren von Stahl auf Stahl. »Von einer gewissen Art von Zauberei und einigen übernatürlichen Wesen abgesehen, mit denen ich aneinandergeraten bin, gibt es nichts, das ich fürchte. Da sind zwar ein paar Blutfehden, mit denen ich mich möglicherweise auseinandersetzen muß, aber das beunruhigt mich nicht. Es ist nur so – nun, Cimmerien ist ein recht langweiliges Land, verglichen mit den Königreichen im Süden.«

Er nahm ihre beiden Hände in seine und betrachtete fast sehnsüchtig ihr goldenes Haar um das herzförmige Gesicht, ihren wohlgeformten Busen und ihre grazile Gestalt. Verlangen brannte in seinen Augen, und seine Stimme klang fast beschwörend.

»Reizende Gesellschaft läßt die Meilen schmelzen und wärmt ein einsames Herz.«

Garus, der sie beobachtete, erstarrte. Marala löste

sanft ihre Hände aus seinen kräftigen Fingern und schüttelte ihren lieblichen Kopf.

»Solange Moranthes lebt – und ich bin immerhin noch seine Gemahlin –, halte ich mein Versprechen. Doch dieser Zustand kann nicht ewig währen.« Sie lächelte ein wenig traurig. »Weshalb wollt Ihr in dieses düstere Nordland, wenn es Euch doch gar keinen Spaß macht? Die hyborischen Königreiche haben einem tapferen und großzügigen Mann wie Euch viel zu bieten.«

»Ich muß jemanden besuchen.«

»Wen? Eine frühere Liebste?«

Conan schaute Königin Marala kühl an. Seine blauen Augen verrieten seine schmerzliche Enttäuschung. »Sagen wir, ich besuche eine alte Frau. Wer sie ist, geht nur mich etwas an. Doch sagt mir, wo werdet Ihr Euch in Aquilonien niederlassen? Vielleicht kreuzen unsere Wege sich eines Tages wieder.«

Marala lächelte den kräftigen Cimmerier fast zärtlich an. »Meine aquilonischen Verwandten leben im Lande Albiona, nicht weit von Tarantia. Sie sind alt und kinderlos und lieben mich wie eine Tochter. Sie beabsichtigen, mir ihren Titel und ihre Ländereien zu vermachen. Ich bin nun nicht mehr Königin von Ophir, doch eines Tages werde ich vielleicht Gräfin von Albiona sein.«

Das Juwel im Turm

Das Juwel im Turm

Lin Carter und L. Sprague de Camp

Nach einem Besuch in seiner nordischen Heimat kehrt Conan zu den Kozaki zurück. Als der energische König von Turan, Yezdigerd, den Horden der Gesetzlosen ein Ende macht, dient der Cimmerier als Söldner in Iranistan und zieht ostwärts weiter in die himelanischen Berge und das legendäre Land Vendhya. Nach seiner Rückkehr in den Westen erforscht er eine Phantomstadt lebender Toter und wird kurze Zeit Mitkönig eines schwarzen Reiches in der Wüste südlich von Stygien.

Anschließend an die Ereignisse, über die in ›Die Trommeln von Tombalku‹ berichtet wird, zieht Conan seines Weges quer durch das südliche Grasland zu den anderen schwarzen Königreichen. Hier kennt man ihn noch von früher, und Amra der Löwe hat keine Schwierigkeiten, an die Küste zu gelangen, die er seinerzeit mit Bêlit unsicher machte. Doch Bêlit ist nun nur noch eine allmählich in Vergessenheit geratende Erinnerung. Das Schiff, das schließlich an der Landzunge auftaucht, wo Conan mit blanker Klinge wartet, ist mit Piraten der Barachaninseln in der Nähe der Küsten von Argos und Zingara bemannt. Auch sie haben von Conan gehört und heißen sein Schwert und seine Erfahrung willkommen. Er ist Mitte dreißig, als er sich den Barachanpiraten anschließt, mit denen er eine Weile zusammenbleibt. Die folgende Geschichte erzählt eines seiner vielen Abenteuer in dieser Gegend.

1

DER TOD IM WIND

Das erste Langboot legte bei Sonnenuntergang am gelben Strand an, während der Westen in ein wahres Flammenmeer getaucht war. Als das Boot in den Untiefen angelangte, zog seine Mannschaft es durch die sprühende Brandung an den Strand, damit die Flut es nicht in die See hinaustreiben konnte.

Rohe Burschen waren es, Argossaner zum größten Teil – kräftige Männer mit hell- bis dunkelbraunem Haar –, doch auch blasse Zingarier mit schmalen Hüften und schwarzen Locken, genau wie hakennasige Shemiten, dunkel und muskulös, mit krausen blauschwarzen Bärten. Alle trugen grobe Seemannskleidung, einige dazu hohe, stark geölte Stiefel, während andere barfuß liefen. In ihren Schärpen steckten lange Dolche, Krummsäbel oder scharfe Messer.

Ein einzelner Stygier war bei ihnen, ein magerer, dunkelhäutiger, dünnlippiger Mann mit geschorenem Schädel und nachtschwarzen Augen, in kurzer Tunika und Sandalen. Das war Mena der Hexer, der trotz seines Äußeren und Namens nur ein geduldeter Stygier war, denn er war nicht reinen Blutes, sondern entstammte der Vereinigung eines wandernden shemitischen Händlers mit einer Frau aus Khemi, der bekanntesten Stadt im finsteren Lande Stygien.

Auf Befehl ihres Führers zerrte die Mannschaft das Boot ins Dickicht am Rand des Dschungels, wo die Bäume wie ein drohender Wall bis zur Flutgrenze des Strandes wuchsen.

Der Mann, der das Kommando führte, war weder Zingarier noch Argossaner, sondern ein Cimmerier aus den eisigen, nebelumhüllten Bergen des Nordens. Er war ein beachtlicher Riese, in einem Wams aus geschmeidigem Leder und seidener Pluderhose, mit einem kurzen Säbel an der Hüfte und einem Dolch in seiner scharlachroten Schärpe. Hochgewachsen war er, mit mächtiger Brust und kräftigen, muskelbepackten, sehnigen Armen. Im Gegensatz zu den anderen Piraten war sein Gesicht glattgeschabt und seine dicke Mähne rabenschwarzen Haares am Nacken gerade geschnitten. Seine Miene war grimmig, und unter seinen dunklen Brauen glühten die Augen wie Feuer in einem blauen Eisberg. Sein Name war Conan.

Jetzt durchschnitt ein zweites Langboot mit leisen, rhythmischen Ruderschlägen das azurblaue Wasser der kleinen Bucht. Hinter ihm, vom Rot des Westens beleuchtet, lag die schlanke Karracke *Falke* vor Anker. Das zweite Langboot wurde ebenfalls ins Dickicht gezogen. Der Führer der zweiten Mannschaft schloß sich Conan an, der zusah, wie seine Männer Palmwedel über die Hecks der beiden Boote breiteten, um sie völlig zu verbergen.

Der Neuankömmling war ein echter Zingarier, schlank und elegant, mit blassen Zügen und einer Adlernase, die seine hochmütige Miene noch betonte. Ein gestutztes Schnurrbärtchen und ein kleiner Bart umrahmten seinen schmalen Mund, und der Bart folgte der Linie seines spitzen Kinns. Es war Gonzago, ein Freibeuter von beachtlichem Ruf unter den Barachanpiraten und Kapitän des *Falken.* Seit ein paar Monden war Conan sein zweiter Offizier.

»Sammelt die Männer und folgt mir«, befahl Gonzago. Conan nickte und winkte die Piraten herbei, aber der Hexer legte seine Hand auf des Cimmeriers Arm und hielt ihn zurück.

»Was ist los mit Euch?« fragte Conan barsch. Ihm gefielen des Stygiers dunkle verschlagene Züge, der geschorene Schädel und die stumpfen Augen nicht. Aber er hatte sich sowieso noch nie für Zauberer erwärmen können.

»Tod«, flüsterte der Hexer. »Ich rieche den Tod im Wind ...«

»Still, Narr! Oder wollt Ihr den Männern Angst machen?« knurrte Conan. Er wußte, wie abergläubisch die streitsüchtigen Barachanpiraten waren, und wieder wünschte er, Kapitän Gonzago hätte seinen Rat befolgt und den stygischen Hexer nicht für die Expedition angeheuert. Aber Gonzago war der Herr hier, nicht er, Conan.

»Was zögert Ihr?« schnaubte Gonzago und schritt zu den beiden hinüber. »Wir haben nur noch eine knappe Stunde Tageslicht vor uns und müssen diesen verdammten Dschungel durchqueren, ehe wir den Turm erreichen. Jeder Augenblick zählt, also seht zu, daß die Männer aufbrechen.«

Conan gab die geflüsterte Warnung an Gonzago weiter, und der Zingarier schaute Mena den Hexer an.

»Könnt Ihr denn nicht genauere Angaben machen, Mann?« knirschte er. »Welche Art von Tod, wessen Tod und woher?«

Mena schüttelte den Kopf. Seine stumpfen Augen wirkten gequält. »Ich weiß es nicht«, erwiderte er. »Aber ich bedaure es, daß ich mit Euch auf diese finstere Insel gekommen bin. Meister Siptah ist ein hoher Prinz unter den Magiern, und seine Zauber sind mächtiger als die, die ich beherrsche.«

Gonzago fluchte. Conan faltete die Arme über seiner mächtigen Brust und schaute sich wachsam um. Aber alles am gelben Strand, auf dem blauen Meer und am rotgestreiften Himmel sah völlig normal und durchaus nicht bedrohlich aus. Nur der düstere Wald, unheilschwanger mit seinen dunklen Schatten, gab vielleicht Anlaß zu zögern. Doch seine Gefahr war lediglich die des Unerforschten, des Wilden, des Ungebändigten –

glühende Raubtieraugen, die hungrigen Blickes aus dem Unterholz spähten, Schlangen, die über die toten Stämme blitzgefällter Bäume glitten, Treibsand und Dschungelfieber oder feindlich gesinnte Eingeborene und plötzliche Stürme.

Doch nichts von diesen Gefahren war sonderlich furchterregend, denn sie gehörten zu den Alltäglichkeiten im Leben eines Korsaren. Bis jetzt hatte das Wetter durchgehalten, sie hatten noch keine Anzeichen menschlicher Behausungen entdeckt, und Conans Erfahrung sagte ihm, daß kleine Inseln gewöhnlich keine gefährlichen Raubtiere beherbergten.

Aber der Hexer hatte den Tod im Wind gespürt. Und Zauberer fühlen Dinge, von denen andere nichts ahnen.

2

DAS ZAUBERJUWEL

Ehe die Nacht ihren Schleier über das letzte Licht des Tages hüllte, drangen die Piraten tiefer ins Inselinnere. Zwei stapften mit blanken Klingen voraus durch den Dschungel, um einen Weg durch das Pflanzengewirr zu hauen und die größeren Bäume mit Brandzeichen zu markieren, damit sie zurückfänden. Als das erste Paar ermüdete, löste es ein anderes ab, und so gelangten die Piraten ziemlich schnell voran.

Der Marsch erwies sich als weder sonderlich schwierig noch gefährlich, und nichts geschah, was Menas unheilvolle Prophezeiung erfüllte. Die Männer stießen auf keine furchterregenderen Kreaturen als eine Gruppe von Wildschweinen, ein paar krächzende Papageien, die ihr buntes Gefieder spreizten, und eine träge Schlange, die sich um eine Wurzel gerollt hatte, sich jedoch bei der geräuschvollen Annäherung der Seeräuber in Sicherheit brachte.

So ungehindert kamen sie voran, daß Conan ein wachsendes Unbehagen empfand. Er spürte eine eisige Drohung in der Luft hängen, und wie Mena wünschte er, Gonzago hätte sich nicht zu diesem Raubzug entschlossen.

Länger als die Erinnerung der Menschheit zurückreicht, stand dieser Turm, der nun über die hohen Bäume hinausragte, am Ostufer dieser kleinen namenlosen Insel, unweit der stygischen Küste, südlich von Khemi. In ihm, so munkelte man, hauste der stygische Zauberer Siptah ganz allein, wenn man von einigen unheimlichen Wesen aus anderen Ebenen und von uralten Welten absah, die er durch Beschwörungen zu sich gerufen und an sich gebunden hatte. Die Piraten von den Barachaninseln raunten, der Zauberer in seinem schlanken Turm verberge einen sagenhaften Schatz, den er im Laufe vieler Jahre von Rat- und Hilfesuchenden zusammengerafft habe. Aber nicht, um diesen Schatz zu rauben, hatte Gonzago sich entschlossen, den Turm anzugreifen.

Die Legenden berichteten von einem geheimnisvollen Juwel, das der stygische Zauberer vor langer Zeit aus einer Grabkammer in der Wüste an sich gebracht hatte. Ein gewaltiger funkelnder Edelstein, so erzählte man sich, sollte es sein, mit magischen Zauberzeichen in einer Sprache, wie kein Lebender sie kannte. Ungeheuerlich und unheimlich war die Macht dieses Steines. Die Kaufleute und Seefahrer erzählten sich in den Hafenstädten von Shem und Zingara, daß Siptah sich durch die geheimnisvollen Kräfte, die in dem großen Juwel gefangen waren, die Geister der Luft, der Erde, des Feuers und des Wassers sowie die Dämonen der Unterwelt zu Willen machen konnte.

Jene Seefahrer, die sich Siptahs Gunst erkauft hatten,

segelten ruhig und gefahrlos durch die Meere und in sichere und gastfreundliche Häfen. Kein Sturm, keine Flut konnten ihnen etwas anhaben, genausowenig wie ihre Schiffe je einer unwillkommenen Flaute ausgesetzt waren, noch den Ungeheuern der Tiefe zum Opfer fielen. Die großen Kaufleute der Städte, gegen deren Ufer die See spülte, würden unvorstellbare Vermögen für den Besitz dieses Juwels bieten, denn mit ihm in ihrer Hand könnten sie die Sicherheit der Meere in vollem Maße genießen, ohne den ruinösen Tribut bezahlen zu müssen, den der Zauberer für seine Hilfe forderte. Ohne diesen gewaltigen Stein wäre Siptah nicht in der Lage, ihnen auch nur das Geringste anzuhaben, denn schon die leichteste Berührung dieses verzauberten Juwels war bereits der Schlüssel zu all seinen Dämonenbeschwörungen und Zaubern.

Nun raunte man, daß Siptah von Stygien tot sei, denn schon viele Monde waren vergangen, seit den Kaufleuten der Küstenstädte ihr Tribut abverlangt worden war, ja mehr noch, seit der Zauberer sich zu ihren Ersuchen geäußert hatte. Tatsächlich müßte Siptah der Stygier, wenn er noch lebte, ein ungeheures Alter erreicht haben. Doch Zauberer leben gewöhnlich viel länger als normale Sterbliche, da sie Alter und Tod mit ihren unheimlichen Kräften die Rechte verwehren.

Schließlich hatte sich ein Konsortium von Kaufleuten, die nichts mehr ersehnten als den habgierigen Zauberer machtlos zu sehen und sich seine Kräfte über Wind und Wogen anzueignen, an die tollkühnsten Kapitäne der Barachanpiraten gewandt und ihnen ihren Vorschlag unterbreitet. Falls Siptah wahrlich tot war, wollten sie sich in den Besitz des Juwels setzen, dessen Eigentümer die Geister von Stygien durch einen mächtigen Bann gehorchen mußten. Es wäre schrecklich, wenn es einem anderen Zauberer gelingen sollte, dieses Juwel im Turm in seine Gewalt zu bringen, denn er mochte sich womöglich als noch habgieriger und blutsaugerischer als Siptah erweisen.

Dieser Auftrag gefiel dem wagemutigen Gonzago, der selbst nie genug bekommen konnte. Der Plan der Kaufleute hatte in seiner Brust das Verlangen erweckt, das legendäre Juwel in seine Hand zu bekommen, selbst wenn er es den runzligen Armen des greisen Zauberers entreißen mußte. Denn wenn die Kaufleute schon bereit waren, ihm ein Vermögen für diesen Stein zu bezahlen, würde ihm vermutlich ein anderer Zauberer, der nach Siptahs Macht gierte, noch viel mehr dafür bieten.

Aber Gonzago war kein Narr. Zauberer waren gefährlich, das wußte er, und jene, denen es gelungen war, Hexer um ihre Schätze zu bringen, hatten selten lange genug gelebt, die Beute zu genießen. Gonzago würde sehr, sehr vorsichtig sein.

3

BLUT AUF DEM SAND

In einer Hafentaverne von Messantia stieß der Piratenkapitän zum erstenmal auf Mena. Ein Gedanke, von seiner Habgier geweckt, ergriff von ihm Besitz. Wie besser ließe sich Zauber bekämpfen denn mit Magie? Er hatte sich also sofort der Dienste des Hexers versichert und befahl seinen Offizieren, den *Falken* für eine Reise zu der einsamen Insel vorzubereiten.

Jetzt, da die Piraten sich einen schmalen Pfad durch den Dschungel schlugen und das Ostufer in der Nähe des Turmes erreichten, war Gonzago sicher, daß sein Vorhaben wohlgeplant war. Er hatte an der Westseite der Insel Anker geworfen, damit die Karracke und ihre Boote von des Zauberers Festung aus nicht gesehen werden konnten. Die Piraten hatten ohne Verluste und Entdeckungen durch den gefürchteten Zauberer – sofern er überhaupt noch lebte – den Urwald durchquert. Und nun, da das Blaugrün des Meeres durch die Bäume schimmerte, brauchten die Männer den Turm nur noch zu stürmen, das Juwel an sich zu reißen und mitnehmen, was sie sonst noch von den Schätzen des greisen Magiers haben wollten.

Doch Gonzago hätte seinen gefährlichen Beruf nicht eine so lange Zeit ausüben können, wäre er vorschnell und unüberlegt vorgegangen. Also rief er jetzt den hageren Stygier zu sich.

»Könnt Ihr uns Zauberschutz geben, Meister Mena?« fragte er.

Mena zuckte die Schultern. »Vielleicht könnte ich vor Siptahs Augen einen Schleier legen, damit er sich unserer Annäherung erst bewußt wird, wenn es zu spät ist«, murmelte er.

Gonzago grinste, daß die weißen Zähne in seinem bleichen bärtigen Gesicht leuchteten. »Wie Ihr es in der Taverne getan habt?« Dieser Trick war es gewesen – ein Zauber scheinbarer Unsichtbarkeit –, der Gonzago veranlaßt hatte, den Hexer anzuheuern, damit er seine Künste gegen den stygischen Zauberer anwende.

Mena nickte.

Ohne weitere Worte sammelte der Hexer dürre Äste und entzündete an einem geschützten Ort in der Nähe des Waldrands, dort wo die Bäume endeten und der Sandstrand sich dem Meer zuneigte, ein Feuer. Während die Piraten neugierig zusahen, holte Mena kleine Lederbeutel aus seinem Gürtel und gab mit einem Silberlöffel aus jedem eine bestimmte Menge farbigen Pulvers in eine kleine Kupferpfanne. Als die Äste zu einem Glutbett schwelender Holzkohle herabgebrannt waren, stellte er die Pfanne darauf. Ein scharfer, beißender Rauch wehte im Abendwind seewärts.

Conan rümpfte die Nase und spuckte in weitem Bogen aus. Er mochte solche Zaubertricks nicht. Viel lieber hätte er den Turm allein mit blankem Stahl und einem kleinen Trupp furchtloser Männer gestürmt. Aber da Gonzago das Kommando hatte, hielt er den Mund.

Die Glut warf einen gespenstisch roten Schein auf des Hexers hageres Gesicht, und es wirkte kurz wie ein lebender Totenschädel mit seinen tief in den Höhlen liegenden Augen. Mena beugte sich über die Pfanne und starrte in ihren blubbernden Inhalt, während sein Singsang zu einem leiernden Wispern wurde.

Mena hielt in seiner Beschwörung inne und winkte Gonzago mit einem gekrümmten Finger zu sich. Als der Kapitän sich zu ihm hinabbückte, zischte Mena:

»Ihr und Eure Männer müßt euch jetzt zurückziehen. Der letzte Teil des Zaubers verlangt absolute Abgeschiedenheit.«

Gonzago nickte und kehrte mit seinen Männern auf den Weg zurück, den sie gekommen waren. Als sie sich alle außer Sicht des Hexers befanden, ließen sie sich auf gefällten Stämmen nieder oder setzten sich auf den Boden und vertrieben lästige Fliegen, während sie den Ruf des Stygiers erwarteten.

Die Zeit verging. Das Licht erlosch am Himmel. Plötzlich brach ein schriller Schrei die Abendstille.

Gonzago und Conan sprangen auf und rannten zurück zur Lichtung, wo der Hexer das Feuer für seine Beschwörung entzündet hatte. Mena lag mit dem Gesicht nach unten daneben.

Gonzago fluchte wild, packte den hageren Körper und drehte ihn um. Was er im Schein der erlöschenden Glut sah, ließ ihn die Götter seiner Kindheit anrufen. Menas Kehle war glatt durchschnitten. Blut sprudelte heraus und tränkte den weichen Moosboden.

Das bedeutete, dachte Conan, daß Siptah noch lebte und seine Schätze selbst hütete oder daß die an das

Juwel gebundenen Geister ihm über den Tod hinaus dienten. So oder so – die Aussichten waren jedenfalls alles andere als erfreulich.

Gonzago starrte auf die beklagenswerte Gestalt, aus deren klaffender Wunde immer noch das rote Naß sickerte. Die Piraten, die ihnen nachgekommen waren, murmelten, und das Weiß ihrer Augen schimmerte rot in der letzten Glut.

Der Korsarenkapitän kauerte nun neben der Leiche und blickte grübelnd vor sich hin. Conan, dem es in der milden Abendluft kalt über den Rücken lief, schwieg. Mena hatte die Wahrheit gesprochen, als er sagte, er spüre den Tod im Wind.

4

WO NIEMAND EINTRETEN DARF

Kaum einer der Männer war bereit, mit leeren Händen zum Schiff zurückzukehren, obgleich alle den eisigen Hauch der geheimnisvollen Gefahr im Nacken spürten. Gonzago war entschlossen, den Turm zu stürmen. Er war überzeugt, daß kalter Stahl selbst über mächtige Zauberer triumphieren würde. Deshalb führte er seinen Trupp durch die Ranken am Dschungelrand hinaus auf den Strand. Die ersten Sterne funkelten inzwischen hoch über der öligen See.

Menas grauenvolles und unheimliches Ende dämpfte den Tatendrang der Piraten. Sie stapften hinter Gonzago her und sprachen nur mit heiserem, verstohlenem Flüstern.

Conan teilte das hohe Gras auf einer winzigen Landzunge und studierte den vor ihnen liegenden flachen

Streifen Strand, der bleich und unberührt wie ein Silberstrom unter dem schwachen Schein der fernen, gleichgültigen Sterne ruhte. Nur wenige Geräusche brachen die Stille der Nacht – das sanfte Plätschern der Wellen auf dem Sand, der traurige Schrei einer Möwe und das Summen und Zirpen von Insekten.

Etwa einen Pfeilschuß entfernt hob sich vom verlassenen Strand ein schwarzes Bauwerk wie ein deutender Finger dem Sternenhimmel entgegen, der im Osten eine fahle Blässe annahm. Während Conan sich wachsam umsah, schob sich die fast noch volle Scheibe des Mondes über das Meer. Gemächlich stieg sie den Himmel empor und verwandelte mit ihrem Silberschein den Turm in einen schwarzen Scherenschnitt. Es war ein einfacher schlanker Zylinder, der dort, wo er sich zu verjüngen begann, eine schmale Brustwehr hatte. Aus ihr strebte der restliche Turm spitz empor.

Kein Licht, kein Zeichen von Leben waren am Turm zu erkennen. Er schien unbewohnt, leer. Doch wo Zauber im Spiel ist, mag das Aussehen leicht täuschen. Es durfte nicht vergessen werden, dachte Conan, daß jemand oder etwas den Hexer getötet hatte. Nun gab es keine andere Wahl für die Piraten als den Turm direkt anzugreifen, da der stygische Zauberer offenbar von ihrer Anwesenheit wußte. Der Überraschungsvorteil war verloren, weiteres Versteckspiel würde ihnen nichts einbringen.

Also ließ Gonzago seine Männer eine schlanke Palme fällen, Kerben am Stamm einschnitzen und in ihnen schmale Äste festbinden. Im Licht des aufsteigenden Mondes trugen sie diese behelfsmäßige Leiter über den unberührten Sand zum Fuß des schwarzen Turmes. Doch dort hielten sie ungläubig inne und starrten einander mit weiten Augen an, denn Siptahs Behausung hatte weder Türen noch Fenster.

Glattes Mauerwerk aus schwarzem Basalt hob sich gerade aus dem rauhen Gestein seines Fundaments bis zur schmalen Brustwehr, die den Turm wie eine Krone zierte. So sehr sie ihre Augen auch anstrengten, sie fanden weder die geringste Öffnung noch die kleinste Fuge oder winzigste Ritze in dem glänzenden Stein.

»Crom und Mitra!« polterte Conan. Seine Kopfhaut prickelte, und die Härchen am Nacken stellten sich auf. »Hat dieser Zauberer denn Flügel?«

»Das weiß nur Set«, murmelte Gonzago.

»Vielleicht könnten wir mit Hilfe eines Enterhakens zur Brustwehr hochklettern«, meinte Conan.

»Zu hoch«, brummte der Kapitän.

Sie untersuchten die Steine um das Fundament, doch sie fanden nichts, was ihnen auch nur von geringstem Nutzen sein mochte. Der Turm hob sich aus einer Plattform nackten Felsens, der bei Flut ins Meer hinausragte. Ein Betreten von dort aus war unmöglich. Und doch mußte es irgendwo einen Eingang geben, auch wenn er noch so gut versteckt war, denn jede Behausung – wenn dies eine war – brauchte schließlich irgendeine Art von Öffnung, durch die man hinein- und herausgelangen konnte. Gonzago stand eine Weile überlegend da, und der Wind aus dem Meer spielte mit seinem schwarzen Umhang, während er an seiner Unterlippe kaute.

»Wir ziehen uns wieder zurück, Männer«, sagte er schließlich. »Ohne Plan und Werkzeug können wir des Nachts hier nichts ausrichten. Wir werden zwei Pfeilschußlängen zwischen uns und den Turm bringen und dort unser Lager aufschlagen, damit man von der Brustwehr dieses verwünschten Turmes nicht auf uns schießen kann. Im Schutz des Dschungels warten wir auf den Morgen.«

Niedergeschlagen und doch irgendwie erleichtert stapften die Piraten den Strand wieder hoch. Keiner, stellte Conan amüsiert fest, hatte den Wunsch geäußert, den Zauberer in seinem Bau zu besuchen, denn das wäre schlimmer als einen Bären im Winterschlaf zu stören.

Die Korsaren schlugen ihr Lager an einem geschützten Fleck auf, wo die Bäume bis unmittelbar an den sandigen Strand wuchsen. Conan befahl, dürres Holz zu sammeln, um ein Feuer zu machen, während Gonzago zwei der Männer zu dem fernen Ufer schickte, wo sie ihre Langboote versteckt hatten. Sie sollten zum Falken rudern, um seinem ersten Offizier zu berichten, was bisher vorgefallen war, und mit gut in Säcken verpackten Äxten, Hämmern, Meißeln, Bohrern und anderem Werkzeug zurückzukommen, das sie brauchen würden, um sich Einlaß in den Turm zu verschaffen.

Unter dem schwachen Schein des wolkenumgebenen Mondes setzten die anderen sich ums Lagerfeuer, auf dem sie das mitgebrachte Fleisch brieten und sich über die Wasserknappheit beschwerten. Aber sie brummelten nur leise, denn ihr Kapitän, mit dem selbst in den besten Zeiten nicht leicht auszukommen war, hatte grimmige Wut erfaßt. Während die anderen allmählich neben dem erlöschenden Feuer einschliefen, saß er abseits und grübelte mit finsterer Miene vor sich hin.

Conan teilte die Wachen ein und zog sich zu dem Platz zurück, den er sich zum Schlafen ausgesucht hatte. Er stieß den Säbel neben sich in die weiche Erde, wo seine Hand ihn sofort erreichte, und lehnte sich gegen eine Palme, in der Hoffnung auf baldigen Schlummer. Aber in dieser Nacht wollte der Schlaf nicht so leicht zu dem mächtigen Cimmerier kommen.

Die verspielten Wellen vergaßen ihr Murmeln, und der Dschungel beobachtete sie stumm wie ein lauerndes Raubtier und wartete. Wartete *worauf?* Conan wußte es nicht, aber alles in ihm war angespannt. Die scharfen Sinne des Barbaren spürten eine drohende Gefahr in der unheimlichen Stille der Nacht.

Etwas war dort draußen, das wußte er. Und es lauerte ihnen auf.

5

TRÄUME IN DER NACHT

Gegen Mitternacht schlummerte Conan endlich ein, aber dunkle, wirre Träume spukten durch seinen unruhigen Schlaf. Eine böse Ahnung erfüllte ihn, und in der Düsternis seiner Träume sah er einen Strand, auf dem er und andere schliefen, die Klingen griffbereit an ihrer Seite. Die Männer um ihn waren rauhe, finstere Seeleute – nicht viel anders als seine Kameraden –, aber ihre Gesichter erschienen ihm fremd.

Nur ein Gesicht unter ihnen allen wirkte vertraut. Es gehörte einem schlanken eleganten Mann mit aristokratischer Haltung. Das lange spitze Kinn und die eiskalten Augen gehörten Kapitän Gonzago.

In seinem Traum sah Conan Gonzago, in seinen langen schwarzen Umhang gehüllt, auf einem Baumstamm sitzen und grübelnd in die Glut eines erlöschenden Feuers starren. Und während der träumende Cimmerier ihn beobachtete, trat eine weitere Gestalt aus der Finsternis an den Rand des stillen Dschungels. Wie der Gonzago in Conans Traum war auch der Fremde in einen langen schwarzen Umhang gehüllt, der seine Gestalt völlig verbarg.

Groß und schlank war dieses finstere, seltsam verwachsene Wesen, obgleich Conan keine offensichtliche Mißbildung feststellen konnte. Vielleicht waren es seine hohen, nach vorn gebeugten Schultern, die seine Gestalt abnorm wirken ließen, oder das krumme, knochige Kinn und die gelben Schlitze, die aus der Maske seines Gesichts wie die glühenden Augen eines Raubtiers leuchteten. Aber der Schatten namenlosen, mißgeformten Bösen hing fast fühlbar an dieser reglosen Gestalt im schwarzen Umhang.

Obgleich der träumende Conan ganz deutlich den grübelnden Mann und den hochgewachsenen Fremden hinter ihm sah, schien Gonzago sich doch der maskierten finsteren Wesenheit nicht bewußt zu sein. Da plötzlich glühte die blaue Flamme der Erkenntnis im Kopf des Barbaren auf. Er versuchte verzweifelt, in seinem Traum einen Schrei auszustoßen, um den Sitzenden vor der drohenden Gefahr zu warnen. Aber er konnte weder sprechen noch sich bewegen, noch auf andere Weise die Aufmerksamkeit Gonzagos auf sich lenken, der in die letzte Glut stierte.

Dann, mit erschreckender Plötzlichkeit, setzte die verhüllte Gestalt sich in Bewegung. Mit gelben Augen, die in der Finsternis glühten, sprang sie aus dem Dschungel geradewegs auf den ahnungslosen Gonzago zu und breitete die schlanken Arme mit dürren Fingern wie die Klauen eines monströsen Raubvogels aus, der bereit ist, sein Opfer zu reißen.

Als die Kreatur ihre Arme ausbreitete, sah Conan, daß es gar keine Arme waren. Was er für die Falten des langen Umhangs gehalten hatte, waren die Flügel einer riesigen Fledermaus.

Immer noch kämpfte Conan in seinem Traum verzweifelt darum, sich zu erheben und zu schreien, um seinen ahnungslosen Kapitän vor der grauenvollen Kreatur der Finsternis zu warnen, die ihn mit entblößten Zähnen und scharfen Krallen ansprang.

Da zerriß ein grauenvoller Schrei die unnatürliche Stille der Nacht und zerschmetterte den Traum wie dünnes Glas. Einen zeitlosen Augenblick lag Conan mit der Hand an die Palme gestützt, und sein Herz pochte heftig. Er wußte nicht, ob er aufgewacht war oder sich noch im Bann eines schrecklichen Alptraums befand.

Der heisere, verzweifelte Schrei hatte die anderen schlafenden Piraten mit der gleichen Plötzlichkeit geweckt wie Conan. Während der Cimmerier nach seinem Säbel griff und sich auf die Füße rollte, suchten seine Augen bereits nach der Ursache des Schreis. Auch seine Kameraden erhoben sich von ihren Sandmatratzen, tasteten nach ihren Waffen und riefen verwirrte Fragen.

Der Mond stand nun hoch am Himmel, und in seinem opaleszierenden Schein starrten aller Augen auf die zusammengesunkene Gestalt ihres Kapitäns. Schweigend und reglos saß er auf dem Stamm vor der grauen Asche des Lagerfeuers, den Kopf auf den Knien. Er allein von allen war nicht von dem schrecklichen Schrei geweckt worden. Wahrlich tief mußte sein Schlaf sein.

Conans Rücken krabbelte in abergläubischer Vorahnung, als er auf den Kapitän zuschritt und ihn an der Schulter rüttelte. Gonzago sackte zusammen. Schlaff wie eine Stoffpuppe fiel er nach vorn, während sein Kopf nach einer Seite hing. Da wußte Conan, wer diesen heiseren, verzweifelten Schrei ausgestoßen hatte. Und er wußte auch, daß sie nicht allein auf dieser kleinen Insel waren. Denn genau wie Menas war auch Gonzagos Kehle wie von einem krummen Messer durchschnitten oder von der scharfen Kralle eines monströsen Vogels durchtrennt worden. Durch die blutige Maske, die einst ein Gesicht gewesen war, starrten blicklose Augen.

6

MORD IM MONDSCHEIN

Keiner der Piraten schlief den Rest der Nacht. Nicht einmal die tapfersten oder abgestumpftesten unter ihnen wollten es riskieren, im Vergessen des Schlafes ein frühes Ende zu finden. Also sammelten die Männer Holz und entzündeten das Feuer erneut. Hoch stapelten sie die dürren Äste und noch höher, bis die Flammen über die Palmwipfel hinausloderten und der aufsteigende Rauch die stillen Sterne verbarg.

Conan hatte seinen Traum nicht erwähnt, in dem ein schreckliches geflügeltes Ungeheuer aus den dichten Schatten zugeschlagen hatte. Dabei verstand der Cimmerier selbst nicht, weshalb er darüber schwieg. Vielleicht nur deshalb, weil die Männer ohnedies bereits so verstört über das grauenhafte Ende des Hexers und ihres Kapitäns waren und es unklug von einem Anführer wäre, die abergläubische Furcht in seinem rauhen Haufen noch zu schüren. Denn käme ihnen selbst nur der Gedanke an einen hageren, mordgierigen Geist, der durch die dunklen Pfade der Dschungelnacht schlich, um ihnen aufzulauern, könnte nicht einmal ein Mann wie Conan sie zum Gehorsam zwingen.

Mit Gonzagos Tod ging das Kommando der unheilvollen Expedition an Conan über, da Borus, der erste Offizier des *Falken,* sich an Bord der Karracke an der entgegengesetzten Seite von Siptahs Insel befand. Doch selbst auf den breiten Schultern des Cimmeriers ruhte diese Last schwer.

Conan ließ neue und doppelt so viele Wachen wie zuvor aufstellen und mahnte sie nachdrücklich, Augen und Ohren zu jeder Sekunde offenzuhalten. Gonzagos Tod, erklärte er ihnen, sei das Werk einer fremdartigen Dschungelbestie, die immer noch ganz in der Nähe lauern mochte.

Conan war sich nicht sicher, ob diese Behauptung nicht sogar stimmte. Er hatte schließlich nur geträumt. Andererseits hatte er nie an den Behauptungen jener gezweifelt, die die Zukunft aus Träumen vorhersagten. Und doch mußte der Mörder wohl eher ein wenig bekanntes Raubtier sein, das irgendwie aus fernen Landen nach Stygien gelangt war. Oder vielleicht war es einer von Gonzagos eigenen Männern gewesen, der Groll gegen seinen Kapitän gehegt und ihm die Kehle durchschnitten hatte. Oder die geflügelte Kreatur aus seinem Traum war irgendeine monströse Kreuzung, die einem der Experimente des stygischen Zauberers entsprungen war. Wer mochte schon sagen, welche Wesen auf einer solchen namenlosen und gespenstischen Insel hausten?

So grübelte Conan, während er zwischen seinen schlaflosen Männern um das prasselnde und hochlodernde Feuer saß. Bis plötzlich ein würgender Schrei tiefsten Grauens die samtige Nacht zerriß.

Erschaudernd sprang Conan auf. Eine eisige Hand der Vorahnung griff nach seinem Herzen. Mit blanker Klinge rannte er auf eine Gestalt zu, die sich einen Weg durch die dichten Dschungelranken bahnte und, ohne ein Wort herauszubringen, vor ihm anhielt.

Es war kein gelbäugiges Ungeheuer mit knochigen, gebeugten Schultern unter einem schwarzen Umhang, sondern eine der Wachen – ein kräftiger bärtiger Argossaner namens Fabio. Sein Gesicht war geisterbleich, und seine Hand zitterte, als er stumm in den Dschungel deutete. Conan befahl den anderen, am Feuer zu bleiben, während er Fabio durch den schmalen Pfad zurück folgte.

Den gestern freigeschlagenen Dschungelpfad schlich der Cimmerier mit katzengleicher Lautlosigkeit hinter dem bebenden Wachtposten her. Seine blauen Augen drangen durch die Dunkelheit, und seine Nasenflügel blähten sich, um verräterische Gerüche wahrzunehmen.

Fabio blieb stehen und deutete.

Wo der Mondschein durch das Laubwerk drang, lagen zwei Männer mit dem Gesicht nach unten auf dem Boden. Conan bückte sich und drehte sie um, doch er wußte schon zuvor, was er sehen würde. Die beiden Piraten, die Gonzago um Werkzeug geschickt hatte, waren schwerbeladen auf dem Rückweg gewesen, als der gräßliche Tod sie ereilt hatte. Die Segeltuchsäcke lagen neben den Leichen, deren Gesichter bis fast zur Unkenntlichkeit verstümmelt waren.

Conan runzelte die Stirn. Er kniete nieder und berührte mit der Fingerspitze das in den Boden sickernde Blut. Es war noch warm. Also wußte er: Die beiden Männer hatten erst in den letzten Minuten ihren Tod gefunden – durch die gleiche Hand oder Klaue wie der Kapitän.

7

GEFLÜGELTES GRAUEN

Conan und Fabio hasteten zur Lichtung zurück, wo der Rest der Piraten unruhig ihrer harrte. Jetzt ließ sich die gespenstische Methode des Mörders nicht mehr verheimlichen, denn Fabio hatte ihn über seinen Opfern kauern sehen. Und er berichtete den Lauschenden aufgeregt, was sich zugetragen hatte.

»Wie ein großer Mann – ein Mann mit Schwingen, kahlem Kopf, den gelben Augen einer Katze und einem langen krummen Kinn. Zuerst dachte ich, er trägt einen schwarzen Umhang, aber als er seine Arme ausbreitete – so –, sah ich, daß der Umhang in Wirklichkeit mächtige Schwingen waren, Flügel wie die einer Fledermaus … einer gigantischen Fledermaus.«

»Wie groß war er?« knurrte Conan.

Fabio zuckte die Schultern. »Größer noch als Ihr.«

»Was tat er dann?« fragte ihn der Cimmerier.

»Er hieb mit den Krallen an seinen Schwingenenden zu und durchschnitt ihre Kehlen. Und dann – dann sprang er in die Luft und verschwand.« Fabio benetzte seine trockenen Lippen.

Conan schwieg mit finsterem Gesicht. Die Männer

schauten einander furchterfüllt an. Noch nie hatten sie von einer mannsgroßen Fledermaus gehört, die im Dunkel der Nacht Kehlen aufschlitzte. Es war einfach unglaublich, und doch gab es vier Leichen, die die Geschichte Fabios bestätigten.

»Glaubt Ihr, es ist Siptah selbst, Conan?« fragte ein Pirat.

Conan schüttelte seine rabenschwarze Mähne. »Soviel ich gehört habe, ist Siptah ein stygischer Zauberer, nicht mehr – ein Mensch wie du und ich, auch wenn er Meister der schwärzesten aller Künste ist.«

»Welche Art von Tier ist es dann?« fragte ein zweiter.

»Ich weiß es nicht«, murmelte der Cimmerier. »Vielleicht einer der Dämonen, den Siptah aus den tiefsten Tiefen der Hölle herbeigerufen hat, um seinen Turm vor unwillkommenen Besuchern zu schützen. Oder ein Überlebender einer monströsen Rasse, die im Dunkel längst vergessener Zeit ausgestorben ist. Doch was immer es auch ist, es ist aus Fleisch und Blut und kann deshalb sterben. Wir müssen es töten, ehe es uns, einen nach dem anderen, umbringt oder uns dazu treibt, diese unglückselige Insel mit leeren Händen zu verlassen.«

»Wie könnten wir die Kreatur töten?« fragte ein hakennasiger Shemit namens Abimael. »Wir wissen nicht, wo ihr Bau, ihre Höhle oder ihr Nest ist, und das müssen wir herausfinden, wenn wir sie überfallen wollen.«

»Überlaßt das mir«, sagte Conan kurz. Er starrte in die lodernden Flammen. Etwas in ihrer Wildheit schien ihn zu faszinieren – und da kam ihm ein Einfall.

»Sicherlich befindet sich die Behausung dieses geflügelten Ungeheuers in Siptahs Turm, denn ein Vogelmensch braucht weder Türen noch Fenster.«

»Aber über der Brustwehr läuft der Turm spitz zu, wie könnte er dort hineinkommen?«

»Vielleicht gibt es hinter der Brustwehr eine Öffnung, die wir von unten nur nicht sehen«, vermutete Conan.

»Wenn Ihr recht habt, wie sollen wir dann an diese verfluchte Kreatur herankommen?« fragte Fabio. »*Wir* können nicht fliegen, und der Turm hat, wie wir wissen, weder Fenster noch Türen.«

Conan nickte und grinste. Doch ähnelte dieses Grinsen mehr dem Zähnefletschen eines Wolfes als dem Lächeln eines Menschen.

8

DER TOD VON OBEN

Gegen Morgengrauen hatten die Männer getan, was zu tun war, und ruhten sich nun müde, aber wachsam ein wenig am Strand aus. Auf Anweisung des Cimmeriers hatten sie dürre Sträucher herbeigeschleppt, Treibholz eingesammelt, Bäume gefällt und zu Scheiten zersägt. All das hatten sie rings um den Turm angehäuft. Wie die Wilden hatten sie geschuftet.

Als der Osten sich mit dem Schein des neuen Tages rötete, war der zukünftige Scheiterhaufen mehr als mannshoch, und Conan hoffte, das Feuer würde einen solchen Qualm verursachen, daß nichts Lebendes im Turminnern die Hitze und die würgenden Rauchschwaden aushalten konnte.

Sicher würde das geflügelte Ungeheuer herauskommen, falls es im Turm hauste, um zu kämpfen oder fortzufliegen. Und im Tageslicht konnten sie hoffen, es mit ihren menschlichen Waffen zu besiegen. Und so stellte Conan seine besten Bogenschützen auf, damit sie den Turm aus allen Richtungen unter Beschuß nehmen konnten.

Jetzt färbte der Morgen bereits die See rot und golden.

Die Wellen spülten ruhelos an den Strand, Möwen kreisten über dem blauen Wasser und stießen ihre schrillen Schreie aus. Als die ersten rosigen Strahlen der Sonne den Turmgipfel aufleuchten ließen, brüllte Conan: »Feuer!«

Die Männer schoben brennende Fackeln in den hohen Scheiterhaufen, und die Flammen hüpften wie flinke Tänzer von Ast zu Ast und von Scheit zu Scheit. Als das Feuer machtvoll um die schwarzen Steine toste, schimmerte der Turm vor den erwartungsvollen Beobachtern, die ihre Augen gegen die blendende Grelle der Sonne und der Flammen schützten. Schwaden bleichgrauen Rauches wallten unterhalb der Brustwehr und verschwanden innerhalb des Turmes oder wehten weiter in den azurblauen Himmel.

»Legt mehr grüne Scheite obenauf«, befahl der Cimmerier.

»Gewiß kann nichts mehr lange im Turm durchhalten«, meinte Abimael der Shemit.

»Wir werden sehen«, knurrte Conan. »Es dauert eine Weile, bis eine so gewaltige Steinmauer durchdrungen ist. Legt noch mehr Holz auf, Männer!«

Endlich lenkte ein Bogenschütze brüllend und deutend die allgemeine Aufmerksamkeit auf die Brustwehr. Conan schaute hinauf.

Eine dunkle Gestalt mit gekrümmten Schultern hob sich gegen den Morgenhimmel ab. Sie beugte sich wie ein Wasserspeier über die Brustwehr und musterte mit haßerfüllten gelben Augen den Strand. Conan stieß einen lauten Seufzer der Erleichterung aus. Nun mußten sie das Wesen nur noch töten!

»Bogenschützen! Macht euch bereit!« brüllte er.

Ein Schütze schrie, als das schwarzgeflügelte Ungeheuer sich von den Zinnen der Brustwehr in die Luft hob. Gewaltig war die Spannweite seiner fledermausgleichen Flügel. Kein erdgeborener Vogel war je mit so mächtigen Schwingen durch die Luft geglitten.

Gespannte Sehnen schnellten, und Pfeile zischten auf die fliegende Gestalt zu. Doch kein einziger traf die von ihrem Zaubermantel geschützte Kreatur. Sie flog im Zickzackkurs, und keiner der Widerhakenpfeile streifte sie auch nur.

Conan starrte mit zusammengekniffenen Augen himmelwärts. Ganz deutlich sah er den geflügelten Teufel. Die Kreatur war nackt, mit bleichem, knochigem Körper. Ihre Brust wuchs nach vorn und bildete so eine Art Kiel, und zu beiden Seiten davon hoben sich mächtige Muskeln ab. Ihr schmaler langer Kopf war kahl und von der Form des Schädels einer Raubechse aus alter Zeit. Ihre durchscheinenden ledrigen Schwingen liefen zu einer Art Handgelenk zusammen, von dem zwei Glieder ausgingen. Beide endeten in gekrümmten, tödlich scharfen Krallen.

Wie ein zustoßender Habicht schoß die Teufelsbrut zum Strand hinab und schlug einen Schützen, als er einen Pfeil an die Sehne legte. Mit wildem Wutschrei stürmte der Cimmerier darauf zu. Sein Säbel blitzte in der Morgensonne. Sein weitausholender Hieb hätte den Schädel der Kreatur spalten müssen, doch die Klinge brach am Griff, und nur eine kleine Schnittwunde klaffte in der Haut des Ungeheuers. Da wußte Conan, daß er keinen gewöhnlichen Schädel getroffen hatte, sondern einen von unvorstellbarer, unnatürlicher Festigkeit.

Dann hackten die Klauenfüße nach Conans Brust. Mit einem mächtigen Schwung seines linken Armes stieß Conan die tödlichen Krallen zur Seite und traf den Leib der Teufelsbrut mit dem Messingknauf seines gebrochenen Säbels. Das grinsende Ungeheuer ignorierte des Cimmeriers hammergleiche Hiebe. Conan wußte, es war sein Leben, um das er mit diesem unerbittlichen Gegner rang. Mit übernatürlicher Kraft zerfetzten die Krallen an Füßen und Schwingen das Lederwams des Cimmeriers, schlitzten seinen Arm auf und zogen ihre Spur über seinen Kopf, so daß das Blut über das Gesicht des Barbaren floß.

Abimael der Shemit stand neben Conan und fluchte wild, als keiner seiner Hiebe etwas gegen den Geflügelten ausrichtete. Conan erkannte mit der Klarheit des bevorstehenden Todes, daß er nur noch Augenblicke standhalten konnte.

Doch halbgeblendet durch das Blut in seinen Augen kämpfte er weiter, während ihm die Piraten brüllend und waffenschwingend von allen Seiten zu Hilfe eilten. Er wußte, wenn er nur noch ein paar Herzschläge länger durchzuhalten vermochte, würde der Dämon trotz seiner unnatürlichen Kraft und der Festigkeit seines Körpers durch die Übermacht bezwungen.

Da plötzlich wurde dies auch der Kreatur bewußt. Sie ließ von Conan ab, wirbelte herum und breitete ihre Schwingen aus. Aber Conan, in einem roten Nebel der Kampfeslust, wollte nicht zulassen, daß sie loskam, nur um von neuem anzugreifen. Mit wildem Wutschrei sprang er dem Geflügelten auf den Rücken und klammerte einen Arm um seine Kehle. Er versuchte, ihm den Hals zu brechen oder ihn zu erwürgen, doch dieser Hals unter der ledrigen Haut war wie aus Stahl.

Die schwarzen Schwingen begannen zu schlagen und hoben sich in den Wind. Harte Sehnen zogen sich wie Schlangen über den hageren Rumpf, als das Ungeheuer sich mit Conan auf dem Rücken in die Höhe kämpfte. Gut dreißig Ellen hoch flatterte es über die See. Conan starrte hinunter auf die träge wogenden Wellen und überlegte, ob er einen Sprung hinab überleben würde und an Land schwimmen konnte. Und dann bohrten seine Finger sich tiefer in die Gurgel seines fliegenden Reittiers. Mit vor Verzweiflung weit aufgerissenen Augen starrten die Piraten dem ungleichen Paar nach, und keiner wagte es, einen Pfeil nachzuschicken, aus Angst, versehentlich Conan zu treffen.

Das Ungeheuer flog in Kreisen immer höher, bis es schließlich fast unmittelbar neben der Brustwehr des Turms die Luft durchschnitt. Die Zinnen ragten kaum mehr als einen Fuß über einen schmalen Fliesengang empor. Darüber wurde ein kegelförmiges Dach, das wie ein Spitzturm hochführte, von vier schwarzen Basaltpfeilern getragen. Diese ungewöhnlichen Stützen schmückten kunstvolle Reliefbilder, die Kreaturen darstellten, wie sie noch kein Sterblicher gesehen hatte. Um eine Säule wanden sich krakenähnliche Wesen mit tastenden Tentakeln. An einer anderen waren schlangenähnliche Kreaturen mit gefiederten Flügeln zu sehen. An der dritten stürmten Bestien mit spitzen Hörnern und gnadenlosen Augen auf einen unsichtbaren Feind ein. Und an der vierten sah Conan schmale menschenähnliche Leiber mit weiten Fledermausflügeln, ähnlich der Bestie, die ihn nun durch die Lüfte trug.

Wie ein schwerfälliger Vogel flatterte die Kreatur jetzt auf die Zinnen und hüpfte auf den gefliesten Gang. Conan glitt von ihrem Rücken. Als das Ungeheuer zu ihm herumwirbelte, riß der Cimmerier den Dolch aus seiner Schärpe. Er war in diesem Fall sicher keine wirkungsvolle Waffe, doch nun, da Conan nichts mehr zu hoffen hatte, wollte er sein Leben zumindest so teuer wie möglich verkaufen.

Der Geflügelte kam näher heran. Seine Vogelfüße klickten auf den Fliesen. Er hatte die Schwingen halb ausgebreitet und offenbarte die messergleichen Glieder an jedem Flügelgelenk. Conan duckte sich. Er hielt den Dolch tief, zu einem letzten Stoß nach oben bereit.

Plötzlich kreischte die Bestie schmerzerfüllt auf und schwankte mit einem schlaffen Flügel seitwärts. Der Schaft eines Pfeiles ragte aus der fast fleischlosen Schulter. Die Spitze steckte tief in den Rückenmuskeln. Ein Freudengeheul über diesen Treffer eines barachanischen Schützen schwoll vom Strand empor. Der geflügelte

Teufel war doch nicht so unverwundbar, wie es zuerst den Anschein gehabt hatte. Konnte er verletzt werden, so mußte er auch zu töten sein! Conan lächelte grimmig.

Mit einer ausgebreiteten Schwinge griff die Kreatur erneut an. Die Wunde schien sie nicht allzusehr zu stören. Einen kurzen Augenblick umkreisten Conan und der Dämon das Loch in der Mitte des Fliesengangs. Dann wartete Conan nicht länger auf den Angriff des Gegners, sondern ging selbst in die Offensive.

Erschöpft vom Blutverlust und der Nachtwache nahm der Cimmerier Zuflucht zu seinen letzten Kraftreserven. Wie ein Tiger sprang er seinen Feind an und stieß ihm den Dolch tief in die Brust, in der Hoffnung, das Herz zu treffen.

Die Klinge drang bis zum Griff in den Flügelmuskel, und unter dem kraftvollen Stoß ging die Kreatur zu Boden. Wild quakend verrenkte sie ihren Körper und entriß so Conan den Griff des Dolches, der in ihrer Brust steckte. Dann lag sie still auf den Fliesen. Conan keuchte heftig. Er wischte sich das Blut aus den Augen und blinzelte, um zu sehen, ob das Ungeheuer sich noch rührte. Aber es gab kein Lebenszeichen mehr von sich.

Jetzt schaute der Cimmerier in die Öffnung unter dem Säulendach und sah, daß eine steinerne Wendeltreppe in einen tieferliegenden Raum führte. Er hatte tatsächlich den Teufel ausgeräuchert, denn noch jetzt wirbelten Rauchschwaden rings um den Turm unter dem konischen Dach und verschwanden wie durch einen Sog in der Öffnung zur Wendeltreppe.

Ohne Ahnung, was ihn erwarten mochte, kletterte Conan die steile Treppe hinunter. Die Luft im Turm war heiß und stickig, und der Rauch verbarg Teile des kreisrunden Raumes, in den er gelangte.

Hier herrschte wahrer Luxus. Der polierte Boden, der Intarsien in ungewöhnlichen Mustern aufwies, war stellenweise mit kleinen Seidenteppichen bedeckt, in die Sechsecke, Kreise und andere mystische Zeichen geknüpft waren. Schwere Behänge aus kostbarem Brokat bedeckten die runde Wand, und Conan bemerkte, daß die eingewobenen Gold- und Silberfäden in den schräg einfallenden Sonnenstrahlen durch eine geschickte Spiegelanordnung den Raum erhellten, als schiene die Sonne direkt auf ihn herab. An einer Seite stand ein Pult aus kunstvoll geschnitztem polierten Holz. Darauf lag ein aufgeschlagenes Buch mit Blättern aus uraltem Pergament. Etwas weiter entfernt stierte eine drohende Maske mit wölfischem Grinsen von der Wand.

Conan schritt hastig durch den Raum und suchte nach einer Waffe, aber er fand keine. Das runde Gemach besaß, wie er feststellte, hinter den Wandbehängen mehrere Alkoven und Nischen. Aufs Geratewohl riß er an einer Stelle den Vorhang zurück. Und erstarrte.

In der Mitte des Alkoven stand ein hochlehniger Sessel aus hellem Marmor, in den wirr verschlungene Schlangenleiber und Teufelsköpfe eingemeißelt waren. Und auf diesem Thron saß Siptah der Zauberer. Seine ausdruckslosen Augen erwiderten starr Conans Blick.

9

SKLAVE DES KRISTALLS

Conan, der sich mit angespannten Muskeln schon bereitmachte, erneut zu kämpfen, stieß plötzlich erleichtert den Atem aus. Siptah war tot. Seine Augen schimmerten stumpf, sein Gesicht war nicht mehr als ein Totenschädel, über den sich noch die fleischlose Haut spannte. Conan blähte die Nasenflügel, aber es roch nicht im geringsten nach Verwesung. Siptah mußte bereits seit Monaten tot auf seinem Thron sitzen, und seine Muskeln und Organe waren in dieser Zeit ausgetrocknet und verdörrt.

Die geschrumpfte Gestalt trug eine smaragdgrüne Robe. In ihren Knochenhänden auf dem Schoß ruhte ein riesiger ungeschliffener Kristall, der in tiefem Topasfeuer glühte. Das, dachte Conan, mußte das gefürchtete Juwel sein, das ihn und seine Kameraden zu dieser unglücklichen Insel geführt hatte.

Conan trat näher, um den Kristall genauer zu betrachten. In seinen Augen war es nur eine schimmernde Glaskugel, die von innerem Glühen erhellt wurde. Doch da so viele Menschen sie begehrten, mußte sie wohl einen schier unvorstellbaren Wert besitzen. Dämonen sollten irgendwie an diese blasse Kugel gebunden sein, und nur durch sie konnten sie auch wieder freikommen. Wie, das wußte Conan nicht. Er verstand solche Dinge nicht, und alles, was rein und wild in ihm war, scheute vor dem zurück, was mit den Mächten der Finsternis zu tun hatte.

Das Kratzen eines Krallenfußes riß Conan aus seinen Überlegungen. Er wirbelte herum. Der Geflügelte kam die Treppe nicht auf die Weise der Menschen herunter, sondern flatterte mit halbgeöffneten Schwingen den Schacht herab. Verwirrt sah Conan, daß der Pfeilschaft noch aus seiner Schulter ragte und der Dolch nach wie vor in den Brustmuskeln steckte. Trotzdem zeigte die Kreatur keine Spur von einem Nachlassen ihrer übernatürlichen Kräfte. Ein Mensch, so stark er auch sein mochte, oder auch das kräftigste und zäheste aller Raubtiere wäre durch solche Wunden zumindest in seiner Bewegungsfreiheit behindert gewesen, doch dieser Wächter von Siptahs Turm offenbar nicht.

Die Kreatur hob die klauenbewehrten Flügel und kam auf Conan zu. Verzweifelt sprang der Cimmerier nach links und packte das Pult, auf dem das uralte Werk lag. Das Buch fiel zu Boden, als Conan das schwere Möbelstück wie einen unhandlichen Prügel schwang.

Als der Geflügelte mit ausgestreckten Klauen auf ihn zukam, ließ Conan die plumpe Waffe auf des Gegners Schädel herabsausen. Die Wucht des Schlages warf das Ungeheuer zurück und ließ das Pult in ein Dutzend Trümmer bersten.

Wimmernd stolperte die Fledermauskreatur hoch, während das Blut aus ihrem zerschmetterten Schädel rann, und kam erneut auf Conan zu. Der Cimmerier empfand einen Augenblick geradezu Bewunderung für dieses Geschöpf, das trotz der grauenvollen Wunden weiterkämpfte. Doch dann dachte er an seine eigene hoffnungslose Lage – ohne Waffe gegen ein Ungeheuer kämpfen zu müssen, das einfach nicht sterben wollte.

Aber da kam ihm plötzlich eine Idee, und fast fluchte er über seine bisherige Dummheit. Er drehte sich um, packte den Kristall in den Mumienhänden und schleuderte ihn dem Geflügelten entgegen.

Zwar hatte Conan richtig gezielt, aber die Kreatur duckte sich. Das Geschoß flog durch die rauchige Luft und schlug gegen die unterste Stufe der steinernen Wendeltreppe. Mit ohrenbetäubendem Klirren zerbrach der Kristall in tausend Scherben, und ein gelber Blitz zuckte hervor.

Während Conan mit zusammengekniffenen Augen und waffenlosen Händen zusah, stürzte sein Gegner langgestreckt zu Boden. Eine kleine Staubwolke stieg auf, und ein beißender Geruch verbreitete sich im Raum. Als die Luft wieder klar war, wurde Conan Zeuge eines erstaunlichen Zerfalls. Die Haut des Ungeheuers verrunzelte und wurde zu Pulver. Es war, als beschleunigte sich der Zersetzungsprozeß vor seinen staunenden Augen um ein Tausendfaches. Er sah, wie die Membranen der Fledermausflügel verschwanden und die Knochen sich unter der ledrigen Substanz auflösten. In kurzer Zeit war von der Kreatur nichts übriggeblieben als die Umrisse seiner Form, von der kleine Staubhäufchen und -spuren zeugten. Und zwischen diesen Umrissen lagen ein Pfeil und Conans Dolch.

10

SIPTAHS SCHATZ

Die Mittagssonne schien heiß auf den gelben Sand, als Conans zottlige Mähne über den Zinnen der Brustwehr auftauchte. Ein blutiger Verband war um seinen Kopf geschlungen und Linnenstreifen um die Wunden an seinen Armen und der Brust gewickelt.

Er winkte den begeistert heraufbrüllenden Männern zu und ließ mit Hilfe von mehreren zusammengeknoteten Bettüchern eine kleine Truhe zu Boden. Dann schwang er sich über die Brustwehr und rutschte am gleichen behelfsmäßigen Seil vorsichtig hinab, um in der Asche des abgebrannten Feuers zu landen.

»Bei allen Göttern und Teufeln, gibt es denn an diesem verfluchten Ort nichts zu trinken?« krächzte er.

»Hier!« schrien gleich mehrere der Korsaren und streckten ihm ihre ledernen Weinbeutel entgegen. Conan nahm einen herzhaften Schluck, dann begrüßte er Borus, den ersten Offizier des *Falken*.

»Während Ihr im Turm wart, holten die Burschen zu essen und zu trinken vom Schiff«, erklärte der Argossaner. »Nach allem, was sie berichteten, hielt ich es für das beste, sie zu begleiten. Was, bei allen neun Höllen, ist im Turm passiert, Conan?«

»Ich erzähle es Euch, sobald ich diese Kratzer gesäubert und richtig verbunden habe«, brummte der Cimmerier.

Eine Stunde später saß Conan auf einem Baumstumpf. Hungrig verschlang er gewaltige Brocken braunen Brotes und würzigen Käses und spülte mit rotem Wein nach.

»Und so«, sagte er, »zerfiel das Ungeheuer schneller zu Staub, als ich es erzählen kann. Es muß ein uralter Leichnam gewesen sein, den Siptahs Zauber am Leben erhalten hatte. Der Hexer hatte ihm sicher Befehl gegeben, alle ungeladenen Besucher von der Insel zu vertreiben. Und Siptahs Zauberkräfte wirkten noch, lange nachdem er selbst längst tot war.«

»Ist das der einzige Schatz im Turm?« fragte Abimael und deutete auf die Truhe.

»Ja, von den Möbelstücken abgesehen. Ich schaute mich in den Alkoven um, wo er kochte und seine Zauber wirkte, wo er seine Vorräte aufbewahrte, ja selbst in seiner engen Bettkammer. Aber außer dem Inhalt der Truhe fand ich nichts, was ich noch hätte mitnehmen können. Doch jeder wird mit seinem Anteil zufrieden sein können und braucht nicht knausern, wenn er sich in Port Torage einen guten Tag oder vielmehr eine gute Nacht machen will.«

»Gab es denn keine Geheimtüren?« erkundigte sich Fabio, nachdem das begeisterte Gelächter der anderen verstummt war.

»Ich fand zumindest keine, und ich suchte überall danach. Es ist natürlich anzunehmen, daß Siptah mehr Gold zusammenscharrte, als sich in dieser kleinen Truhe befindet, aber ich entdeckte es nirgends. Vielleicht hat er es irgendwo auf der Insel vergraben. Doch ohne zu wissen wo, würden wir hundert Jahre vergeblich danach graben.« Conan nahm einen tiefen Schluck und blickte zu Siptahs Turm hoch. »Ich glaube, dieses

Bauwerk stand schon Jahrhunderte, ehe der Stygier mit seiner Schwarzen Kunst kam und sich darin einnistete.«

»Wem gehörte der Turm denn dann wohl ursprünglich?« fragte Borus.

»Ich schätze, dem Geflügelten und anderen seiner Art«, sagte Conan ernst. »Ich glaube, dieser Teufel war der Letzte seiner Rasse, der über die Erde schritt – oder vielmehr flog –, ehe der Mensch geboren wurde. Nur Geflügelte würden einen solchen Turm ohne Fenster und Türen bauen.«

»Und Siptah machte sich mit seiner Zauberei den Fledermausmenschen zum Sklaven?« Borus sah Conan an.

Der Cimmerier zuckte die Schultern. »Ich nehme es an. Der Stygier muß ihn durch Zauberkraft an den Kristall gebunden haben. Und als ich den Kristall zerschmetterte, endete der Bann.«

»Wer weiß?« murmelte Abimael nachdenklich. »Vielleicht war diese Kreatur den Menschen gar nicht feindlich gesinnt, bis der Zauberer sie zwang, seine grausamen Befehle auszuführen.«

»Für mich ist ein Teufel ein Teufel«, brummte Conan. »Aber möglicherweise hast du recht. Doch wir werden es nie wissen. Kehren wir zum *Falken* zurück, Borus, und setzen Segel, um zu den Barachans zurückzukehren. Und wenn wir erst an Bord sind und irgendeiner es wagen sollte, mich zu wecken, ehe ich mich richtig ausgeschlafen habe, werde ich dafür sorgen, daß er sich wünscht, der Fledermausmensch hätte ihn statt meiner an der Gurgel.«

Die Elfenbein-göttin

Die Elfenbeingöttin

Lin Carter und L. Sprague de Camp

Unter den Barachanpiraten macht Conan sich mehr Feinde, als selbst er verkraften kann. Als er von den Inseln flieht, nimmt ein Schiff der zingaranischen Freibeuter ihn an Bord. Schon in kurzer Zeit wird er dessen Kapitän. Nachdem er die Tochter König Ferdrugos aus der Gefangenschaft der Schwarzen Amazonen befreit hat, ist er am zingaranischen Hof gern gesehen. Aber andere Zingaraner, die ihm seinen Aufstieg neiden, versenken sein Schiff. Conan gelangt an Land, schließt sich einem Trupp Freischärler an, die für Stygien kämpfen, und stößt auf eine alte Stadt, deren Bewohner in zwei Parteien gespalten sind, die gegeneinander Krieg bis zum letzten Mann führen. Er entkommt dem endgültigen Massaker und versucht sein Glück in Keshan, einem schwarzen Königreich, in dessen Ruinenstadt Alkmeenon angeblich kostbare Juwelen zu finden sind. Er gelangt in ihren Besitz, verliert sie jedoch schnell wieder.

Nach dem Abenteuer, von dem in der Geschichte ›Der Schatz von Gwahlur‹ die Rede ist, nimmt Conan Muriela aus Alkmeenon ostwärts nach Punt mit. Er beabsichtigt, die Schauspielerin zu benutzen, um die Puntier um einen Teil ihres großen Reichtums an Gold zu bringen. Nicht gerade zu seiner Freude muß er feststellen, daß sein stygischer Feind, Thutmekri, der genau wie er aus Keshan zu fliehen gezwungen war, vor ihm Kassali, die Hauptstadt von Punt, erreicht hat und bereits tief in Intrigen mit König Lalibeha steckt. Darauf muß Conan seine Pläne schnell ändern.

Der Westwind trug die Trommelschläge mit sich, und sie schallten vom Tempelturm wider, den die untergehende Sonne rosa wie Flamingos tönte. Der Schatten Zarambas, des obersten Priesters von Punt, hob sich starr von der sonnenbeschienenen Wand ab, und er erinnerte ein wenig an einen Storch. Diese Schattengestalt war nicht dunkler als der schwarze Mann selbst, der sie warf, nur hatte letzterer natürlich nicht wirklich einen Storchenschnabel. Was diesen Eindruck auf dem Schattenbild erweckte, war lediglich ein gedrehter Haarschopf, der seinen wolligen Schädel zierte. Zaramba warf die Kapuze seiner kurzen purpurnen Robe zurück und lauschte angespannt, um die Botschaft aus dem Westen zu verstehen. Sein Trommler, der nur ein linnenes Lendentuch trug, kauerte neben zwei – jetzt stummen – hohlen Baumstämmen, die als Tempeltrommeln dienten. Er zeichnete jede Note des fernen Grollens einer großen Trommel auf, die in unregelmäßigen Abständen von dem Schlag einer kleineren, heller klingenden abgelöst wurde.

Schließlich wandte der Trommler dem Priester ein ernstes Gesicht zu. »Schlechte Nachricht«, sagte er.

»Was berichten die Trommeln?« fragte Zaramba.

»Keshan hatte Schwierigkeiten durch Intrigen von Ausländern. Der König hat deshalb alle Fremden des Landes verwiesen. Priester des Schreins von Alkmeenon wurden von Dämonen zerstückelt. Nur einem einzigen Priester gelang es zu entkommen und darüber zu berichten. Die Übeltäter, die an dem allen die Schuld tragen, sind unterwegs nach Punt. Mögen die Menschen von Punt sich vor ihnen hüten.«

»Dann muß ich wohl dem König Bescheid geben«, meinte Zaramba. »Antworte unseren Priesterbrüdern in Keshan und danke ihnen für die Warnung.«

Der Trommler hob seine Stöcke und klopfte mit schnellen Schlägen auf die hohlen Stämme, während Zaramba vom Turm eilte und seine Schritte zum Königspalast aus sonnengetrockneten Lehmziegeln lenkte, dessen Türme im Zentrum von Kassali, der Hauptstadt von Punt, dem Himmel entgegenstrebten.

Tage vergingen. Die Spätnachmittagssonne stand tief am Westhimmel, wo lange Wolkenstreifen sich wie rote Banner im Kriegswind durch das Azurblau zogen. Die Stadt umringte den grasbewachsenen Hügel, auf dem der bemalte Tempel stand, und streckte sich weit in alle Richtungen aus. Die niedrige Sonne spiegelte sich auf den goldenen und kristallenen Verzierungen des dünenbraunen Palasts und ließ den Tempel auf der Erhebung aufleuchten.

Ostwärts, jenseits der Stadt, wo ein Waldstreifen sich bis ins Hochland schob, tauchten zwei Gestalten auf drahtigen stygischen Pferden zwischen den Bäumen auf.

Die vorderste war ein riesiger Mann, halb nackt, mit sonnengebräunten breiten Schultern, muskelschweren Armen und einer mächtigen Brust. Seine einzigen Kleidungsstücke waren eine seidene, jetzt in Fetzen hängende Kniehose, ein lederner Schwertgürtel und Sandalen aus Flußpferdleder. Ein Riemen aus Krokodilhaut hielt seine Beinkleider und auch einen Dolch in seiner Scheide, während das lange gerade Schwert in seiner lackierten Holzhülle vom Waffengürtel hing.

Das dichte blauschwarze Haar des Mannes war im Nacken gerade geschnitten. Augen vom Blau eines Eisbergs funkelten unter buschigen zusammengezogenen Brauen. Der Mann runzelte die Stirn, als eine heftige Brise seine schwarze Mähne zerzauste. Vor gar nicht so langer Zeit hatte ein Stirnband aus gehämmertem Silber – das Rangabzeichen eines Generals der keshanischen Streitkräfte – sie zusammengehalten. Aber er hatte es in Kassali einem shemitischen Händler verkauft, um Proviant und andere wichtige Dinge zu erstehen, die er nun zusammen mit dem Rest seiner mageren Habe in einem Sack auf dem Rücken des Packpferds verstaut hatte.

Als er aus dem Schutz des Waldes geritten war, hielt der Mann sein Pferd an und erhob sich in den Steigbügeln, um sich umzusehen. Nachdem er sich vergewissert hatte, daß sie nicht beobachtet wurden, winkte er seinem Begleiter, ihm zu folgen.

Sein Begleiter – oder vielmehr seine Begleiterin – war ein Mädchen, das vor Erschöpfung zusammengekauert im Sattel saß. Sie war fast so nackt wie der Mann, denn das zerfetzte Seidengewand offenbarte mehr von der glatten weichen Haut, als es noch zu verbergen imstande war. Ihre rabenschwarzen Locken umrahmten ein feines ovales Gesicht, aus dem Augen wie schwarze Opale glänzten.

Als das müde Mädchen ihn eingeholt hatte, drückte der Mann die Fersen gegen die Rippen seines Reittiers und trottete hinaus auf die Savanne. Und während sie durch das Gras der Ebene zu den düsteren Hügeln ritten, ging die Sonne allmählich in einem Flammenmeer unter.

Conan von Cimmerien, Soldat, Abenteurer, Pirat, Gauner und Dieb, war mit seiner augenblicklichen Liebsten, der corinthischen Tänzerin Muriela, einer ehemaligen Sklavin Zarghebas, ins Land Punt gekommen, um hier nach einem Schatz zu suchen. Erst vor kurzem waren sie einem grauenvollen Tod durch die Priester von Keshan entgangen.

In Keshan hatten Zargheba, seine Sklavin Muriela und sein stygischer Kumpan Thutmekri einen Plan ausgeheckt, aus dem Tempel von Alkmeenon eine Truhe mit kostbaren Juwelen zu stehlen, gerade als Conan, zu jener Zeit Söldnergeneral in Keshan, mit einem ähnlichen Gedanken gespielt hatte. Als ihre Pläne vereitelt wurden und Zargheba den übernatürlichen Wächtern des Schreines zum Opfer fiel, flohen Conan und Muriela vor dem rachsüchtigen Thutmekri und den wütenden Priestern zusammen aus Keshan.

Nachdem im ganzen Land bekannt wurde, daß Muriela sich als Göttin Yelaya ausgegeben hatte, entgingen Thutmekri und sein Gefolge nur knapp dem Schicksal, den königlichen Krokodilen vorgeworfen zu werden. Der Stygier behauptete natürlich, von dem blasphemischen Komplott überhaupt nichts gewußt zu haben, und versuchte, alle Schuld auf seinen Feind Conan abzuwälzen. Aber die ergrimmten Priester weigerten sich, ihn auch nur anzuhören, und so nutzten er und seine Männer hastig den Schutz der Dunkelheit und flohen nach Punt.

In Punt angelangt, machte der Stygier sich auf den Weg nach Kassali, der Hauptstadt, wo die Türme des Palasts aus getrockneten Lehmziegeln sich, mit Glas und Gold verziert, in den blauen tropischen Himmel hoben. Der verschlagene Thutmekri redete dem schwarzen Herrscher ein, daß die Keshani eine Invasion Punts planten, und bot ihm seine Dienste an.

Die Ratgeber des Königs lachten höhnisch. Die Armeen Punts und Keshans, sagten sie, seien einander viel zu ebenbürtig, als daß eine die andere mit der geringsten Aussicht auf Erfolg angreifen könne. Da behauptete der Stygier, der König von Keshan habe ein Geheimbündnis mit den Zwillingsmonarchen des südöstlichen Königreichs von Zembabwei geschlossen, um Punt in die Zange zu nehmen. Er versprach, falls ihm genügend Gold und Beute zugesagt würden, die schwarzen Legionen Punts in der Kunst zivilisierter Kriegsführung auszubilden, und schwor, in der Lage zu sein, mit den puntischen Streitkräften Keshan zu vernichten.

Thutmekri war jedoch nicht allein bei seiner Suche nach Reichtum und Macht. Die Schätze von Punt zogen auch Conan und Muriela an, denn sie hatten gehört, daß in Punt die Menschen Goldklumpen von Gänseeiergröße aus den sandigen Betten glitzernder Bergbäche siebten. Und in Punt beteten die Gläubigen auch die Göttin Nebethet an, deren Abbild aus Elfenbein mit Brillanten, Saphiren und Perlen aus den fernsten Meeren reich verziert war.

Die Flucht aus Alkmeenon hatte an Murielas Kräften gezehrt. Sie hatte gehofft, lange genug in Kassali bleiben zu können, um sich zu erholen, doch als Conan erfuhr, daß Thutmekri bereits vor ihnen dort angekommen war, änderte er abrupt seine Pläne, kaufte Vorräte und verließ die Stadt. Der neue Plan des Cimmeriers war nun, die Corinthierin, eine geschickte Schauspielerin, die Göttin Nebethet darstellen zu lassen, denn er folgerte, daß die Priester Punts sich nicht weigern würden, ihren Reichtum zu teilen, wenn ihre Göttin es ihnen befahl. Conan seinerseits würde demütig auf die Göttin hören, wenn sie anordnete, er solle das Kommando über die puntische Armee übernehmen, um das Land gegen Invasoren zu verteidigen.

Muriela zweifelte an der Vernunft dieses Plans. Sie erinnerte Conan, daß ein ähnlicher im Schrein von Alkmeenon fehlgeschlagen war und daß ihr Feind Thutmekri sich bereits in Kassali befand und in die Gunst König Lalibehas gebuckelt hatte.

Conan knurrte: »Nur gut, daß dieser Händler Nahor von Thutmekris Ankunft sprach, ehe ich um eine Audienz beim König ersuchte. Mit Worten käme ich gegen diese glatte Schlange nie an. Thutmekri hätte uns beim König schlecht gemacht, und wir wären in Teufels Küche geraten.«

»O Conan«, flehte Muriela, »gib diesen Wahnsinnsplan auf! Nahor bot dir einen Posten in seiner Karawane …«

Der Cimmerier schnaubte verächtlich. »Ich soll mich mit der armseligen Bezahlung abfinden, die Nahor einer Karawanenwache bietet, wenn es hier in Punt ein Vermögen gibt, das nur darauf wartet, daß wir es uns holen? Nein, das kannst du nicht von mir verlangen!«

Ehe die ersten Sterne am Nachthimmel aufleuchteten, erreichten Conan und Muriela den gesuchten Hügel. Hier, an einem unbewohnten Ort, stand der Tempel der puntischen Göttin Nebethet. Etwas – die Leere, das Schweigen, die Düsternis, welche die Hügel in ihren samtenen Mantel hüllte – jagte Muriela kalte Schauder unbestimmbarer Vorahnung über den Rücken.

Auch der Anblick des Tempels selbst wirkte nicht eben beruhigend, als er vor ihnen lag, nachdem sie den steilen Hang hinter sich gebracht hatten. Es war ein rundes Kuppelgebäude aus weißem Marmor, der hier im Land der Lehmziegelmauern und Strohdächer sehr selten war. Das vergitterte Tor wirkte wie ein weit geöffneter Rachen mit langen Zähnen. Rechts und links davon befanden sich im oberen Stockwerk zwei Fenster, die wie leere Augenhöhlen aussahen. Wie ein gewaltiger Silberschädel grinste das Bauwerk im Licht des Halbmonds auf sie herab – ein wachsamer Posten, der schützend über das grimmige stille Land wachte, das sich zu beiden Seiten in öder Trostlosigkeit erstreckte.

Muriela schüttelte sich unwillkürlich. »Das Tor ist vergittert. Laß uns wieder wegreisen, Conan. Wir kommen nicht hinein.«

»Wir bleiben«, brummte der Cimmerier. »Wir kommen hinein, und wenn ich uns einen Weg durch dieses schädelähnliche Ding hacken muß. Halt die Pferde.«

Conan schwang sich aus dem Sattel, reichte dem zitternden Mädchen die Zügel und studierte den Eingang. Das Tor war durch ein riesiges bronzenes Fallgatter versperrt, das grün vom Alter war. Conan versuchte, es hochzuheben, aber seine mächtigen Muskeln, die sich an Armen und Schultern wie gewaltige Schlangen wanden, konnten es nicht einmal um Haaresbreite bewegen.

»Wenn es auf diese Weise nicht geht«, murmelte er, »probieren wir es auf eine andere.« Er kehrte zu Muriela und den Pferden zurück. Aus dem Sack auf dem Rücken des Packtiers holte er eine Rolle Seil, an dessen einem Ende ein Enterhaken befestigt war. Damit verschwand er um eine Biegung des Bauwerks und ließ das verängstigte Mädchen allein an dem gespenstischen Ort zurück. Mit der Zeit wurde ihre Angst zu beherrschender Furcht, und als eine Stimme leise ihren Namen rief, schrie sie vor Schrecken laut auf.

»Hier, Mädchen, hier!«

Verwirrt blickte sie schließlich hoch. Conan winkte ihr von einem der dunklen Fenster neben dem Portal zu.

»Binde die Pferde an«, bat er. »Und vergiß nicht, ihre Sattelgurte zu lockern.«

Als sie die Tiere an den zahnähnlichen Gitterstäben des Eingangs angekoppelt hatte, rief Conan: »Fang das Seil auf und setz dich in die Schlinge, die ich gemacht habe.«

Er ließ den Strick herunter, und als sie mit den Beinen durch die Schlinge geschlüpft war und sich gesetzt hatte, zog er sie hoch. Die grasenden Pferde und der grinsende Eingang drehten sich und schwankten unter ihr im Schein des aufgehenden Mondes. Sie biß die Zähne zusammen und schloß die Augen. Sie klammerte sich so fest an den Strick, daß ihre Knöchel alabasterweiß hervortraten. Doch schon bald schlossen Conans starke Arme sich um sie. Sie spürte die kalte Glätte des Marmorsimses unter ihren nackten Schenkeln, als er sie ins Innere zog. Erst als sie wieder festen Boden unter den Füßen hatte, seufzte sie erleichtert auf und öffnete die Augen.

Nichts in ihrer neuen Umgebung gab Anlaß zu abergläubischer Angst. Sie stand in einer leeren Kammer, deren Steinwände glatt und unverziert waren. Ihr gegenüber sah sie die Umrisse einer Falltür, ein dazwischen geklemmter Stock hielt sie offen.

»Hierher«, sagte Conan. Er stützte sie am Arm, als er bemerkte, wie unsicher ihr Schritt war. »Sei vorsichtig, die Bodenbretter sind alt und morsch.«

Von der Falltür führte eine Leiter in die Düsternis

hinab. Sie kämpfte gegen aufsteigende Übelkeit an und ließ Conan vorausklettern, ehe sie folgte. Sie kamen in einen gewaltigen runden Raum, der im Halbdunkel gespenstisch wirkte. Ein Kreis von Marmorsäulen umgab sie, die das Kuppeldach über ihnen trugen.

»Die Puntier dieser Zeit können diesen Tempel nicht erbaut haben«, murmelte Conan. »Der Marmor muß von weit, weit her gebracht worden sein.«

»Wer, glaubst du, hat ihn errichtet?« fragte Muriela.

Conan zuckte die Schultern. »Ich weiß es nicht. Ein Nemedier, ein gelehrter Mann, den ich einmal kennenlernte, erzählte mir, daß blühende Kulturen entstehen und wieder zerfallen und nur verstreute Ruinen und einzelne Monumente von ihnen zurückbleiben, die von der Vergänglichkeit zeugen. Ich habe während meiner Wanderung viele gesehen. Vielleicht ist auch dieser Tempel ein Mahnmal eines großen vergangenen Reiches. Wir wollen Licht machen, ehe der Mond untergeht und es zu dunkel wird, um etwas zu sehen.«

Sechs kleine Kupferlampen hingen an langen Ketten von der Kuppel. Conan griff nach einer und löste sie von der Kette.

»Es sind Öl und ein Docht darin«, murmelte er. »Das bedeutet, daß jemand sie betreut. Ich frage mich, wer.«

Mit Feuerstein, Stahl und Zunder brachte Conan den Docht zum Brennen. Die Lampe verbreitete warmes gelbes Licht, als Conan sie hochhob, um sich umzuschauen.

Gegenüber dem Portal, vor einem durchbrochenen Marmorschirm, sahen sie eine Plattform, zu der drei Stufen hochführten. Eine Figur hob sich aufrecht von diesem Podest.

»Das ist Nebethet höchstpersönlich!« erklärte Conan und betrachtete grinsend das lebensgroße Idol.

Muriela schauderte. Der flackernde Lampenschein offenbarte den wohlgerundeten und verführerischen nackten Leib einer schönen Frau. Doch statt eines bezaubernden Mädchenantlitzes war das Gesicht der Statue ein knochiger Schädel. Entsetzt wandte Muriela sich von diesem Totenkopf ab, der obszön auf dem üppigen Frauenkörper ruhte.

Conan, der den Tod als alten Bekannten betrachtete, war weniger beeindruckt, trotzdem huschte ein schwacher Schauder seinen Rücken hinab. Als er die Lampe noch höher hob, sah er bestürzt, daß die Statue aus einem Stück geschnitzt war. Von seinen Reisen durch Kush und Hyrkanien her kannte er Elefanten, aber er konnte sich nicht vorstellen, daß es ein solches Riesentier gäbe, mit einem so gewaltigen Stoßzahn, daß man daraus eine derartige Gestalt zu schnitzen vermochte.

»Crom!« brummte er und starrte auf den grinsenden Schädel. »Das bedeutet, daß ich meinen Plan nicht durchführen kann. Ich beabsichtigte, die Statue verschwinden zu lassen und dich an ihre Stelle zu setzen, um die Orakel zu verkünden. Doch selbst der größte Dummkopf würde nie glauben, daß du dieser zum Leben erwachte Totenschädel bist.«

»So laß uns von hier weggehen, solange wir es noch können!« flehte Muriela und wollte zur Leiter zurück.

»Unsinn, Mädchen! Wir werden schon einen Weg finden, den schwarzen König davon zu überzeugen, daß er Thutmekri aus seinem Land verjagen und uns mit Reichtümern überschütten muß. Doch bis es soweit ist, werden wir uns von den kostbaren Opfergaben bedienen, die die Gläubigen hierhergebracht haben. Wir finden sie gewiß in Kammern hinter dem Idol oder in Krypten. Schauen wir nach ...«

»Ich kann nicht«, murmelte Muriela schwach. »Ich bin völlig erschöpft.«

»Dann bleib du hier, während ich mich umsehe. Aber wandere nicht herum, und ruf mich, wenn sich irgend etwas tut.«

Mit der Lampe in der Hand verließ Conan die gewaltige Halle und ließ Muriela in der Stille zurück. Als die Augen der Tänzerin sich an die Dunkelheit gewöhnt hatten, konnte sie die Umrisse der Statue mit ihrem schönen Frauenkörper und dem grauenvollen Schädel sehen. Mondstrahlen, die durch eine Öffnung in der Kuppel hereindrangen, verliehen ihr ein schwaches Leuchten. Und so wie die gruftgleiche Stille fast greifbar zu werden schien, sah es aus, als bewegte die Statue sich ganz leicht im Mondlicht. Murielas Herz klopfte so laut, daß sie meinte, es sei das Trampeln gespenstischer Füße.

Resolut drehte sie der Statue den Rücken zu und setzte sich auf die unterste Stufe der Plattform. Was sie sah und fühlte, sagte sie sich, war nur Einbildung, hervorgerufen durch Erschöpfung, Mangel an ausreichendem Essen und die gespenstische Umgebung. Trotzdem wuchs ihre Angst, bis sie bei den Göttern von Corinthien hätte schwören mögen, daß ein unheimliches Schimmern die Dunkelheit in dieser gewaltigen Halle erhellte und sie wahrhaftig das gespenstische Schlurfen von etwas Unsichtbarem vernahm.

Muriela hatte das zwingende Bedürfnis, sich umzudrehen, denn sie war auf schreckliche Weise sicher, daß jemand ... etwas ... irgendwo hinter ihr stand und sie aus den Schatten beobachtete. Doch immer noch widerstand sie und befahl sich, nicht vor ihrer törichten Angst zu kapitulieren.

Da legte sich eine Skeletthand wie die Klaue eines gewaltigen Raubvogels um ihre nackte Schulter. Sie schrie gellend auf, als sie sich umdrehte und in ein eingefallenes Gesicht mit knochigem Kinn und verfilztem Haar starrte, das in der schier greifbaren Dunkelheit kaum zu erkennen war. Als sie sich losriß und aufstehen wollte, tauchte ein kauerndes Ungeheuer an ihrer Seite auf. Es hob sie wie eine Puppe auf und drückte sie an seine haarige, muskulöse Brust. Ein Grauensschrei drang noch aus Murielas Lippen, dann fiel sie in Ohnmacht.

In den staubigen Gemächern hinter der Marmorhalle wirbelte Conan wie eine Dschungelkatze herum, als das Echo des gellenden Schreis an seine Ohren drang. Mit einem rauhen Fluch sprang er aus dem Alkoven, den er gerade untersucht hatte, und raste den Korridor zurück. Wenn Muriela etwas zugestoßen war, war er daran schuld, weil er sie in dieser gespenstischen Halle zurückgelassen hatte. Er hätte sie mit sich nehmen sollen, als er aufbrach, den Schrein zu untersuchen, aber da ihm ihre Erschöpfung bewußt gewesen war, hatte sie ihm leid getan, und er hatte ihr Ruhe gönnen wollen.

In der großen Säulenhalle hob er die Lampe hoch, während er in der anderen Hand das Schwert bereithielt, und leuchtete um sich. Das Mädchen war weder dort, wo er sie zurückgelassen hatte, noch irgendwo hinter einer der mondbleichen Säulen. Doch Spuren eines Kampfes waren nicht zu bemerken. Es hatte den Anschein, als hätte Muriela sich in Luft aufgelöst.

Ein Schauder abergläubischer Angst überlief den Barbaren. Er kümmerte sich nicht um die Dogmen der Priester oder um orakelhafte Warnungen von Zauberern. Seine cimmerischen Götter mischten sich kaum in die Angelegenheiten der Sterblichen. Aber hier in Punt war es vielleicht anders. Ganz abgesehen davon war er schon zu oft mit Wesenheiten von jenseits irdischer Dimensionen zusammengestoßen, als daß er ihre Macht nicht zu respektieren gelernt hätte. Und tief in ihm schwelte eine angebotene Furcht vor dem Übernatürlichen.

Seine Lampe war bei seiner verzweifelten Suche in der riesigen Halle erloschen. Er zündete sie wieder an und setzte die Suche fort, doch ohne große Hoffnung. Wo immer das Mädchen auch sein mochte, in der Tempelhalle war sie jedenfalls nicht mehr.

Muriela erlangte allmählich die Besinnung wieder. Sie stellte fest, daß sie zusammengesunken an einer glatten

Steinwand kauerte. Eine so tiefe Dunkelheit umgab sie, als hätte nie der schwächste Lichtschein sie durchdrungen.

Sie erhob sich schwerfällig und tastete an der Wand entlang, bis sie zu einer Ecke kam. Vorsichtig setzte sie ihren Weg in der neuen Richtung fort, doch gleich darauf stieß sie auf eine andere Ecke, dann an wieder und wieder eine, bis das verwirrte und verängstigte Mädchen sicher war, sie habe ihr Gefängnis bereits mehrmals umrundet. Doch nirgends hatte sie eine Tür oder sonst eine Öffnung ertastet. Aber wie war sie dann hier hereingelangt? Hatte man sie durch eine Falltür heruntergelassen? Oder befand sie sich gar in einem tiefen Brunnenschacht? Sollte dieser Ort ihr Grab werden?

Muriela drückte sich an die Wand und starrte in die vollkommene Finsternis. Sie versuchte sich zu entsinnen, was geschehen war, ehe sie das Bewußtsein verlor. Plötzlich kehrte die Erinnerung klarer zurück, als ihr lieb war. Voll Grauen spürte sie erneut die Berührung der knochigen Klauenhand dieser Kreatur, die sich in der Tempelhalle an sie herangeschlichen hatte, und dann hatte dieses andere Ungeheuer sie an seine haarige Brust gedrückt.

Als die Erinnerung wiederkehrte, schrie sie auf und rief schluchzend Conans Namen.

So schwach dieser flehentliche Ruf auch war, Conan hörte ihn doch. Seine katzengleichen Sinne, geschärft durch das Erbe seiner wilden Vorfahren, erkannten in dem Echo Murielas Stimme. Er wirbelte herum und suchte Muriela in dem Korridor, aus dem – wie er glaubte – der Schrei gekommen war. Die orangefarbene Flamme seiner rußenden Lampe wurde schwächer, als die Düsternis der Nacht das flackernde Licht zu verschlucken suchte.

Obgleich die steinigen Korridore und finsteren Kammern unbewohnt zu sein schienen, horchte der Cimmerier wachsam auf den geringsten Laut. Als er ein schleifendes, kaum vernehmbares Geräusch aus dem schwarzen Schlund eines Seitengangs hörte, blieb er stehen und streckte die Hand mit der Lampe aus.

Ein runzliges Wesen, kaum größer als ein Kind und eher eine Mumie als ein lebender Mensch, spähte lauernd aus dem Gang. Uralt mußte es sein, wie der Stein unter Conans Füßen, und genauso tot, und doch brannte ein Feuer in den tiefen Augenhöhlen des eingefallenen Gesichts. Das Geschöpf schreckte vor dem Lampenlicht zurück und streckte abwehrend die Hand aus, als befürchtete es, geschlagen zu werden.

Dann nahm eine zweite Erscheinung in der Dunkelheit hinter der ersten Form an. Diese monströse Kreatur schob die erste grob zur Seite und stürzte sich wie ein Raubtier auf Conan. So überraschend kam dieser Angriff, daß der Cimmerier nur einen flüchtigen Blick auf eine gewaltige Masse schwarzen Pelzes gewann, ehe ihm die Lampe aus der Hand geschlagen wurde. In absoluter Dunkelheit mußte er um sein Leben kämpfen.

Seine Reaktion war rein instinktiv wie die eines in die Enge getriebenen Leoparden. Er befreite sich mit aller Kraft aus den affengleichen Armen, die ihn zu erdrücken suchten, und hieb blindlings, mit Fäusten wie Schmiedehämmer, um sich. In der Finsternis war er nicht imstande festzustellen, um welche Kreatur es sich bei seinem Angreifer handelte, aber jedenfalls war es eine, die sich aufrecht auf zwei Beinen bewegen konnte. Er spürte am Schmerz in seinem rechten Arm, daß er einen Volltreffer gelandet haben mußte, und hörte das Knirschen des Unterkiefers

Der unbekannte Angreifer stürmte jedoch sofort wieder auf Conan ein und schwang seine langen Arme. Der Cimmerier sprang zurück, aber schon hatten die scharfen Krallen der Bestie tiefe blutige Furchen quer über seine Brust gezogen. Der brennende Schmerz erfüllte

Conan mit barbarischer Wut und verdrängte jegliche Spur von Zivilisiertheit, die seine glühende Seele in Schach gehalten hatte. Er warf seine zerzauste Mähne zurück, heulte wie ein Wolf und warf sich auf seinen Gegner. Heißer, stinkender Atem schlug ihm ins Gesicht. Spitze Zähne geiferten und schnappten nach seinem sehnigen Hals. Pranken legten sich wie Klammern um seine Handgelenke und hielten ihn.

Conan stieß mit aller Gewalt den Stiefel zwischen die Schenkel des Feindes. Mit einem Schmerzensschrei taumelte die Kreatur zurück und lockerte ihren Griff um Conans Arme. Der Cimmerier riß sich ganz los und warf sich erneut mit einem tierischen Knurren auf die Bestie. Als er seine Hände würgend um den Hals des Ungeheuers legte, befreite es sich und stieß Conan die scharfen Zähne in den Unterarm. Der Cimmerier senkte den Kopf wie ein vor Schmerz toller Bulle und rammte ihn in den Bauch des Gegners.

Die Kreatur war um einiges größer als der Cimmerier und bedeutend schwerer, aber sie wich mit einem gequälten Keuchen zurück und stürzte krachend auf den Boden. Conan riß den Dolch aus der Scheide, faßte ein Büschel des dichten Pelzes und stieß dem Untier die Klinge in den Leib, immer und immer wieder, bis der letzte Funke Leben erloschen war.

Schließlich richtete Conan sich schwankend und ächzend auf. Übelkeit erfüllte ihn. Sein ganzer Körper war mit Biß- und Kratzwunden bedeckt. Er lehnte sich an die Wand, und als er sich ein wenig besser fühlte, wischte er den Dolch an den haarigen Beinen der Bestie ab und schob ihn wieder in seine Scheide. Dann tastete er nach der Lampe. Zwar war sie ausgegangen, aber eine winzige Flamme wiegte sich über einer Lache verschütteten Öls. In ihrem schwachen Schein fand Conan die Lampe und zündete sie wieder an.

Das tote Ungeheuer zu seinen Füßen war ein ungewöhnliches Wesen, weder Tier noch Mensch. Zwar hatte es die Form eines Mannes, war jedoch am ganzen Körper mit schwarzem Haar bedeckt wie ein Bär oder ein Gorilla. Aber zweifellos war es kein Affe, dazu glichen sein Körper und seine Gliedmaßen viel zu sehr denen eines Menschen. Sein Kopf war mit nichts vergleichbar, nie zuvor hatte Conan ein ähnliches Wesen gesehen. Es besaß die fliehende Stirn und vorstehende Schnauze eines Pavians oder Hundes; die wie Gummi aussehenden Lippen waren halbgeöffnet und die scharfen Reißzähne, ähnlich denen eines Hundes, ganz deutlich zu sehen. Und doch mußte es etwas von einem Menschen gehabt haben, denn seine Geschlechtsteile waren hinter einem schmutzigen Lendentuch verborgen.

Zitternd vor Angst lauschte Muriela dem Geschrei, dem Knurren und den Kampfgeräuschen auf dem Gang über ihrem Gefängnis. Als der Lärm aufhörte, rief sie wieder flehend. Conan folgte ihrer Stimme und entdeckte eine Nische im Korridor, wo ein Bronzering aus einer breiten Fliese ragte. Er hob den Stein hoch, beugte sich durch die Öffnung und griff nach den Armen, die sich ihm entgegenstreckten.

Muriela schrie erschrocken auf und wich vor der blutüberströmten Erscheinung zurück, die sie stützte, aber gleich darauf erkannte sie Conans Stimme und ließ sich von ihm über den haarigen Kadaver heben, der den Gang blockierte. Stockend erzählte sie von der mumienähnlichen Greisengestalt, die sie in der Tempelhalle berührt hatte, und von dem Ungeheuer, das sie hochgehoben und davongeschleppt hatte.

Conan nickte. »Das alte Gespenst dürfte die Priesterin oder das Orakel dieses Schreines sein«, meinte er. »Sie leiht der Elfenbeingöttin ihre Stimme. Direkt hinter dem Idol befindet sich, in der Marmorwand gut verborgen, eine Tür zu einer winzigen Kammer. Von dort aus kann sie unbemerkt jene sehen, die rat- und hilfesuchend zur Göttin kommen, und vermag als Nebethet zu ihnen zu sprechen.«

»Und das Ungeheuer?« fragte das Mädchen.

Conan zuckte die Schultern. »Das weiß Crom! Vielleicht ihr Diener oder ein mißgestalteter Mensch, den die Wilden als von den Göttern berührt hielten und in den Tempel brachten. Jedenfalls ist es oder er tot und die Priesterin geflohen. Jetzt brauchen wir uns nur in der Kammer hinter der Statue zu verstecken und zu warten, bis jemand kommt, um das Orakel zu befragen.«

»Da können wir Monde warten. Vielleicht kommt auch überhaupt nie jemand mehr hierher.«

»O doch. Unser Freund Nahor erwähnte, daß die Großen von Punt die Elfenbeindame vor jeder bedeutenden Entscheidung konsultieren. Ich glaube, du wirst die totenschädelige Göttin doch noch spielen.«

»O Conan! Ich habe solche Angst! Wir können nicht hierbleiben, selbst wenn wir möchten, denn wir würden verhungern«, jammerte Muriela.

»Unsinn, Mädchen! Wir haben Proviant für viele Tage auf unserem Packpferd, und hier kann man sich genausogut ausruhen wie anderswo.«

»Aber was ist mit der Priesterin?« fragte das Mädchen besorgt.

»Die alte Hexe kann uns nichts mehr anhaben, nachdem ihr Ungeheuer tot ist.« Conan grinste zufrieden und fügte hinzu: »Das heißt, wenn wir die übliche Vorsicht walten lassen. Ich möchte mir natürlich keinen Trunk von ihr vorsetzen lassen.«

»Na gut, wie du meinst.« Murielas hübsches Gesicht wirkte bedrückt, als sie fortfuhr: »Ich bin zwar nicht wirklich ein Orakel, aber ich kann schon jetzt vorhersagen, daß dieses Abenteuer nicht gut für uns beide enden wird.« Conan legte beruhigend die Arme um sie. Im Licht des frühen Morgens, das sich durch die Öffnung in der Kuppel stahl, sah sie Blut aus den Schnittwunden an seiner Brust sickern.

»Mein Geliebter, du bist verletzt, und ich wußte es nicht. Ich muß deine Wunden auswaschen und verbinden.«

»Es sind nur ein paar Kratzer«, wehrte Conan ab. Aber trotzdem erlaubte er ihr, ihn in den mauerumgebenen Hof hinter dem Tempel zu führen. Dort wusch sie ihm das verkrustete Blut ab und verband ihm die tieferen Bißwunden mit Streifen, die sie von ihrem Seidenrock abgerissen hatte. Eine halbe Stunde später kehrten sie in die Tempelhalle zurück und ruhten sich hinter einer der mächtigen Säulen aus, die das Idol vor ihren Blicken verbarg. Einer hielt immer Wache, während der andere schlief, und so verbrachten sie den ganzen Tag und die folgende Nacht.

Als Conan erwachte, vergoldeten die Strahlen der aufgehenden Sonne den Morgenhimmel, der Osten lag hinter einem roten Dunstschleier verborgen. Muriela lehnte mit dem Rücken gegen eine Säule, und Conans Kopf ruhte auf ihrem Schoß.

Er streckte sich. »Ich muß uns etwas zu essen besorgen«, sagte er. »Hier, nimm einstweilen den Dolch. Es könnte sein, daß die alte Priesterin zurückkehrt.«

Er kletterte die Leiter zu der kleinen Kammer hoch, durch deren Fenster sie eingedrungen waren. Dort befestigte er den Enterhaken am Sims, um am Seil hinunterzugleiten. Dann hielt er kurz an, denn er bemerkte eine Bewegung in der Ferne – oder glaubte zumindest, sie zu bemerken.

Jenseits der Hügel, die den Tempel umgaben, lag eine weite Savanne, und an ihrem fernen Ende stand die Stadt Kassali, ganz in die glitzernde Morgensonne getaucht. Alles dort schien friedlich, als läge die Stadt noch tief im Schlaf. Da entdeckten Conans scharfe Augen eine

Reihe schwarzer Punkte, die sich über die Ebene bewegten. Eine leichte Staubwolke stieg hinter ihnen auf.

»Unsere Besucher kommen früher, als ich dachte«, knurrte er. »Ich darf die Gäule nicht angekoppelt lassen. Die Reiter würden sofort wissen, daß Fremde sich in ihrem Tempel befinden.«

Er schwang sich über das Sims und ließ sich schnell hinunter. In Sekundenschnelle hatte er die Pferde freigebunden. Er schnallte den Sattelriemen seines Hengstes fester und galoppierte davon, die beiden anderen Rosse an den Zügeln. Nach kurzer Zeit kehrte er zurück. Er atmete schwer, denn er war den Hang in aller Eile hochgelaufen. Nun klomm er am Seil wieder zum Fenster empor, holte den Strick ein, dann hastete er zur Falltür.

»Reiter kommen!« rief er keuchend hinunter. »Habe die Gäule im Wald angekoppelt – am Fuß des Hanges! Schlüpf in dein Göttinnengewand. Schnell!« Er warf Muriela ein Bündel hinunter.

Dann kehrte er zum Fenster zurück. Er stellte fest, daß die Reihe von Punkten zu einer Reiterschar geworden war, die sich im leichten Galopp dem Tempelhügel näherten. Er raste zur Leiter, kletterte hinunter und rief:

»Komm! Wir haben gerade noch Zeit, uns in der Orakelkammer zu verstecken. Weißt du noch, was du sagen mußt?«

»Ja-a-a. Aber ich habe Angst. Wir hatten kein Glück damit, als wir es in Alkmeenon versuchten.«

»Aber nur, weil dieser Gauner dort war und Bit Yakin seine verdammten Gehilfen hatte. Dagegen ist das Ungeheuer der Priesterin hier tot, und außer den beiden sah ich niemanden im Tempel. Diesmal weiche ich nicht von deiner Seite.«

Er nahm sie bei der Hand und zerrte sie fast durch den Raum. Bis die Reiter den Tempel erreichten, hatten Conan und Muriela sich bereits in die winzige Kammer hinter dem Idol gezwängt.

Sie hörten das Pochen von Hufen, das Klirren von Harnischen und das dumpfe Gemurmel entfernter Stimmen, als die Ankömmlinge sich von den Pferden schwangen. Nach einer kurzen Weile vernahmen sie ein langsames mechanisches Rumpeln.

»Das muß das Fallgatter sein«, flüsterte Conan. »Offenbar haben die Priester eine Art Schlüssel.«

Die Stimmen wurden lauter, und mit ihnen vermischte sich das Trampeln vieler Füße. Durch das durchbrochene Zierwerk an der Wand, das auch über die Geheimtür verlief, sah Conan eine ganze Prozession in den Tempel treten. Voraus kam eine Gruppe Schwarzer in barbarisch prunkvollen Roben, in ihrer Mitte ein großer wohlbeleibter Mann mit graumeliertem Wollhaar, auf dem eine kunstvolle Krone ruhte. Sie war aus feinem Gold in die Form eines Falken mit ausgebreiteten Schwingen gehämmert. Das, nahm Conan an, mußte König Lalibeha sein. Der ungemein große hagere Mann im Purpurgewand neben ihm war sicher Zaramba, der Hohepriester.

Ein Trupp puntischer Speerträger mit Schilden aus Flußpferdhaut und einem beeindruckenden Kopfputz aus Straußenfedern folgte ihnen. Und dahinter schritt Thutmekri der Stygier mit etwa zwanzig Mann, eigenem Gefolge, unter ihnen kushitische Speerkämpfer und shemitische Schützen mit schweren doppeltgekrümmten Bogen.

Conans Nackenhaare stellten sich beim Anblick seines Feindes auf.

Thutmekri spürte die Morgenbrise auf seinem Rücken, und diese gleiche Kälte schien sich auch um sein Herz zu legen. Der hochgewachsene Stygier kannte als Abenteurer und Gauner kaum Furcht, doch dieser unerwartete Ausflug in den Schrein der Elfenbeingöttin gefiel ihm nicht. Nur zu gut entsann er sich des grauenvollen Geschicks, das seinem Partner in dem Alkmeenoner Tempel der Göttin Yelaya widerfahren war. Obgleich Thutmekri die Möglichkeit eines Krieges gegen Punt sehr glaubhaft erklärte, hatte er doch König Lalibehas Zweifel und ein gewisses Mißtrauen nicht zerstreuen können. Unter den Herrschern der nördlichen schwarzen Länder war der alte Monarch als ungemein schlau und vorsichtig bekannt. Und um seinen Zweifel noch zu verstärken, hatte der Hohepriester Zaramba zusätzlich eine Trommelbotschaft von seinen Kollegen im Westen erhalten, die vor gewissen bleichhäutigen Unruhestiftern warnten – sie befanden sich gegenwärtig auf der Flucht nach Punt. Als der glattzüngige Stygier auf seiner Behauptung beharrte, schlug Zaramba einen Besuch des Orakels von Nebethet vor, um sich von ihm Rat zu holen.

Also waren der König und der Hohepriester mit ihrem Gefolge früh am Morgen aufgebrochen und dem Sonnenaufgang entgegengeritten. Obwohl ihm dieser Ausflug gar nicht behagte, blieb Thutmekri nichts übrig, als die Prozession zu begleiten. Der Stygier hielt nichts von diesen südlichen Göttern, aber er fürchtete ihre fanatischen Priester, die über ihn herfallen und ihn als Störenfried erachten mochten. Nach dem Verhängnis in Keshan steckte ihm immer noch ein wenig der Schreck in den Gliedern. Und während sie zu dem schädelförmigen Tempel auf dem fernen Hügel ritten, fragte er sich, ob nicht vielleicht dieser Ritt nur ein Vorwand von Lalibeha und seinem Hohepriester war, ihn in eine Falle zu locken und zu vernichten.

So waren sie zum Schrein der Göttin Nebethet gekommen. Zaramba löste den verborgenen Riegel, wodurch er es seinen Dienern ermöglichte, das Fallgatter zu heben. Sie betraten das Heiligtum. Der König befahl Thutmekri und seine Mannen in die Mitte dieser weihevollen Prozession. Um dem königlichen Gefolge einen

Vorteil zu verschaffen, falls sich etwas Unerwartetes zutragen sollte, nahm der Stygier an.

Augen schimmerten vor heiliger Ehrfurcht. Priester und Höflinge knieten nieder und beugten die Köpfe bis tief auf den Tempelboden. Der König stellte eine kleine lackierte Holztruhe auf das Podest vor die Elfenbeingöttin. Als er den Deckel öffnete, funkelten Juwelen in den frühen Sonnenstrahlen auf.

Lange schwarze Arme hoben sich in Verehrung Nebethets. Zaramba sprach ein Gebet, und seine jugendlichen Akoluthen mit den geschorenen Köpfen schwangen goldene Weihrauchfässer, aus denen würziger Rauch drang.

Thutmekris Nerven waren überreizt. Er bildete sich doch tatsächlich ein, unsichtbare Augen beobachteten ihn! Als der Hohepriester in einem archaischen Puntisch sprach, das er nicht verstehen konnte, wuchs seine Unruhe. Sein stygisches Blut flüsterte ihm zu, daß etwas passieren würde.

Das elfenbeinerne Idol mit dem Totenschädel begann mit glockenklarer Stimme zu sprechen: »Hüte dich, o König, vor den stygischen Ränken. Hüte dich, o Lalibeha, vor den Komplotten der Gotteslästerer aus fernen finsteren Landen. Der Mann neben dir ist kein Freund. Er ist ein glattzüngiger Verräter, der sich aus Keshan hergestohlen hat, um deinen Untergang vorzubereiten.«

Mit finsteren Gesichtern hoben die puntischen Krieger ihre Speere mit den Federbüschen an den Schäften und ließen kein Auge mehr von Thutmekri und seinem Gefolge. Die Stygier drängten sich zusammen. Die Speerkämpfer bildeten einen kreisrunden Schildwall. Die Shemiten hinter ihnen griffen über ihre Schultern, bereit, Pfeile aus den Köchern zu ziehen. Jeden Augenblick mochte es zum erbitterten Kampf kommen.

Thutmekri verharrte wie erstarrt. Etwas an dieser Stimme kam ihm bekannt vor. Er hätte schwören mögen, daß es die Stimme einer jungen Frau war, die versuchte, älter zu klingen, und auch, daß er sie schon gehört hatte.

»Wartet, o König!« rief er. »Man will Euch täuschen ...«

Aber die Stimme, die von der Statue zu kommen schien und ohne Unterbrechung fortfuhr, verlangte jedermanns Aufmerksamkeit. »Nimm als deinen General statt dessen Conan den Cimmerier. Sein Weg siegreicher Kämpfe führt vom ewigen Schnee Vanaheims zu den Dschungeln von Kush; aus den Steppen Hyrkaniens zu den Pirateninseln im Westlichen Ozean. Die Götter sind ihm hold und stehen auf seiner Seite. Er allein kann deine Legionen zum Sieg führen.«

Als die Stimme verklang, trat Conan aus der kleinen Kammer mit der verborgenen Tür. Mit einem Gefühl für Dramatik schritt er in majestätischer Haltung vor die Statue und verbeugte sich förmlich, erst vor König Lalibeha, dann vor seinem Hohenpriester.

»Dieser Teufel!« knurrte Thutmekri. Mit wutverzerrtem Gesicht befahl er seinen Bogenschützen: »Spickt mir den Halunken!«

Als ein halbes Dutzend Shemiten Pfeile aus ihren Köchern zog, machte Conan sich daran, hinter die nächste Säule zu springen, denn aus dieser Entfernung gäbe er ein unfehlbares Ziel für eine Pfeilsalve ab. Der König öffnete den Mund zu einem Befehl.

In diesem Augenblick knarrte und ächzte die Elfenbeinstatue. Sie beugte sich vornüber und stürzte krachend die Stufen des Podests hinunter. Wo sie sich befunden hatte, stand nun eine Frau, die aller Augen auf sich zog.

Wie die anderen starrte auch Conan sie an. Es war Muriela – und doch nicht sie. Dieser Eindruck wurde nicht durch das schimmernde knöchellange Gewand und ein paar Tupfer Farbe hervorgerufen. Diese Frau war wie eine verwandelte Muriela, größer, hoheitsvoller, ja sogar schöner. Die Luft um sie schien in einem ungewöhnlichen violetten Licht zu schimmern, und die Atmosphäre in der Tempelhalle knisterte vor Spannung. Auch die Stimme dieser Frau war weder Murielas heller Sopran noch das glockengleiche Klingen, das sie als Göttin vorgetäuscht hatte. Es war eine tiefere, hallendere Stimme – eine Stimme, die den Boden unter den Füßen wie die Saite einer Leier schwingen ließ.

»O König! Wisse, ich bin die wahre Göttin Nebethet, wenn auch im Leib einer Sterblichen. Zweifelt einer von euch daran?« Ihr Blick überflog die Anwesenden.

Thutmekri, der vor Wut nun völlig außer sich war, befahl einem seiner Shemiten: »Erschieß sie!«

Als der Mann den Bogen spannte und über den Kopf des vor ihm knienden Speerkämpfers zielte, lächelte die Frau und deutete mit einem Finger. Ein Blitz zuckte, und der Shemit fiel tot zwischen die Kameraden.

»Glaubt ihr mir jetzt?« fragte sie.

Keiner brachte auch nur einen Laut hervor. Alle in der Tempelhalle – König, Priester, Krieger, die Abenteurer Conan und Thutmekri – sanken auf die Knie und beugten tief die Köpfe. Die Göttin fuhr fort:

»Wisse, o König, daß diese beiden Schurken, Thutmekri und Conan, sich an dir bereichern möchten, genau wie sie es in Keshan versuchten, doch an den Priestern dort scheiterten. Der Stygier soll den Krokodilen zum Fraß vorgeworfen werden. Der Cimmerier verdient vielleicht kein besseres Geschick, aber ich möchte, daß für ihn Gnade vor Recht ergeht, denn er war gut zu der Frau, deren Leib meine Hülle ist. Gib ihm zwei Tage, dein Königreich zu verlassen, wenn nicht auch er den Rachen der Reptilien anheimfallen will.

Doch noch eines ist mein Geheiß, o König. Mein Standbild, das durch den Sturz zerbarst, war ein häßliches Abbild meines Selbst. Beauftrage deine besten Bildhauer, o König, eine neue Statue nach dem Vorbild dieser Frau, die ich nun bewohne, zu schaffen. Bis sie vollendet ist, muß ihr Körper mich behausen müssen. So sieh zu, daß sie das Beste an Essen und Trinken bekommt. Führe meine Befehle aus! Und nun sei euch gestattet, euch zurückzuziehen.«

Das purpurne Licht schwand. Die Göttin blieb reglos auf dem Podest stehen. Die Männer erhoben sich benommen und verharrten verwirrt. Der Stygier und seine Leute fingen sich als erste und versuchten verstohlen, das Portal zu gewinnen.

Da zerriß des Königs Befehl die Stille. »Ergreift sie!« donnerte er.

Ein langklingiger Speer zischte aus der Hand eines Königsgetreuen durch die Luft und bohrte sich in die schwarze Brust eines der Kushiten Thutmekris. Der Getroffene schrie schrill auf, taumelte zu Boden und blieb liegen.

Im nächsten Augenblick herrschte bereits Schlachtgetümmel in der Tempelhalle. Speere zischten, Pfeile schwirrten, Sehnen sangen, Sägedolche wirbelten durch die Luft, und Hartholzkeulen hämmerten auf Schilde und wollige Köpfe. Wieder und immer wieder warfen die Puntier sich auf den zusammengedrängten Haufen von Thutmekris Männern. Jede sich zurückziehende Welle ließ Verwundete, Tote oder Sterbende zurück.

Thutmekri riß seinen glänzenden Krummsäbel aus der Scheide. Fluchend rief er Set und Yig und all die anderen Dämonengötter des stygischen Pantheons an, dann hieb er wie ein Besessener auf seine Angreifer ein. In kürzester Zeit hatte er sich rundum Luft verschafft, und die Puntier wichen vor seinen tödlichen Hieben zurück. Und nun sah Thutmekri Conan mit dem Schwert in der Hand am Podest stehen.

Mit funkelnden Augen, die Lippen haßverzerrt, kämpfte Thutmekri sich einen Weg zu dem Mann vor, dem er die Schuld für den Fehlschlag seines grandiosen Planes gab.

»Das ist für dich, cimmerischer Tölpel!« kreischte er und holte zu einem tödlichen Schlag nach Conans Hals aus.

Conan parierte. Klirrend trafen sich die Klingen. Nach beiden Seiten flogen sie zurück, schwangen aus und klirrten erneut gegeneinander. Funken sprühten von ihrem Stahl. Schwer atmend hieben und stachen die Gegner aufeinander ein.

Nach einer geschickten Finte gelang es Conan, Thutmekri in die Seite zu treffen. Ächzend krümmte der Stygier sich. Er ließ seinen Krummsäbel fallen und drückte die Hände auf seine offene Seite. Blut quoll durch seine Finger. Ein zweiter Hieb enthauptete ihn. Während der Kopf über den Boden rollte, sackte der Körper in sich zusammen und blieb in einer Lache seines eigenen Blutes liegen.

Als ihr Führer fiel, liefen Thutmekris Männer – die wenigen, die noch lebten – zum Ausgang. Die Puntier, die sie einzukreisen versuchten, stießen sie zur Seite oder trampelten sie nieder. Schnell waren sie durch das Portal.

»Ihnen nach!« brüllte König Lalibeha. »Macht sie alle nieder!«

König, Priester und Krieger stürmten den Fliehenden nach. Als Conan das Fallgatter erreichte, sah er die Männer den Hang hinunterjagen. Ein Teil zu Fuß, andere beritten. Einige der Flüchtlinge verschwanden im Wald am Südfuß des Hügels.

Conan kehrte in den Tempel zurück. Er stieg über Tote und stöhnende Verwundete, um an das Podest zu gelangen. Muriela stand reglos, wo sich zuvor die Elfenbeinstatue befunden hatte.

»Komm, Mädchen, wir müssen weg!« rief er zu ihr hoch. »Wie hast du das Purpurglühen fertiggebracht?«

»Mädchen?« fragte die Frau und schaute ihm ins Gesicht. Das violette Glühen kehrte zurück, als sie die Lippen öffnete. Ihr Ton und ihr Verhalten ließen Conan erschauern. Muriela war keine schlechte Schauspielerin, aber das übertraf ihre Kunst. »Hüte deine Zunge, Sterblicher, wenn du nicht möchtest, daß es dir ergeht wie dem bedauernswerten Shemiten.«

Conans Haut prickelte. Seine Augen verrieten Ehrfurcht, als er zu der Göttin hochsah.

»So seid Ihr wahrhaftig Nebethet?«

»Ja. So nennen mich manche Menschen.«

»Aber – aber, was wird aus Muriela? Ich kann sie nicht im Stich lassen!«

»Deine Sorge ehrt dich, Conan von Cimmerien. Aber fürchte nicht für sie. Sie wird meine Hülle bleiben, solange es mir gefällt. Gefällt es mir nicht mehr, werde ich dafür sorgen, daß es ihr an nichts fehlt. Doch mach du dich jetzt besser auf den Weg, wenn du nicht in den Bäuchen von Lalibehas Krokodilen enden möchtest.«

Ganz selten in seinem ereignisreichen Leben hatte Conan sich vor jemandem, auch wenn er noch so hochgestellt war, gering gefühlt. Fast demütig sagte er:

»Auf den Weg wohin? Eure Gottheit weiß, daß ich nicht die kleinste Münze mehr mein eigen nenne. Ich kann nicht nach Kassali zurückkehren, um Nahors Angebot anzunehmen, denn mein Willkommen, sowohl in Punt als auch in Keshan, wäre wohl zweifellos alles andere denn herzlich.«

»Dann richte deinen Schritt nach Zembabwei. Nahor von Asgalun hat einen Neffen in der Stadt Neuzembabwei. Er kann dich vielleicht als Karawanenwächter brauchen. Doch jetzt geh, ehe ich mich der Gotteslästerung entsinne, die du in meinem Namen ausheckest!«

Conan verbeugte sich tief und entfernte sich rückwärtsgehend von der Plattform. Als er das erhobene Fallgatter erreicht hatte, hörte er ein Schlurfen hinter sich, das ihn mit der Hand am Schwertgriff herumwirbeln ließ.

Aus der Düsternis des Tempels schleppte sich eine runzlige, vom Alter gekrümmte Gestalt ins Licht – eine Greisin.

Die gebrechliche Priesterin des Nebethettempels schüttelte eine knochige Faust. Ein Krächzen drang aus ihrem zahnlosen Mund.

»Mein Sohn! Du hast meinen Sohn gemordet! Die Göttin verfluche dich! Des Kindes Vater, der Dämon Jamankh, verfluche dich! Ich rufe Jamankh, den Hyänendämon, daß er dich, du Mörder, du Lästerer, zerreiße und zerschmettere. Die Augäpfel sollen dir in den Höhlen verrotten! Jamankh zerre dir die Eingeweide aus dem Leib, Zoll um Zoll! Und deinen windenden Körper pflocke er über einen Ameisenhügel. Komm, Jamankh! Komm! Räche …«

Ein Hustenanfall schüttelte die verdorrte Gestalt. Die Greisin drückte beide Skeletthände auf die Brust, und ihre verwaschenen Augen weiteten sich in den eingefallenen Höhlen. Dann fiel sie mit dem Gesicht voraus auf den Marmorboden.

Conan beugte sich über sie und berührte die Pergamenthaut. »Tot«, murmelte er. Sie war so alt gewesen, daß allein der Schock sie getötet hatte. Vielleicht kommt ihr Dämonenliebster, der das Ungeheuer mit ihr gezeugt hatte, um seinen Sohn zu rächen, vielleicht auch nicht, dachte Conan. Wie auch immer, ich muß weg von hier.

Er drückte den starren Augen der Toten die Lider zu, trat ins Freie und marschierte den Hang hinab in den Wald, wo er die Pferde angekoppelt hatte.

Blutmond

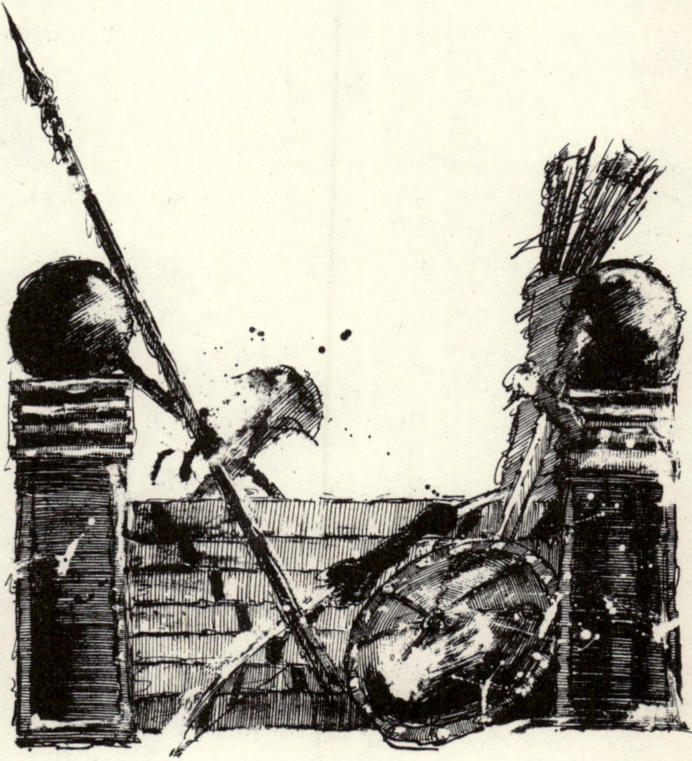

Blutmond

Lin Carter und L. Sprague de Camp

Da es ihm nicht glückte, den langersehnten Reichtum in Punt zu erlangen, zieht Conan nordwärts nach Aquilonien und verdingt sich als Späher an der Westgrenze zur piktischen Wildnis. Nach den Geschehnissen in ›Jenseits des Schwarzen Flusses‹ kommt er auf der Rangliste im aquilonischen Dienst rasch nach oben. Als Hauptmann der Kampftruppe steckt er immer mitten in den Scharmützeln, zu denen es überall in der Provinz Conajohara kommt, von Velitrium bis zum Schwarzen Fluß. Es handelt sich dabei um Gefechte zwischen den sich zurückziehenden Aquiloniern und den stürmenden Pikten, die sich das Land zurückerobern wollen, aus dem die Aquilonier sie vertrieben hatten. Es geht das Gerücht, daß die bisher untereinander verfeindeten Piktenstämme sich zusammengeschlossen haben und beabsichtigen, Velitrium anzugreifen. Also werden Conan und ein weiterer Hauptmann mit ihren Einheiten tief in die Provinz geschickt, um zu erkunden, was die Pikten tatsächlich vorhaben.

1

DIE EULE, DIE BEI TAG SCHRIE

Es war unnatürlich still im Wald. Zwar säuselte der Wind durch das jadegrüne Frühlingslaub, aber kein einziger Laut kam von den Vögeln und von anderem Getier, die in dieser üppigen Einsamkeit hausen mußten. Man konnte meinen, der Forst mit seinen Tausenden von Ohren und Augen spüre die Gegenwart der Eindringlinge.

Und dann hörte man durch die Gassen zwischen den Rieseneichen die Geräusche Bewaffneter auf ihrem Marsch: Stapfen von vielen Füßen, gedämpftes Klirren von Waffen und Rüstung, das Murmeln von Stimmen.

Plötzlich teilten die Blätter sich, und ein bronzener Riese trat auf eine Lichtung. Er war wie für den Krieg bewaffnet: Ein einfacher Helm aus Stahl bedeckte den größten Teil seiner schwarzen dichten Mähne, und seine breite Brust und die muskelschweren Arme waren durch ein Kettenhemd geschützt. Der leicht eingebeulte Helm umgab ein dunkles narbiges Gesicht, tief getönt von der Sonne ferner Länder. Und die blauen Augen, so kühl wie ein Eisberg, in dessen Tiefen ein Feuer brennt, schauten sich um.

Er stapfte nicht offen hinaus, sondern schlich von Busch zu Busch. Hin und wieder hielt er an, um zu lauschen und wie ein Tier zu wittern. Er war wachsam und angespannt, als erwartete er einen Hinterhalt. Gleich darauf erschien ein zweiter Mann hinter ihm, ein wohlgebauter blonder junger Mann von mittlerer Größe. Er trug den Harnisch eines Leutnants der Goldenen Löwen, des Gardegrenzregiments Numedides', des Königs von Aquilonien.

Der Unterschied zwischen den beiden Männern war

beachtlich. Der schwarzmähnige Riese, offensichtlich ein Cimmerier aus der rauhen Wildnis des Nordens, war wachsam, doch völlig ruhig. Der jüngere Offizier, der bei dem geringsten Geräusch zusammenzuckte und ständig nach den Myriaden von Fliegen schlug, wirkte unbeholfen und nervös. Er redete den älteren voll Hochachtung an:

»Hauptmann Conan, Hauptmann Arno läßt fragen, ob voraus alles in Ordnung ist. Er erwartet Euer Zeichen, um den Trupp in Bewegung zu setzen.«

Conan brummte etwas Unverständliches. Der Leutnant schaute besorgt über die Lichtung, doch dann meinte er: »Es scheint alles ruhig zu sein.«

Conan zuckte die Schultern. »Zu ruhig für meinen Geschmack. Vogelzwitschern und das Keckern von Eichhörnchen sollten zu dieser Tageszeit deutlich aus dem Wald zu hören sein. Aber es ist so still hier wie in einer Grabkammer.«

»Vielleicht hat die Anwesenheit unserer Leute die Tiere erschreckt«, vermutete der Aquilonier.

»Oder vielleicht die Gegenwart einer piktischen Truppe. Allerdings habe ich bisher noch keine sicheren Zeichen dafür gefunden. Der Feind mag hier sein oder auch nicht. Sagt mir, Flavius, sind bereits einige unserer Kundschafter zurückgekehrt?«

»Noch nicht, Hauptmann«, erwiderte der junge Leutnant. »Aber die Späher, die General Lucian ausgeschickt hatte, meldeten, daß sich keine Pikten im Wald befinden.«

Conan entblößte seine Zähne zu einem wölfischen Grinsen. »Ja, die Späher des Generals schwören, es gäbe keinen lebenden Pikten in ganz Conajohara. Sie sind der Überzeugung, die bemalten Teufel ahnten unser Großaufgebot voraus und zogen sich zurück. Aber …«

»Ihr habt kein Vertrauen zu den Spähern, Hauptmann?«

Conan drehte sich flüchtig dem Leutnant zu. »Ich kenne sie nicht, genausowenig wie ich weiß, woher Lucian sie hat, noch wie zuverlässig ihre Meinung ist. Ich würde dem Wort meiner eigenen Kundschafter trauen – den Männern, die ich hatte, ehe Fort Tuscelan fiel.«

Flavius blinzelte ungläubig. »Nehmt Ihr denn an, daß Vicomte Lucian ein falsches Spiel treibt?«

Conans Gesicht wurde zur Maske. Mit leicht zusammengekniffenen Augen musterte er seinen Begleiter. »Ich habe nichts dergleichen gesagt. Aber ich habe genug von dieser Welt gesehen, um nur noch wenigen Menschen zu trauen. Sagt Hauptmann Arno … Wartet, hier kommt einer von Lucians Vagabunden.«

Ein hagerer Mann mit faltiger Haut trat hinter dem Stamm einer mächtigen Eiche hervor – einer Eiche, die bereits alt war, als die Pikten noch über die gesamte Westermark herrschten. Der Mann war ganz in Leder gekleidet, trug einen Bogen und einen Jagdpallasch.

»Nun?« brummte Conan statt eines Grußes.

»Keine Spur von Pikten entlang dem ganzen Südfluß«, meldete der Späher.

»Wer ist an unseren Flanken?«

Der Kundschafter nannte ein paar Namen, dann sagte er: »Nirgendwo Pikten. Dort vor Euch liegt der Fluß.« Er deutete.

»Ich weiß«, brummte Conan trocken.

Als Flavius durch die dicken Stämme schaute, entdeckte er ein silbernes Glitzern in mittlerer Entfernung. Der Kundschafter verschwand wieder im Wald.

Die Geräusche näherkommender Männer wurden lauter, als die Spitze des Zuges auf dem Pfad hinter ihnen auftauchte. Von den etwa hundert aquilonischen Soldaten, die zu zweien nebeneinander und auch im Gänsemarsch herankamen, war die eine Hälfte Lanzenträger, die andere Bogenschützen. Die Lanzenträger, zum größten Teil untersetzte braunhaarige Gundermänner, trugen Helme und Kettenhemden. Die Bogenschützen, hauptsächlich Bossonier, dagegen trugen Lederharnische mit Bronzeringen und -knöpfen, einige auch eine leichte Stahlkappe. Offenbar war Arno des Wartens müde geworden.

Ein kräftiger braunhaariger Offizier eilte herbei. Schweiß rann über sein rundes rotes Gesicht. Er schob seinen Helm zurück und sagte: »Hauptmann Conan, meine Lanzenträger beginnen zu ermüden. Sie brauchen eine kurze Rast.«

»Finden sie den Marsch zu anstrengend? Ha! Sie brauchen ein wenig Abhärtung, Arno, so wie ich meine Bogenschützen stählte. Aber laßt sie kurz ausruhen. Und sie sollen ihren Mund halten. Wenn sich ein Pikte auch nur im Umkreis von einer Meile aufhält, würde er durch sie erfahren, wo und wie viele wir sind.«

Hauptmann Arno schlug nach einer Fliege an seinem Hals. »Wenige haben so lange Beine wie Ihr, Conan, oder eine so stille Zunge.« Er kehrte kopfschüttelnd zu seinen Leuten zurück.

»Bei Crom!« fluchte Conan und wandte sich an Flavius. *»Ein Spähtrupp in voller Stärke!* In unserer Lage lädt das geradezu zum Verhängnis ein.«

»Die Befehle des Generals waren eindeutig«, sagte Flavius.

»Das macht sie nicht vernünftiger. Um gegen Pikten Krieg zu führen, muß die Lage ausgekundschaftet werden, erst dann kann man in voller Stärke angreifen. Also verteilt man zuvor die Späher, um die Zahl und Position des Feindes zu erkunden, dann zieht man die Truppe zusammen, um mit voller Kraft zuschlagen zu können.«

»Dazu bedarf es genauer Berechnung, nicht wahr?«

»Allerdings. Verschätzt man sich, ist man auch schon tot. Berechnung, Junge, ist der halbe Kampf. Numedides' ordenstrotzende Generale nennen das Strategie.

Aber zwei halbe Kompanien auf diese Weise an einem Flüßchen entlangzuschicken, ohne Rückhalt, falls es zu Schwierigkeiten kommt ... Während die Pikten Tausende zusammenziehen können ...«

Conans tiefliegende blaue Augen schienen sich durch die schmalen Gassen zwischen den alten Bäumen zu bohren, als könnten sie bei größter Konzentration die mächtigen Stämme durchdringen und so in die düstere verborgene Ferne sehen. Ihm sagte diese Expedition überhaupt nicht zu. Sie erschien ihm auf fast verbrecherische Weise leichtsinnig. Die Soldaten, die schon lange im Dienst König Numedides' standen, stellten die Befehle oder Vernunft ihrer Vorgesetzten nie in Frage. Aber Conan der Cimmerier war kein einfacher aquilonischer Soldat, obgleich er mehr als ein Jahr für das aquilonische Heer als Söldner gekämpft hatte. Er bedauerte bereits, daß er den Offiziersposten in der Grenzgarde angenommen hatte, obwohl es zu dem Zeitpunkt, da man ihn ihm anbot, als das Klügste erschienen war. Die Kommandoteilung mit Hauptmann Arno war zu einem Teil daran schuld, daß er seine Meinung geändert hatte, doch diese schlecht durchdachte Expedition in eine unbekannte und feindliche Wildnis störte ihn viel mehr. Jeder barbarische Instinkt in ihm schrie warnend gegen einen so törichten Plan.

»Es ist Zeit, daß wir uns weiter auf den Weg machen. Flavius, lauft zu Arno und sagt ihm, er soll seine Lanzenträger auf die Füße bringen.«

Den langen Morgen hindurch marschierten die Männer leisen Schrittes über Moos, Stein und Baumwurzeln entlang dem Pfad zum Südfluß, der die Grenze zwischen der Provinz Schohira und dem verlorenen Conajohara bildete, das jetzt die bemalten Pikten zurückzuerobern versuchten.

Flavius kehrte an der Spitze des Trupps zu Conan zurück und meldete: »Hauptmann Arno wird Euch im gleichen Tempo folgen, bis Ihr ihm eine andere Weisung gebt.«

Conan nickte und lächelte schief. »Crom sei Dank«, brummte er.

»Wofür?« wollte Flavius wissen.

»Für Arnos Einsicht, daß er die Grenze nicht kennt. So hört er zumindest auf meinen Rat. Unter anderen Umständen wären zwei Befehlshaber für eine Truppe geradezu eine Herausforderung für die Götter der Zwietracht.«

»General Lucian bestand auf zwei.«

»Es gefällt mir trotzdem nicht. Etwas ist faul an dieser ganzen Sache.«

Als der Pfad sich dem Bach näherte, drehte Conan sich zu den Soldaten der Vorhut um. »Füllt eure Wasserbeutel und gebt den Befehl weiter, aber flüsternd.«

Bis die Sonne vom Mittelpunkt des Himmels herabstrahlte, hatte der Trupp mehrere Meilen entlang dem Südfluß zurückgelegt, der in seiner Eile, den Schwarzen Fluß zu erreichen, schäumend durch sein steiniges Bett rauschte. Vom Plätschern des Wassers abgesehen, war der Wald nach wie vor still wie eine Gruft.

Doch plötzlich brach ein Laut die unnatürliche Ruhe. Es war der Schrei einer Eule. Conan wirbelte herum und raste die wirre Reihe der marschierenden Männer zurück.

»Bildet ein Kampfkarree!« brüllte er. »Bogenschützen, schießt erst, wenn ihr euer Ziel genau seht!«

Flavius, der ihm nachgerannt kam, keuchte: »Aber es war doch nur eine Eule, Hauptmann. Es sind doch gar keine …«

»Seit wann schreien Eulen mittags?« knurrte Conan. Und schon überdröhnte ein Gebrüll aus den Bäumen vor ihnen seine Worte.

2

TOD AUS DEN BÄUMEN

Auch Arno gab Befehle, und die ausgedehnte Reihe wurde zu einer formlosen Menge, bis sie sich nach den von Conan vielfach eingedrillten Manövern zu einem hohlen Quadrat formte. Die äußeren Reihen waren gespickt von niedrig gehaltenen Lanzenspitzen von etwa fünfzig Männern, und hinter jedem von ihnen stand ein Schütze mit seinem Bogen, in den bereits ein Pfeil gelegt war. Die Lanzenkämpfer knieten auf dem weichen laubgepolsterten Waldboden. Die Schaftenden ruhten auf dem Boden, die Schäfte wiesen schräg nach vorn, mit den Spitzen etwa in Hüfthöhe. Der Menschenwall war kaum gebildet, als der Wald vor ihnen eine Horde bemalter Wilder ausspuckte. Sie waren, von Lendentüchern, Federn im verfilzten Haar und Mokassins abgesehen, völlig nackt. Im Lauf, während sie auf die Aquilonier einstürmten, schossen sie Pfeile ab. Schreckeinflößend waren diese dunklen muskulösen Männer mit ihren kupferklingigen Streitäxten und den Speeren mit Kupferspitzen. Einige trugen auch Waffen aus feinem aquilonischen Stahl, die sie nach dem Fall von Fort Tuscelan den Toten abgenommen hatten.

»Mitra! Es müssen Tausende sein!« hauchte Flavius.

»Begebt Euch in Eure Ecke«, befahl Conan, während er zur rechten Ecke des Karrees lief. Arno und sein Leutnant postierten sich in den beiden übrigen Ecken und schauten den umzingelnden Horden entgegen.

Mehrere Pikten fielen unter dem Pfeilhagel der Bossonier. Und dann hatten die Pikten sie erreicht. Einige stürzten sich in ihrem Kampfesdurst geradewegs in die Lanzenspitzen. Andere führten in sicherem Abstand davon heulend und waffenschwingend ihren Kriegstanz auf. Ein paar warfen sich auf den Boden und versuchten, sich zwischen den Lanzenschäften hindurchzurollen, aber sie fanden ein schnelles Ende.

In der Verteidigung seiner Ecke schwang Conan sein schweres Breitschwert und trennte hier einen Kopf vom Rumpf und dort einen Arm von der Schulter. Im gleichmäßigen, unerschütterlichen Rhythmus von Automaten schossen die Schützen ihre Pfeile in die heranstürmende Menge. Pikte um Pikte fiel schreiend und versuchte einen Pfeil aus der Brust zu ziehen oder wand sich sterbend auf dem Moos. Blut floß in Strömen über das Laub des vergangenen Winters und sickerte in den weichen Humus des Waldbodens. Die stille Luft trank den Gestank von Blut und Schweiß und Angst.

Das Schrillen einer Knochenpfeife schnitt durch das Kampfgetöse. Piktische Häuptlinge rannten zwischen die schlachtbesessenen Wilden, zerrten sie zurück und brüllten unverständliche Befehle. Die blutdurstigen Pikten waren nicht so leicht aus ihrem Kampfestaumel zu reißen, doch schließlich wandten sie dem Feind den Rücken. Sie trotteten, hinkten, schleppten oder krümmten sich unter der Last ihrer verwundeten Kameraden davon, bis sie zwischen den Bäumen verschwunden waren.

Um das Kampfkarree blieben mehr als vier Dutzend tote und verwundete Pikten zurück. Einige stöhnten in ihren Todesqualen, andere versuchten mit letzter Kraft in Sicherheit zu kriechen. Conan wischte sich Blut und Schweiß vom Gesicht und drehte sich zu seinen Soldaten um, die erwartungsvoll neben ihren eigenen Gefallenen standen.

»Du! Und du!« rief Conan und deutete auf zwei Lanzenträger. »Macht den Hunden, die sich noch rühren, ein Ende. Aber gebt acht, die Pikten stellen sich verdammt gut tot. Ihr anderen bleibt in euren Stellungen. Werft unsere Toten aus dem Karree und versorgt die Verwundeten.«

Dann teilte Conan drei Bogenschützen ein, die in den toten Pikten steckenden und herumliegenden Pfeile einzusammeln.

Arno fragte: »Weshalb gaben die Wilden den Kampf auf, obgleich sie in gut zehnfacher Übermacht waren?«

»Weiß Crom! Sie haben sich vermutlich zurückgezogen, um eine neue Teufelei auszuhecken. Behaltet die Formation noch bei.«

Eine sanfte Brise trug fernen Trommelschlag und Rasseln herbei. Die Aquilonier seufzten erleichtert auf, wischten sich den Schweiß von den Gesichtern und nahmen tiefe Schlucke aus ihren Wasserbeuteln. Als einige ihre Helme abnahmen und aus den Kettenhemden schlüpften, donnerte Conan:

»Bleibt in euren Harnischen, ihr Dummköpfe! Wie, glaubt ihr, töteten wir so viele mehr, als wir selbst verloren?« In der unbewegten Nachmittagsluft schwärmten die Fliegen um die Gefallenen und bildeten dicke schwarze Schichten auf den blutigen Wunden. Das Trommeln und Rasseln der Wilden dröhnte in der Ferne weiter. Die vier Offiziere besprachen sich außerhalb des Karrees ihrer unruhigen, müden Soldaten mit gedämpften Stimmen.

Conan sagte: »Ich hörte, sie haben einen neuen Zauberer. Er heißt Sagayetha und ist der Neffe des alten Zogar Zag. Mir deucht, daß er bei ihnen ist und den nächsten Angriff plant.«

»Kein Wort darüber, Conan!« zischte Arno. »Wenn unsere Männer Zauberei vermuten …«

»Jeder, der gegen die Pikten kämpft, kämpft auch gegen Zauberei«, erklärte Conan. »So ist das hier an der Grenze. Sie kommen nicht gegen den guten aquilonischen Stahl an, der ihnen die Westermark entrissen hat. Also setzen sie ihre Schwarze Magie ein, um ihre Ziele zu erreichen.«

»Was soll das heißen, ›entrissen‹?« rief Arno entrüstet.

»Wir kauften ihnen dieses Land ab, Meile um Meile in Übereinkunft mit Verträgen, die das königliche Siegel tragen.«

Conan schnaubte: »Ich kenne diese Verträge, die irgendein besoffener piktischer Taugenichts unterzeichnete, der überhaupt nicht verstand, was er signierte. Ich habe nichts für die Pikten übrig, aber ich verstehe den Grimm, der sie jetzt treibt. Wir marschieren am besten in Viererreihen zurück, die Lanzenträger außen und die Bogenschützen innen. Sollten die Pikten erneut angreifen, bilden wir sofort wieder unser Karree.«

Die Offiziere kehrten in ihre Stellungen zurück. Noch ehe die neugebildeten Reihen hundert Schritt zurücklegten, verstummten Trommeln und Rasseln abrupt. Verunsichert durch die plötzliche Stille, hielten die Marschierenden unwillkürlich an.

Ein grauenvoller Schrei zerriß das Schweigen. Ein Mann taumelte aus der Reihe, fiel und wälzte sich zwischen den krummen Wurzeln. Ein zweiter tat es ihm gleich, und plötzlich schrie die ganze Reihe schreckerfüllt auf.

Schlangen – piktische Vipern, manche so lang wie ein Mann, mit keilförmigen Schädeln und Rautenmuster entlang ihrer dicken Schuppenleiber – ließen sich über den Köpfen der Aquilonier aus den Bäumen fallen. Auf dem Moosboden rollten sie sich zusammen, schwangen den Schädel und schnellten auf das nächste Opfer zu. Dann glitten sie zu einem weiteren, rollten sich erneut zusammen und schlugen wieder zu.

»Nehmt die Schwerter!« brüllte Conan. »Erschlagt sie! Brecht die Reihen nicht, aber bringt diese kriechenden Bestien um!«

Conans Klinge teilte eine sechs Fuß lange Schlange in zwei sich windende Hälften. Aber dieser Schlangenregen schien kein Ende zu nehmen. Ein Schütze schrillte in unvorstellbarem Grauen. Er ließ seinen Bogen fallen und rannte.

»Zurück in die Reihe!« brüllte Conan ihn an.

Mit der flachen Klinge fällte er den fliehenden Aquilonier. Aber es war bereits zu spät. Die Panik begann um sich zu greifen. Arno, den eine Schlange gebissen hatte, wand sich am Boden.

Die Grenzgarde löste sich in einen wilden Haufen von Fliehenden auf. Sie warfen ihre Rüstungen und Waffen von sich, nur um schneller voranzukommen. Die Pikten schwärmten aus der Deckung der Bäume und verfolgten sie. Wen sie erwischten, machten sie mit Klingen, Äxten und Keulen nieder.

Conans wirbelndes Breitschwert erschlug zwei der Wilden. »Flavius!« brüllte er. »Zu mir!«

Der junge Leutnant bahnte sich einen Weg durch das Gemetzel, als Conan sich aus den fliehenden Aquiloniern löste und in die entgegengesetzte Richtung rannte.

»Seid Ihr des Wahnsinns?« keuchte Flavius, während er mit dem Schild einen Axthieb abwehrte, den Angreifer selbst jedoch nicht zu packen bekam.

»Seht doch selbst!« knurrte der Cimmerier und stieß einem weiteren Pikten die Klinge in die Brust. »Wenn Ihr lebend hier herauskommen wollt, dann folgt mir.«

Die zwei hasteten nordwestwärts. Plötzlich waren keine Pikten mehr vor ihnen, die folgenden waren den beiden Kriegern mit den blutigen Klingen in einem Bogen ausgewichen. Conan und Flavius rannten den Pfad abwärts und hatten das Gemetzel bald hinter sich gelassen.

Die Wilden hetzten hinter dem Großteil der Aquilonier her, der sich in Richtung Velitrium in Sicherheit zu bringen versuchte. Aber die Pikten vermieden die Stelle, wo die Gegner ihr Karree geformt hatten, denn dort lagen die Leichen im Weg, und immer noch glitten Schlangen umher und schlugen zu.

3

BLUTGELD

Mit der Zeit wuchs der schmale Fluß zur üppigen Breite, in der der blaue Himmel sich in all seiner Pracht spiegelte. Während Conan und Flavius sich einen Weg durch das saftige Grün an seinem Ufer bahnten, brach ein lautes Platschen die Stille und kräuselte das Wasser. Tropfen sprangen den schrägen Sonnenstrahlen entgegen und glitzerten wie Topase.

»Ein Fisch?« fragte Flavius flüsternd.

»Nein, Biber. Sie platschen mit ihren breiten Schwänzen, um die anderen zu warnen, wenn Gefahr im Anzug ist. Seht Ihr den Damm flußabwärts? Dort hausen sie.«

»Wollt Ihr damit sagen, daß sie unter Wasser leben?«

»Nein, in trockenen Nestern aus Zweigen über der Oberfläche, innerhalb des Dammes. Schaut mal darüber hinaus!«

Am rechten Ufer des Südflusses, jenseits des Biberdamms, sah Flavius eine Lichtung. Sie war einst verwildert und überwuchert gewesen und erst vor kurzem wieder gelichtet worden. Durch die Bäume, die diese Landzunge krönten, glitzerte das stahlblaue Wasser des Schwarzen Flusses.

In der Mitte der Lichtung erhob sich eine Granitstatue von doppelter Mannshöhe. Es war ein hoher, aufrechter Felsblock, der ein wenig zurechtgehauen war, um menschliche Form anzudeuten. Vor dieser primitiven Skulptur ragte ein kleinerer Felsen mit ebener Oberfläche aus dem hohen Gras.

»Die Ratsfelsen«, murmelte Conan. »Der Versammlungsort der Pikten aus der Zeit, bevor die Aquilonier sie aus Conajohara vertrieben. Jetzt haben sie die Lichtung wieder gerodet, um sie erneut für ihre Zusammenkünfte zu benutzen. Wir werden uns hinter dem Biberdamm verstecken und sie belauschen. Zweifellos werden sie eine Ratssitzung halten, nun, da sie unsere Truppe in die Flucht geschlagen haben.«

»Aber sie werden uns entdecken, Conan, und uns gefangennehmen, oder Schlimmeres noch.«

»Das glaube ich nicht.« Conan zupfte Farne und Wasserpflanzen vom Ufer und befestigte sie an seinem Helm. »Tarnt auch Euren Helm mit Pflanzen«, riet er.

»Damit mögen vielleicht unsere Köpfe nicht so leicht bemerkt werden«, meinte Flavius. »Aber was ist mit dem Rest unserer Körper in der glänzenden Kettenrüstung?«

»Schlammig, wie das Wasser am Damm ist, wird es uns unsichtbar machen.«

»Ihr wollt doch damit nicht sagen, daß wir uns in vollem Harnisch im Wasser verstecken müssen wie irgendeine schuppengepanzerte Kreatur der Tiefe?«

»So ist es. Besser naß als tot.«

Flavius seufzte. »Ich nehme an, Ihr habt recht.«

»Wenn ich mich erst einmal irre, werden sie meinen Kopf in einer ihrer Altarhütten aufhängen. Kommt jetzt.«

Conan watete ins Wasser, das ihm nicht weiter als bis zur Mitte reichte, und führte seinen jungen Begleiter über den teichbreiten Fluß zum Biberbau, einem Geflecht aus Ruten, etwa zwei Fuß über dem Wasser. Als sie sich ihm näherten, glitt eine Schildkröte, die sich auf dem Damm gesonnt hatte, in den Fluß und verschwand.

Sie kauerten sich ins Wasser, bis es ihnen zum Kinn reichte. Nur ihre Köpfe, die unter ihrer Pflanzentarnung kaum zu bemerken waren, ragten heraus.

»Lieber bete ich in einem Tempel zu Mitra als auf diesen verfaulten Blättern zu knien«, jammerte Flavius mit einem leicht verzerrten Grinsen.

»Verhaltet Euch ruhig, unser Leben hängt davon ab.

Könnt Ihr, wenn es sein muß, Stunden in dieser Stellung verharren?«

»Ich werde es versuchen«, versprach der Leutnant.

Conan brummte zufrieden und rührte sich von diesem Augenblick an genausowenig mehr wie ein lauernder Leopard.

Insekten umsummten sie, und die Frösche, die bei ihrer Annäherung verstummt waren, fuhren nun in ihrem quakenden Chor fort. Die Sonne stand rot über dem grünen Fächer, der sich aus dem rosig getönten Wasser ihr entgegenhob. Langsam verdunkelte sich der Wald.

»Etwas beißt mich«, flüsterte Flavius, mit den Zähnen knirschend.

»Ein Blutegel«, brummte der Cimmerier. »Habt keine Sorge, er wird Euch nicht soviel Blut stehlen, daß es Euch schwächt.«

Schaudernd riß Flavius sich das schleimige Ding weg und schleuderte es von sich.

»Pssst! Sie kommen!« zischte Conan.

Flavius wagte kaum noch zu atmen, als die Pikten in Zweier- und auch größeren Gruppen brüllend vor Lachen durch die dunklen Bäume herbeikamen. Flavius war überrascht. Den Pikten nach zu schließen, die er bisher kennengelernt hatte, hatte er sie für ein finsteres, schweigsames Volk gehalten. Aber offenbar konnten auch diese Wilden sich wie andere Menschen freuen.

Die Lichtung füllte sich, als die Pikten in ihrer Clanbemalung sich in Reihen zusammensetzten, Ledersäcke mit dünnem Bier herumreichten, sich angeregt unterhielten, lachten und prahlten.

»Ich sehe Wölfe, Falken, Schildkröten, Wildkatzen und Raben«, flüsterte Flavius, »alle offenbar in schönster Eintracht.«

»Sie lernen es, ihre Stammesfehden zu begraben«, murmelte der Cimmerier. »Wenn die Clans sich einmal alle zusammentun, dann mag Aquilonien sich hüten. Ha! Seht Euch diese beiden an!«

Zwei Gestalten, die sich von der Menge der fast nackten Wilden abhoben, traten hinaus auf die Lichtung. Eine war ein Schamane der Pikten. Er trug einen Lederharnisch, in den etwa zwei Dutzend gefärbte Straußenfedern gesteckt waren. Diese Federn, so wußte Flavius, mußten mehrere tausend Meilen über die Handelswege gekommen sein, die sich wie Bänder durch die Wüsten und Savannen des Südens wanden.

Der andere Mann war ein hagerer, von Wind und Wetter gezeichneter Aquilonier in Lederkleidung.

Conan flüsterte: »Sagayetha! Und bei Crom! Das ist Edric der Kundschafter, den Lucian uns aufdrängte!«

Schamane und Späher bahnten sich einen Weg durch die kauernden Krieger, die sich wie ein Weizenfeld wiegten, um sie hindurchzulassen, und stiegen auf den niedrigeren der beiden Felsblöcke. Der Aquilonier redete in seiner Muttersprache zu den Pikten und hielt zwischendurch immer wieder inne, um Sagayetha übersetzen zu lassen.

»Ihr habt gesehen, meine Kinder«, begann Edric, »daß euer großer und getreuer Freund General Vicomte Lucian keine leeren Versprechungen abgibt. Er sagte, er würde euch eine Kompanie Aquilonier in die Hände liefern, und das hat er getan. Und genauso wird er sein Wort halten, daß euch bald schon ganz Schohira gehören wird.

Nun ist die Zeit gekommen, daß auch ihr euer Versprechen halten müßt. Als Dank für seine Hilfe in eurem Bemühen, euer Land zurückzugewinnen, das euch erst vor wenigen Dekaden gestohlen wurde, ersucht er euch nun um Aushändigung des versprochenen Schatzes.«

Sagayetha übersetzte die Rede und hielt eine eigene kurze Ansprache.

»Was sagt er?« wisperte Flavius.

»Er befahl ihnen, das Geld zu holen. Doch still jetzt!«

Vier Pikten taumelten schier unter der Last einer großen Truhe, die an einer über den Schultern getragenen Stange hing. Als sie Truhe auf dem Boden aufsetzten, sprangen Sagayetha und Edric vom Felsblock hinunter und hoben den Deckel hoch. Von ihrem nassen Versteck aus konnten Conan und Flavius den Inhalt nicht sehen, aber Edric tauchte eine Hand hinein und hob eine Faust voll schimmernder Münzen heraus, die er zurück in den Behälter regnen ließ. Flavius konnte das metallische Klirren hören.

»Woher mögen die Pikten wohl soviel Gold und Silber haben?« wisperte er. »Sie benutzen doch gar keine Münzen, außer hin und wieder, wenn sie mit den Aquiloniern Handel treiben.«

»Valannus' Soldtruhe«, murmelte Conan. »Eine volle war gerade in Fort Tuscelan angekommen, ehe es fiel. Und die Pikten legten Hand daran, bevor die Soldaten entlohnt werden konnten.«

»Weshalb, im Namen aller Götter, verrät Lucian sein eigenes Volk und verkauft sein Land an die Wilden?«

»Ich weiß es nicht, obgleich ich eine Ahnung habe.«

»Ich werde diese Schurken töten oder dabei sterben! Im schnellen Lauf kann ich sie vielleicht erreichen, ehe sie mich niederschlagen ...«

»Versucht es, und ich erwürge Euch!« knurrte Conan. »Was wir hier erfahren, ist wichtiger als alles, was Ihr tun könntet. Wenn wir nicht am Leben bleiben, wird niemand in Velitrium es je hören. Und nun duckt Euren Kopf und haltet den Mund!«

Die beiden Männer schauten schweigend zu, wie die vier Pikten die Stange, von denen die Truhe hing, wieder auf die Schultern hoben und mit Edric in den Wald aufbrachen. Sagayetha stieg noch einmal auf den Felsblock und hielt eine längere Rede über das Heldentum der Pikten und ihre glorreiche Zukunft. Seine prunkvollen Federn bewegten sich mit jeder seiner heftigen Gebärden.

Noch ehe Sagayetha zum Ende kam, war die Sonne untergegangen und hatte ein paar scharlachrote Wölkchen in einem saphirblauen Himmel zurückgelassen. In der einbrechenden Dunkelheit tanzten die Pikten ihren Siegestanz. Sie hopsten und stampften und scharrten mit den Füßen, während andere sich angeregt mit den Biersäcken beschäftigten.

Bis die ersten Sterne durch das Laubdach am Himmel zu sehen waren, war der Tanz zu einer wilden Bewegung springender, schattenhafter Gestalten geworden. Bier und Siegestaumel ließen sie alle Hemmungen abwerfen und weckten das Tier in ihnen, das in allen Menschen schlummert. Als die Ausgelassenheit in Obszönitäten ausartete, knurrte Conan angewidert.

Der Mond stand schon hoch, als es endlich ruhig wurde im Wald, vom Quaken der Frösche und dem Summen der Insekten abgesehen. Glühwürmchen warfen ihr schwaches Glimmen beim Vorüberfliegen über die liegenden Pikten.

»Sie schlafen alle«, sagte Conan. »Wir brechen auf.«

Tief hinter den Biberdamm geduckt, um von möglicherweise noch wachen Wilden nicht gesehen zu werden, wateten die beiden ans Ufer. Triefend suchten sie den Schutz der Bäume. Flavius zitterte in der kühlen Nachtluft. Er unterdrückte nur mühsam ein Stöhnen, als er seine steifen Muskeln lockerte, und dann mußte er auch noch gegen einen Niesreiz ankämpfen.

Conan schlich auf dem Pfad weiter, der sie zum Biberdamm geführt hatte. Offenbar verfügte der Cimmerier über die Fähigkeit, im Dunkeln genausogut wie am lichten Tag zu sehen, jedenfalls bewegte er sich mit der Sicherheit einer Katze. Flavius dagegen hatte seine liebe Not, nicht vom Pfad zu irren, in Büsche zu laufen oder gegen Baumstämme zu rennen, denn das geringe Mondlicht, das durch die Baumwipfel drang, genügte seinen Augen nicht. Am besten war es, fand er heraus, Conan dicht auf den Fersen zu bleiben und den Instinkten des Barbaren blindlings zu vertrauen.

Im Wald herrschte regeres Leben als vor dem Kampf. Insekten zirpten und summten, und es raschelte in den Bäumen. Als sie am Kampfplatz vorüberkamen, rochen sie, daß die Leichen sich bereits zu zersetzen begannen. Flavius erschrak fürchterlich, als ein unsichtbares Tier durchs Buschwerk brach.

Als der Aquilonier über die Geschwindigkeit Conans zu jammern begann, hielt der Cimmerier an, um seinem jungen Begleiter Rast zu gönnen. Nachdem sein Atem wieder zurückgekehrt war, fragte Flavius.

»Weshalb meint Ihr, wurde Lucian zum Verräter an seinem Vaterland? Ihr sagtet, Ihr ahntet es.«

»Es dürfte eindeutig sein«, brummte Conan. Er zog sein Schwert aus der Scheide, um es vom fauligen Wasser ihres Verstecks zu reinigen. »Nach dem Fall von Tuscelan wurde Lucian der einstweilige Statthalter von Conajohara und Befehlshaber der Truppen, die in dieser Grenzprovinz zurückblieben.«

»Es ist nichts als ein Streifen Land entlang dem Donnerfluß, der Conawaga und Schohira mit Oriskonie verbindet – und der Stadt Velitrium.«

»Richtig. Und diese bruchstückhafte Provinz wird ihre Unabhängigkeit nicht lange behalten, denn Thasperas von Schohira und Brocas von Conawaga haben sich bereits nach Tarantia begeben, um ihren Anspruch auf dieses armselige Stück Land zu erheben.

Lucian weiß nur zu gut, daß seine Statthalterschaft endet, sobald König Numedides dem einen oder anderen Conajohara zuspricht oder vielleicht jedem ein Stück überläßt. Es ist ein offenes Geheimnis, daß Thasperas und Lucian einander hassen, also erringt der Vicomte sowohl Reichtum als auch die Befriedigung der Rache, indem er Schohira an die Pikten verrät. Die Truhe enthielt den Sold für ein halbes Jahr für fast tausend Mann – eine brauchbare Summe, fürwahr. Lucian, so erzählt man sich, ist ein Spieler. Wer weiß, vielleicht steckt er bis zum Hals in Schulden.«

»Aber Conan, was wird dann aus den Bürgern von Schohira?«

»Das interessiert Lucian nicht im geringsten. Er denkt nur an General Vicomte Lucian, so wie nahezu alle der feinen Edlen.«

»Baron Thasperas würde so etwas nie tun«, sagte Flavius überzeugt.

»Zumindest rief Thasperas seine Kompanien nicht zurück, die er uns zur Verstärkung nach Tuscelan schickte, ganz im Gegensatz zu Brocas. Trotzdem traue ich keinem von ihnen. Außerdem ist Lucians Komplott nicht gemeiner als jene Ränke, mit deren Hilfe ihr Aquilonier euch die Westermark angeeignet habt – das zumindest ist die Ansicht der Pikten.«

Wütend begehrte Flavius gegen seinen verehrten Hauptmann auf. »Wenn Ihr uns Aquilonier so verachtet, weshalb setzt Ihr dann Euer Leben aufs Spiel, indem Ihr für uns gegen die Wilden kämpft?«

Conan zuckte die Schultern, doch konnte der andere das in dem dunklen Wald nicht sehen. »Ich verachte Euch nicht, Flavius, genausowenig wie die anderen guten Männer, die ich aus Eurem Volk kennengelernt habe. Aber gute Männer sind rar in jedem Land. Die Streitigkeiten der Edlen und Könige bedeuten mir nichts, denn ich bin Söldner. Ich verkaufe meinen Schwertarm an den Höchstbietenden. Solange er mich gut bezahlt, diene ich ihm ehrlich und mit all meiner Kraft. So, und nun steht auf, mein junger Herr. Wir können nicht die ganze Nacht hier sitzen und dummes Zeug reden.«

4

DER MOND SCHEINT AUF GOLD

In der Offiziersunterkunft der Kaserne von Velitrium, dem Festungshauptquartier des Goldenen Löwen-Regiments, saßen vier Männer im gelben Licht einer Messing-Öllampe, die von der rußigen Decke hing. Zu diesen vieren gehörten Conan und Flavius, beide waren rotgesprenkelt von unzähligen Mückenstichen. Conan, dem der anstrengende Tag und die nicht weniger harte Nacht nicht anzumerken waren, sprach sehr energisch. Flavius kämpfte gegen den Schlaf an, der ihn jedoch immer wieder überwältigte. Jedesmal wenn er hochzuckte, zwang er sich, seine Aufmerksamkeit auf die beiden Männer zu lenken, die ihn forschend musterten, doch dann fielen ihm die Augen aufs neue zu, sein Kopf sank nach vorn, bis er wieder aufschreckte.

Die beiden anderen waren nur halb gekleidet, denn man hatte sie aus dem Schlaf gerissen. Sie trugen einzelne Stücke der aquilonischen Offiziersuniform. Einer war ein vierschrötiger Mann mit graumeliertem Bart und narbigem Gesicht. Der andere war jünger, hochgewachsen, ein gutaussehender Patrizier mit wenigem blonden Haar, das ihm bis auf die Schultern fiel.

»Was Ihr da sagt, Hauptmann Conan, ist unvorstellbar – daß einer von edlem Blut wie General Lucian auf so gemeine Weise gegen seine Verantwortung handelt und seine eigenen Soldaten verrät! Ich glaube es nicht! Würdet Ihr diese Anschuldigung öffentlich erheben, sähe ich mich gezwungen, *Euch* als Verräter zu bezeichnen.«

»Glaubt, was Ihr wollt, Laodamas«, schnaubte Conan. »Was Flavius und ich sahen und hörten, war keine Täuschung.«

Laodamas wandte sich an den älteren Offizier. »Guter Glyco, sagt mir doch, höre ich wirklich Verrat, oder reden die beiden irr?«

Glyco nahm sich Zeit, ehe er nachdenklich antwortete: »Es ist zweifellos eine ernste Anklage. Aber Flavius ist einer unserer besten Jungoffiziere, und unser cimmerischer Freund bewies seine Loyalität in den Kämpfen im vergangenen Herbst. Diesen Lucian kenne ich nicht, außer in dienstlicher Hinsicht, seit er das Kommando über uns übernahm. Ohne Beweise sage ich nichts gegen ihn, doch auch nichts für ihn.«

»Aber Lucian ist ein Edelmann!« beharrte Laodamas.

»Na und?« knurrte Conan. »Laodamas, wenn Ihr glaubt, ein Titel mache einen Mann über jegliche Versuchung erhaben, dann müßt Ihr noch viel über Eure Mitmenschen lernen.«

»Nun, wenn diese phantastische Geschichte wahr ist... So wartet!« rief Laodamas, als Conans blaue Augen drohend funkelten. »Ich sagte nicht, daß Eure Geschichte erlogen ist, Hauptmann, ich sagte lediglich, *wenn.* Also, wenn sie wahr ist, was würdet Ihr dann vorschlagen? Wir können nicht zu unserem Befehlshaber gehen und sagen: ›Verräter, enthebt Euch Eures Postens und sperrt Euch bis zur Verhandlung ins Wachhaus!‹«

Conan lachte kurz auf. »Ich würde ohne Beweis niemandes Hals in Gefahr bringen. Die Soldtruhe müßte bald über den Donnerfluß geschafft werden, um sie dem General heimlich zu bringen. Flavius und ich marschierten die halbe Nacht, um vor ihr hier zu sein. Wir nahmen an, daß ihr Gewicht die Träger nicht so schnell vorankommen lassen würde. Wenn ihr zwei euch fertig anziehen würdet, können wir sie aufhalten, ehe sie das Ufer erreichen.«

Die vier Offiziere hatten sich gegen die Kälte in Umhänge gehüllt. Sie unterhielten sich nur leise, als sie wartend auf der schmalen Mole standen, die vom Hafen Velitriums hinaus in den Fluß ragte. Mehrere kleine Boote, die am Kai vertäut waren, schaukelten leicht in der Strömung. Der fast volle Mond stand wie eine mißgestaltete Silberscheibe im Westen. Die Sterne funkelten weiß am Himmel. Aus dem Wasser stieg Nebel auf, über den die Umrisse der Bäume am anderen Ufer zu sehen waren.

Außer dem sanften Plätschern der Wellen gegen die Molenpfähle und dem schwachen Kratzen der Boote, wenn sie gegeneinanderrieben, brach kaum etwas die Stille der Nacht. Irgendwo in der Ferne schrie ein Haubentaucher. Die drei anderen schauten Conan fragend an, doch er schüttelte den Kopf.

»Das ist ein echter Vogel«, versicherte er ihnen, »kein Signal der Pikten.«

»Flavius!« sagte Laodamas scharf. Der Leutnant war mit dem Rücken gegen einen Pflock zusammengesackt.

»Laßt dem Jungen sein Schläfchen«, brummte Conan. »Er hat es wahrhaftig verdient.«

Bald schon schnarchte der Leutnant leise vor sich hin. Laodamas starrte gen Osten. »Der Himmel wirkt plötzlich heller. Ist der Morgen denn schon so nah?«

Conan schüttelte den Kopf. »Das ist das Nachthimmelslicht oder die unechte Dämmerung, wie man es auch nennt. Die wahre Dämmerung wird noch eine Stunde oder mehr auf sich warten lassen.«

Wieder senkte sich Schweigen auf sie herab. Die wartenden Offiziere schritten leise die Mole auf und ab. Plötzlich blieb Conan stehen.

»Hört!«

Gleich darauf flüsterte er: »Ruderschlag! Nehmt eure Posten ein.«

Er weckte Flavius sachte mit dem Fuß, und die vier zogen sich hinter eine Deckung zurück.

»Verhaltet euch ganz ruhig!« warnte Conan.

Wieder blieb alles still. Der Mond war untergegangen.

Ohne ihn schienen die Sterne viel heller zu funkeln, bis die echte Dämmerung sie verblassen ließ.

Ein schwaches rhythmisches Platschen und Knarren wurde vernehmbar, und bald waren die Umrisse eines Ruderboots im Nebel erkennbar. Als es näherkam, hoben sich fünf Köpfe ab.

Das Boot legte an. Ein Mann sprang heraus und vertäute es an einem Pflock. Brummend und ächzend stemmten die Ruderer einen schweren Gegenstand hoch.

Vier Männer hoben eine Stange, an der eine Truhe hing, auf die Schultern. Der fünfte schritt ihnen voraus zum Hafendamm. Im schwachen Licht der Dämmerung mochte ein scharfes Auge an der Lederkleidung der fünf erkennen, daß es sich um aquilonische Kundschafter handelte. Irgendwo unterwegs, dachte Conan, haben die Pikten ihre Last an diese Burschen übergeben.

Als die fünf sich dem Ende der Mole näherten, sprang er ihnen in den Weg und zog das Schwert.

»Bleibt stehen, wenn ihr nicht sterben wollt!«

Die drei anderen Offiziere rannten ebenfalls mit blanken Klingen aus ihren Verstecken. Einen Herzschlag lang herrschte absolutes Schweigen.

Die Träger ließen die Truhe krachend fallen. Wie ein Mann rannten sie die Mole zurück und sprangen in ihr Boot, das gefährlich zu schaukeln begann. Einer hackte hastig das Tau durch. Die anderen legten sich in die Riemen und ruderten davon.

Der Anführer wich erschrocken vor der plötzlichen Erscheinung des riesigen Cimmeriers zurück und wollte fliehen, aber er stolperte über die Truhe und fiel. Conan packte ihn mit eisernem Griff am dürren Hals und drückte die Schwertspitze an seine Kehle.

»Ein Laut, und du gibst nie wieder einen Ton von dir!« warnte der Cimmerier. Seine Augen funkelten durch die Dunstschwaden des frühen Morgens.

Die anderen Offiziere rannten an Conan und seinem

Gefangenen vorbei zum Ende der Mole. Aber die Späher hatten in ihrem Boot bereits eine beachtliche Entfernung hinter sich gebracht und verschwanden allmählich im Nebel.

»Vergeßt die Hunde«, knurrte Conan. »Das hier ist Edric, der Verräter, der uns gestern in die Falle lockte. Er wird uns sagen, was wir wissen wollen, nicht wahr, Edric?«

Als der Kundschafter schwieg, brummte der Cimmerier: »Schon gut. Ich werde ihn noch zum Sprechen bringen.«

»Was jetzt, Conan?« fragte Glyco.

»Zurück in die Kaserne, in Euer Zimmer.«

»Aber, Conan, wie können wir sowohl den Verräter als auch die Truhe in die Kaserne schaffen?« fragte Flavius zweifelnd. »Es gehören vier dazu, die Truhe zu schleppen, und dann haben wir noch keine Wache für den Gefangenen.«

»Nehmt dem Hund das Messer, Flavius, und bindet seine Hände auf den Rücken. Sein Gürtel eignet sich dazu. So, und jetzt behaltet Ihr ihn im Auge.«

Conan gab den Verräter frei, richtete sich kurz auf, ehe er sich nach der Truhe bückte. »Glyco und Laodamas, stemmt das Ding ein wenig hoch, damit ich es auf meine Schulter heben kann.«

Die beiden Offiziere schoben ihre Achseln unter das eine Stangenende und richteten sich ächzend auf. Conan bückte sich soweit, daß seine rechte Schulter unter die Truhe kam. Mit angespannten Muskeln richtete auch er sich auf.

»Bei den Göttern!« staunte Laodamas. »Ich hätte nie geglaubt, daß ein Sterblicher eine solche Last zu tragen vermöchte!«

»Helft Flavius, den Gefangenen in die Kaserne bringen. Ich kann das Ding nicht halten, bis die Sonne aufgeht.«

Im fahlen Dämmerlicht machten sie sich auf den Rückweg. Voraus stapfte der Kundschafter, Glyco und Laodamas links und rechts von ihm und Flavius unmittelbar dahinter. Der junge Leutnant half den unwilligen Schritten des Gefangenen mit der Schwertspitze ein wenig nach. Conan folgte ihnen gebeugt und leicht schwankend mit der schweren Truhe, und seine Schultermuskeln hoben sich wie straffe Taue ab.

Als die ersten Vögel trillernd den Morgen begrüßten, erreichten sie die Kaserne. Der Wachtposten riß die Augen auf, aber als er die Offiziere erkannte, salutierte er, wortlos.

5

DER GENERAL WIRD ÜBERRASCHT

Minuten später befanden die fünf Männer sich in Glycos Quartier. Die Truhe stand in der Zimmermitte, ihr Deckel war zurückgeschlagen, und ihr Inhalt lag offen vor ihnen. Edric saß mit gebundenen Hand- und Fußgelenken auf den rauhen Fußbodenbrettern.

»Da habt ihr euren Beweis«, sagte Conan noch schwer atmend. Er wandte sich an Edric. »Also, Bursche, redest du jetzt, oder muß ich dich erst mit piktischen Mitteln dazu bringen?«

Der Gefangene schwieg mit stumpfem Gesicht.

»Na gut«, brummte Conan. »Flavius, gebt mir das Messer dieses Kerls.«

Der Leutnant zog den Dolch des Verräters aus seinem Stiefelschaft und reichte ihn dem Cimmerier, der bedeutungsvoll die Schärfe der Klinge prüfte.

»Ich möchte nicht gern mein eigenes Messer benutzen«, murmelte er, wie zu sich selbst. »Denn es im Feuer zum Glühen zu bringen, raubt dem Stahl die Härte. So, und nun wollen wir das Kohlebecken näher heranholen.«

»Ich – ich rede«, stieß der Gefangene hastig hervor. »Ein Teufel wie Ihr würde selbst einem Toten noch ein Geständnis entreißen.« Edric holte tief Atem. »Wir von Oriskonie«, begann er, »leben weit ab vom Rest der Westermark, und die anderen Provinzen kümmern uns wenig. Außerdem versprach der General uns großen Reichtum, sobald wir Schohira den Pikten ausgeliefert hätten. Was hatten wir schon von unseren Baronen? Was sind die Edelleute anderes als Räuber und Ausbeuter?«

»Es ist eure Pflicht, den Vornehmgeborenen eures Landes zu dienen und zu gehorchen ...«, begann Laodamas, aber Conan unterbrach ihn mit einer heftigen Geste.

»Sprich weiter, Edric, und kümmere dich nicht um Recht oder Unrecht der Sache.«

Edric erklärte, wie General Lucian ihn und andere Späher dazu überredet hatte, die Aquilonier bei Velitrium in die Falle der Pikten zu führen.

»Wir stellten die Falle am Südfluß auf, damit der General den Wilden seine Vertrauenswürdigkeit beweisen und die Soldtruhe von ihnen bekommen konnte.«

»Wie kann ein Mann wie du seine eigenen Landsleute für Gold verraten?« rief Laodamas hitzig.

Conan runzelte die Stirn und wandte sich an den Offizier. »Haltet Euch heraus, Laodamas. Welcher Art war diese Falle, die der General stellte, Edric?«

»Der Schamane Sagayetha kann Schlangen herbeirufen. Seine Leute behaupten, er stecke seine Seele in den Körper einer Schlange, aber ich ... Ich verstehe solche faule Hexerei nicht.«

»Genausowenig wie ich«, versicherte ihm Conan. »Glaubst du, Lucian beabsichtigt wahrhaftig, Schohira den Pikten in die Hände zu spielen?«

Edric zuckte die Schultern. »Ich weiß es nicht. Ich habe noch nicht darüber nachgedacht.«

»Ist es nicht wahrscheinlich, daß er auch euch verraten hätte? Daß er dich und deine Kameraden töten ließe, damit keine Kunde seines Verrats den Thron Aquiloniens erreicht?«

»Mitra! Daran habe ich nie gedacht!« keuchte Edric. Er wandte den Kopf zur Seite, um den Schrecken in seinen Augen nicht zu zeigen.

»Vielleicht lügt dieser Schurke, und Lucian ist doch ein getreuer Aquilonier«, sagte Laodamas. »Dann brauchen wir nicht ...«

»Narr!« entfuhr es Conan. »Ein getreuer Aquilonier, der eine ganze Kompanie guter Soldaten als Köder für eine Falle opfert! Glyco, wie viele haben den Überfall überlebt?«

»Etwa drei Dutzend kehrten vor Einbruch der Nacht erschöpft zurück«, erwiderte der Gefragte. »Wir hoffen, daß noch ein paar ...«

»Aber ...«, begann Laodamas.

Conan hieb mit der Faust in seine Handfläche.

»Es waren meine Männer!« knurrte er. »Ich hatte sie ausgebildet, und ich kannte jeden einzelnen. Arno war ein guter Mann und mein Freund. Köpfe werden rollen für diesen Verrat und was immer der General noch vorhatte. Glyco und Laodamas, wählt aus euren Kompanien je ein Dutzend Männer, denen ihr vertrauen könnt. Erklärt ihnen, daß es ein gefährliches Unternehmen gegen Verrat von oberster Stelle ist. Und wenn sie Rache für das Gemetzel am Südfluß haben wollen, müssen sie den Befehlen aufs Wort gehorchen. Wir treffen uns in einer halben Stunde auf dem Exerzierplatz. Flavius, schafft unseren Gefangenen in den Kerker, dann kommt zu mir zurück.«

»Conan«, sagte Laodamas, »wenngleich ich zugebe, daß Euer Plan vernünftig klingt, muß doch ich das

Kommando übernehmen. Ich bin von edlem Blut und stehe im Rang über Euch. Es ist gegen alle gute Ordnung ...«

»Und ich stehe über Euch, junger Mann!« schnaubte Glyco unerwartet. »Wenn Ihr es zu einer Sache von Rang machen wollt, wäre *ich* es, der das Kommando übernimmt. Macht weiter, Conan. Ihr scheint zu wissen, was richtig ist.«

»Wenn nicht«, brummelte Laodamas, »werden wir alle wegen Meuterei hängen. Angenommen, der General befiehlt den Männern: ›Packt diese Verräter!‹ Wem werden sie gehorchen?«

»Das«, sagte Conan, »ist eine Frage, die der Augenblick beantworten wird. Also geht jetzt!«

Auf dem Exerzierplatz hatten die drei Offiziere mit ihren Leutnants drei Dutzend Soldaten antreten lassen. Mit kurzen Worten erklärte Conan von der Falle der Pikten und von dem Mann, der das Massaker geplant hatte. Er teilte vier Männer ein, die Truhe zu tragen. Dann befahl er:

»Folgt mir!«

Die Sonne hob sich über das bossonische Hügelland, als Conans Trupp vor der großzügigen Villa ankam, in der der Kommandeur der Grenzgarde von Conajohara lebte. Das Haus war an einem Hang erbaut und besaß an seiner Vorderseite eine hohe Terrasse, zu der von der Straße ein Dutzend Stufen hochführte. Bei der Annäherung der Offiziere salutierten die beiden Wachtposten auf der Terrasse.

Conan stapfte die Treppe hoch. »Holt den General!« donnerte er.

»Aber Herr Hauptmann, der Herr General ist noch nicht aufgestanden!« protestierte einer der Posten.

»Holt ihn trotzdem. Diese Sache erlaubt keine Verzögerung.«

Nach einem forschenden Blick auf die grimmigen Gesichter der Offiziere drehte der Posten sich um und betrat das Haus. Ein Bursche kam im selben Moment mit einem der Streitrosse des Generals auf die aufgeweichte Straße.

»Wozu das Pferd?« fragte Conan den zweiten Posten.

»Seine Lordschaft reiten häufig vor dem Frühstück aus«, erwiderte der Mann.

»Ein wunderbares Tier«, murmelte Conan.

Der erste Posten kehrte zurück. »Dem Herrn General wird soeben der Bart geschabt. Er läßt bitten zu warten …«

»Zum Teufel mit ihm! Wenn er nicht herauskommt, gehen wir hinein. Richte das Seiner Lordschaft aus.«

Seufzend kehrte der Posten ins Haus zurück. Gleich darauf kam General Vicomte Lucian mit einem Handtuch um seinen Hals heraus. Er trug zwar eine Reithose und Stiefel, aber sein Oberkörper war unbekleidet. Er war ein kleiner Mann mittleren Alters, dessen gutentwickelte Muskeln allmählich schlaff wurden. Und sein schwarzer Schnurrbart, gewöhnlich gezwirbelt und gewachst, sah ohne die morgendliche Pomade zerfranst und kläglich aus.

»Nun, meine Herren«, forschte Lucian von oben herab, »welcher Dringlichkeit verdanke ich euren überraschenden Besuch?« Er wandte sich an einen der Posten. »Hol mir einen Stuhl. Und du, Hermius, kannst mir den Bart zu Ende schaben, während ich meinen frühen Besuchern zuhöre. Hauptmann Conan, wenn ich mich recht erinnere, Ihr scheint mir der Anführer hier zu sein. Was habt Ihr mir zu sagen?«

»Nur wenige Worte, mein Lord Vicomte«, knurrte der Cimmerier. »Aber wir möchten Euch gern etwas zeigen.«

Er winkte, und die Soldaten, die auf der Straße gewartet hatten, kamen die Stufen hoch und stellten die Truhe auf dem Mosaikboden der Terrasse ab.

Glyco und Laodamas studierten die Miene des Generals, als wollten sie ein altes Pergament entziffern. Beim ersten Blick auf die Truhe zuckte Lucian leicht zurück. Er wurde bleich und biß sich auf die Unterlippe, aber er starrte wortlos auf den großen Behälter. Die ihn Beobachtenden zweifelten nicht im geringsten daran, daß der General die Truhe erkannt hatte, denn das weinrote Leder mit der vergoldeten Prägung in der Form von Drachen war unverkennbar.

Da holte Conan mit seinem bestiefelten Fuß aus und stieß den Deckel zurück, so daß er in den Angeln knarrte. Die Posten blinzelten, und Lucian wich unwillkürlich ein wenig zurück, als die Sonne die Münzen aufblitzen ließ.

»Die Zeit der Lügen ist vorüber, Vicomte«, sagte Conan grimmig. Seine stahlblauen Augen bohrten sich in die seines Vorgesetzten. »Der Beweis Eures Verbrechens steht hier vor Euren Füßen. Ich zweifle nicht, daß König Numidides es Hochverrat nennen wird. Ich nenne es niedrigste und gemeinste Tücke, Eure eigenen Soldaten, die ergeben, tapfer und vertrauensvoll für Euch kämpften, in eine Todesfalle zu schicken!«

Lucian bewegte sich nicht. Er benetzte nur wie eine Katze die Unterlippe und blickte scheinbar ungerührt vor sich hin.

Conans Augen verengten sich zu Schlitzen, aus denen nackter Haß brannte.

»Wir sahen die Pikten jene Soldtruhe Eurem Mann Edric aushändigen, und wir haben ein volles Geständnis von ihm. Ihr seid unter Arrest ...«

Der Barbier, der eine Schüssel mit dampfendem Wasser unter das Kinn des Generals hielt, hob gerade das Schabemesser, als Lucian wie eine Schlange zuschlug. Er riß die Schüssel aus den Händen des überraschten Barbiers, und schleuderte sie in Conans Gesicht.

Dann sprang er mit erstaunlicher Geschwindigkeit

hoch und schob die Truhe mit beiden Händen und aller Kraft an. Sie rutschte über die Terrasse und kippte auf der Treppe um. Ein Hagel von Münzen ergoß sich über die Stufen.

Die Soldaten, die Conan und den anderen Offizieren gefolgt waren, schrien begeistert auf. Als die Truhe auf der Straße landete und immer mehr Münzen davonrollten, brachen die Soldaten aus ihren Reihen und rannten dem Geld nach.

Lucian eilte an Conan vorbei, der halbgeblendet von dem fast noch siedend heißen Seifenwasser war. Er nahm zwei Stufen auf einmal, raste durch die sich bückenden Soldaten und schwang sich in den Sattel seines Hengstes. Bis Conan wieder zu sehen vermochte, verschwand das Streitroß in rasendem Galopp, daß die Lehmstücke von der Straße nur so hochflogen.

Laodamas brüllte seinen unberittenen Kavalleristen zu, zur Kaserne zurückzulaufen, ihre Pferde zu holen und den Flüchtigen zu verfolgen.

»Ihr werdet ihn nie fangen«, brummte Conan. »Er reitet das beste Pferd in der ganzen Westermark. Nicht, daß es viel ausmacht, denn wenn unsere Eidesaussage Tarantia erreicht, sind wir hier zumindest Lucian los. Ob der König ihn nun enthaupten läßt oder ihm eine andere bedauernswerte Provinz zuteilt, kann uns gleich sein. Im Augenblick müssen wir uns um Wichtigeres kümmern, nämlich, die Pikten davon abzuhalten, Schohira zu überfallen und ein Blutbad anzurichten.«

Zu den Männern unterhalb der Terrasse sagte er: »Sammelt das Geld ein, ehe es im Schlamm versinkt. Dann kehrt zur Kaserne zurück und wartet auf meinen Befehl. Wer kommt mit mir, das Land für Mitra und Numedides zu verteidigen?«

6

DIE SCHLACHT AUF DER MASSAKERWIESE

»Mich schrecken die Schlangen nicht«, sagte Glyco, »aber ich kann nicht für meine Lanzenträger garantieren, wenn diese scheußlichen Reptilien auf sie herabregnen. Die ganze Truppe hat durch die Überlebenden von dieser piktischen Magie gehört.«

Laodamas schauderte. »In der Schlacht bin ich kein größerer Feigling als die meisten – aber Schlangen! Das ist keine ritterliche Kriegsführung. Laßt uns die Pikten in offenes Land locken, wo es keine Bäume gibt, in denen Schlangen lauern, und wo meine Reiter die Wilden ohne Behinderung durch die Bäume niedermachen können.«

»Ich wüßte nicht, wie sich das bewerkstelligen ließe«, gab Conan zu bedenken. »Ihr nächstes Ziel ist höchstwahrscheinlich Schohira, da das die Provinz ist, die Lucian ihnen verkaufte. Und meilenweit besteht das Land dort nur aus Wald. Die Aquilonier müssen es erst noch roden und besiedeln.«

»Weshalb ziehen wir dann unsere Truppen nicht bei Schondara zusammen, wo das offene Land sich gut für unsere Reiterei eignet?«

»Wir können die Pikten nicht zwingen, sich uns auf einem Schlachtfeld zu stellen, das wir aussuchen«, sagte Conan. »Die Siedlungen von Schohira liegen verstreut. Die Pikten könnten den Rest der Provinz überrennen, während wir in Schondara wie Statuen auf ihren Angriff warten. Sie bewegen sich in den Wäldern wie Wasser, das ungehindert dahinfließt, während wir unsere Männer zusammenhalten und in Schlachtformation marschieren lassen müssen.«

»Was ist dann Euer Plan?« erkundigte sich Glyco.

»Ich habe aus meinen Bogenschützen Kundschafter mit Waldläufererfahrung ausgewählt. Sobald sie zurück sind, suche ich die Plätze auf, wo der Feind den Fluß zu überqueren beabsichtigt, und greife ihn dort an.«

»Aber die Schlangen ...«, begann Laodamas.

»Der Teufel hole die Schlangen! Habt Ihr geglaubt, das Soldatentum sei ein sicherer Beruf? Die Schlangen werden uns zu plagen aufhören, sobald Sagayetha tot ist. Wenn ich ihn töten kann, werde ich es tun. Inzwischen müssen wir das Beste aus dem machen, was wir haben. Gebe Crom, daß wir genug haben!«

Entlang dem Pfad oberhalb der Ratsfelsen schlängelte sich der Südfluß durch eine sumpfige Ebene. Da der Fluß hier breit und seicht und deshalb leicht zu überqueren war, liefen an dieser Stelle mehrere Pfade zusammen. Das Sumpfland war reich an niedriger Vegetation, aber Bäume wuchsen nur vereinzelt. Die Massakerwiese, wie sie genannt wurde, war offener als fast die gesamte sonstige piktische Wildnis.

Jenseits dieser freien Fläche, wo der dichte Wald begann, postierte Conan seine Armee. Lanzenkämpfer und Bogenschützen waren in Halbmondformation aufgestellt, während Laodamas' Kavallerie auf Conans rechter Flanke abwartete. Die Reiter waren abgesessen und vergnügten sich mit Würfelspiel. Die angekoppelten Tiere stampften und peitschten mit den Schwänzen, um die lästigen Fliegen zu vertreiben.

Conan schritt seine Reihen ab, inspizierte die Ausrüstung, ermutigte die Ängstlichen mit rauhen Späßen und erteilte Befehle.

»Glyco!« rief er. »Habt Ihr den Männern Bescheid gegeben, die Fackeln aus ihren Lanzen machen sollen?«

»Sie sind gerade dabei«, erwiderte Glyco und deutete

auf etwa ein Dutzend Aquilonier, die Reisig um ihre Lanzenspitzen banden.

»Gut. Aber zündet sie erst an, wenn die Pikten nahe heran sind, damit wir uns nicht schon zuvor verraten.«

Conan stapfte weiter. »Loadamas! Wenn ich nicht hier bin, um den Befehl zu geben, dann laßt Eure Reiter angreifen, sobald die Pikten in Flußmitte sind.«

»Das hieße, einen unfairen Vorteil ergreifen. Es ist nicht ritterlich!« protestierte Laodamas.

»Crom und Mitra! Mann, das ist kein Turnier! Ihr habt Eure Befehle, haltet Euch daran!«

Als er bei der Infanterie zurück war, entdeckte er Flavius. »Hauptmann Flavius!« rief er. »Sind Eure Männer bereit?«

Flavius strahlte über das ganze Gesicht, als er seinen Rang für dieses Unternehmen hörte. »Jawohl, Herr. Auch die Extraköcher liegen bereit.«

»Gut. Ich weiß nicht, ob eine Armee durch einen ehrlichen Idioten wie Laodamas oder durch einen verschlagenen Schurken wie Lucian mehr gefährdet ist. Auf Euch jedenfalls kann ich mich verlassen.« Flavius strahlte noch mehr.

Der Nachmittag zog sich mit summenden Fliegen und brummelnden Männern dahin. Wasserkrüge wanderten von Hand zu Hand. Conan, der auf einem gefällten Baumstamm saß, machte ein paar Zeichen auf einem Rindenstück, als einige der Kundschafter kamen und ihm die Stellung der piktischen Kräfte meldeten. Schließlich hatte er eine grobe Karte fertig, nach der er sich für den bevorstehenden Kampf richten konnte.

Als die Sonne unterging, kamen die ersten Pikten über die Massakerwiese. Sie brüllten herausfordernd und schwangen ihre Waffen. Mehr und mehr strömten aus dem Wald, bis die Niederung jenseits des Südflusses von nackten bemalten Wilden wimmelte.

Flavius murmelte Conan zu: »Sie sind hier genauso in der Übermacht wie bei der Schlacht der Schlangen.«

Conan zuckte die Schultern und erhob sich. Befehle erschallten entlang der aquilonischen Linie. Die Lanzenträger, die als Schlangentöter eingeteilt waren, entzündeten ein Feuer für ihre behelfsmäßigen Fackeln, während die Bogenschützen Pfeile aus den Köchern zogen und sie vor sich in den Bogen steckten.

Eine Trommel begann wie ein pochendes Herz zu schlagen. Schrille Kriegsrufe ausstoßend, wateten die Pikten durch den Fluß, trotteten über das Sumpfland südwestlich der Wiese und stießen auf die Aquilonier. Zwischen dem wilden Kriegsgeheul und den gebrüllten Befehlen war das Zischen der Pfeile zu hören, die wie Geister der Verdammten über die Wiese schwirrten.

Gruppen bemalter Pikten warfen sich gegen die Reihen der Lanzenkämpfer. Wurde einer der Pikten aufgespießt, so daß sein Gewicht die Waffe zu Boden zerrte, drängten sich sofort andere durch die so entstandene Lücke und hieben mit Speeren und Äxten um sich. Die Lanzenkämpfer der zweiten Reihe warfen sie fluchend und schwitzend zurück. Auf der Wiese krochen, zuckten, brüllten die Verwundeten und lagen reglos die Toten.

Conan hielt die Mitte der Linie. Wie ein Riese ragte er über die untersetzten Gundermänner und Aquilonier hinaus. Mit seiner stahlschäftigen Axt hielt er blutige Ernte unter dem Feind. Wie japsende Hunde, die einen Eber niederreißen wollen, warfen sie sich auf ihn. Aber die mächtige Axt mit der Pickelspitze, die er so mühelos und unermüdlich wie eine Weidenrute schwang, spaltete Schädel, zerschmetterte Rippen und hackte Köpfe und Arme mit gnadenloser Treffsicherheit ab. Mit einem tonlosen Gesang auf den Lippen kämpfte er, und der Haufen Gefallener um ihn wuchs wie Getreide unter der Sense.

Es dauerte nicht lange, und die Pikten vermieden die Stelle, wo er unschlagbar hinter den übereinandergefallenen Leichen stand. So wilde und blutdürstige Kämpfer sie auch waren, wurde ihnen doch bewußt, daß dieser Riese in seiner Eisenrüstung und von Kopf bis Fuß mit Blut bespritzt, nicht von ihresgleichen gefällt werden konnte.

Der Kampf flaute einen Augenblick ab in eine jener Atempausen, die es manchmal mitten in der Schlacht gab. Als Conan sich keuchend auf seine Axt stützte, kam sein neubeförderter Hauptmann zu ihm gerannt.

»Conan!« rief Flavius. »Wir sind in schwerer Bedrängnis. Wann wird die Reiterei eingreifen?«

»Noch nicht, Flavius. Seht dort auf der Wiese – kaum ein Viertel der Bemalten hat bisher den Fluß überquert. Bis jetzt war es nur Geplänkel, um unsere Kräfte zu erproben. Sie werden sich bald zurückziehen.«

Gleich darauf schrillten Pfiffe. Die Pikten trotteten über die Wiese zurück und schwammen durch den Fluß, verfolgt von aquilonischen Pfeilen.

»Schützen!« rief Conan. »Zwei Mann von jedem Trupp sammeln die Pfeile ein.«

Die Schützen drängten sich durch die Reihen der Lanzenträger, und beeilten sich, die Pfeile aus dem Boden oder den Leibern der Gefallenen zu ziehen, während ihre Kameraden ihre Waffen reinigten oder tiefe Schlucke aus den Wasserbeuteln nahmen.

»Ah!« stöhnte Flavius erleichtert. Er nahm seinen Helm ab und wischte sich über das blutbespritzte Gesicht. »Wenn das nur ein Geplänkel war, möchte ich lieber nicht in den Sturmangriff verwickelt sein. Wie konntet Ihr wissen, daß diese Teufel sich zurückziehen würden?«

»Wenn Wilde einen guten Plan haben, wiederholen sie ihn blindlings«, erwiderte Conan. »Sagayethas erster Angriff vernichtete uns, also geht er jetzt auf gleiche

Weise vor. Manche zivilisierte Offiziere machen es nicht anders.«

»Dann wird als nächstes ein Schlangenangriff folgen?«

»Zweifellos. Hört!«

Aus der Tiefe des Waldes erklang fernes Trommeln und Rasseln im gleichen Rhythmus, wie es dem Schlangenangriff der ersten Schlacht vorhergegangen war.

»Es wird bald dunkel«, sagte Flavius ängstlich. »Wir werden weder die Pikten sehen, die wir schlagen wollen, noch die Schlangen, die es zu verbrennen gilt.«

»Ihr müßt eben euer Bestes tun«, knurrte Conan. »Ich suche mir jetzt diesen Teufel Sagayetha. Gebt den anderen Offizieren Bescheid.«

Conan schritt eilig die Linie entlang zur Lichtung, wo Glyco sich befand. Auch ihm tat der Cimmerier seine Absicht kund.

»Aber, Conan …«, wollte Glyco besorgt protestieren.

»Versucht nicht, mich davon abzubringen, Mann! Ich allein kann hoffen, diese Hyäne zu finden. Ihr anderen habt Eure Befehle. Euch übertrage ich das Kommando, bis ich zurückkehre.«

»*Wenn* Ihr zurückkehrt«, brummte Glyco, aber er sprach bereits in die leere Luft. Conan war verschwunden.

7

SCHLANGENZAUBER

Die Nachtluft war erfüllt vom Summen, Surren und Zirpen der Insekten. Hinter den aquilonischen Linien rannte Conan auf dem Weg nach Velitrium dahin, bis er sich weit genug vom Kampfplatz entfernt hatte. Wo der Pfad sich dicht an den Südfluß schlängelte, verließ er ihn und watete ins Wasser, um den Fluß zu überqueren. Er fluchte lautlos, als er dabei in ein Loch trat und bis zum Hals untertauchte. Watend und schwimmend erreichte er schließlich das andere Ufer und bahnte sich einen Weg durch das dichte Unterholz, bis er die vom Sturm geschaffenen Schneisen des jungfräulichen Waldes dahinter erreichte.

Der Mond, der seit der Niederlage am Südfluß zu einer großen Silberscheibe gewachsen war, stand hoch am Himmel. Conan richtete seine Schritte nach dem Licht und schlug einen Bogen, der ihn nach seiner Berechnung hinter die piktischen Streitkräfte bringen mußte. Er schlich nun lautlos dahin und hielt von Zeit zu Zeit an, um zu lauschen und die Luft zu wittern. Obgleich die Ungeduld heftig in ihm brannte, den Hexer zu fassen, wußte er doch als erfahrener Krieger, daß blinde Hast ihm nur den Tod bringen würde.

Bald hörte er das Trommeln und Rasseln. Er blieb stehen, hielt den Atem an und legte den Kopf schräg, um die Richtung auszumachen, dann schlich er weiter.

Die Geräusche der piktischen Armee drangen an seine Ohren, als die Wilden begannen, sich an der Nordostseite der Massakerwiese, jenseits des Flusses, zu sammeln. Conan bewegte sich jetzt mit noch größerer Vorsicht als zuvor, um nicht von piktischen Posten entdeckt zu werden.

Er stieß auch auf keine Pikten, bis das Trommeln und Rasseln laut genug wurde und er feststellte, von wo genau es herkam. Conan war sicher, bei Tageslicht das Zelt des Schamanen bereits aus der Ferne zu erkennen. Aber jetzt im Dunkeln stand er fast davor, bis er es in der tiefsten Düsternis auf einer Lichtung zwischen zwei riesigen Eichen ausmachte. Nur ein Streifen Mondlicht erhellte die Lichtung ganz schwach. In der Gegenwart von Magie prickelten Conans Nerven wie die eines Dschungeltiers, das eine unbekannte Gefahr wittert.

Und dann entdeckten seine scharfen Augen einen Pikten, der an einem Baum lehnte und in die Richtung der sich sammelnden Wilden schaute. Mit größter Vorsicht näherte Conan sich dem Mann. Der Wilde hörte das leise Knacken eines Astes hinter sich und wirbelte im selben Moment herum, als Conans Axt auf ihn herabsauste. Mit gespaltenem Schädel sank der Pikte zu Boden.

Conan erstarrte. Er befürchtete, der Axthieb oder der Fall des Getöteten könnten Sagayetha aufgeschreckt haben. Aber das rhythmische Trommeln ging ohne Unterbrechung weiter. Doch im gleichen Augenblick, als Conan das Zelt erreicht hatte und durch den Eingang spähen wollte, erstarben die ohrenbetäubenden Trommelschläge und das Rasseln. Dem ersten Angriff der Schlangen war dasselbe abrupte Schweigen vorausgegangen.

Conan hob die Zeltlasche und trat ein. Seine Nasenflügel blähten sich bei dem Reptilgestank, der ihm entgegenschlug. Das schwache rote Glühen der Kohlen eines kleinen Feuers in der Zeltmitte stellte die einzige Beleuchtung dar. Jenseits des Feuers, in der rosigen Düsternis kaum erkennbar, saß eine zusammengekauerte Gestalt.

Als Conan um das Feuer herumschlich und zu einem schnellen Schlag ausholte, der dieser Bedrohung ein für allemal ein Ende setzen sollte, verhielt die schweigende Gestalt sich völlig ruhig. Der Cimmerier sah nun, daß es tatsächlich Sagayetha war, der, nur mit Lendentuch und Mokassins bekleidet, mit geschlossenen Augen auf dem Boden saß. Er muß sich in Trance befinden, dachte Conan, und seinen Geist ausgeschickt haben, um die Schlangen zu leiten. Um so besser! Conan machte einen weiteren Schritt.

Etwas bewegte sich auf dem Zeltboden. Als Conan sich bückte, um nachzusehen, spürte er einen scharfen

Stich in seinem linken Arm unterhalb des Kettenärmels.

Conan zuckte zurück. Eine riesige Schlange hatte ihre Zähne in seinen Unterarm gestoßen. Das mußte die Königin aller piktischen Vipern sein! Das Reptil war bestimmt um gut einen Fuß länger, als der Cimmerier groß war. Als er zurückwich, zerrte er die Schlange über den Boden.

Conan keuchte vor Abscheu. Mit der Axt schlug er auf das Tier ein. Obgleich die Waffe stumpf und schartig von dem schweren Kampf war, durchtrennte er es etwa einen Fuß unterhalb des Schädels. Mit einem heftigen Schütteln seines durchbissenen Armes schleuderte der Cimmerier den abgehackten Kopf durchs Zelt, während der Schlangenleib auf den Boden fiel, wo er sich krümmte und zuckte und dabei im Feuer landete. Der Gestank von verbrennendem Fleisch verbreitete sich schnell in dem kleinen Zelt.

Mit kaltem Schweiß auf der Stirn starrte Conan auf seinen Unterarm. Zwei rote Punkte zeichneten sich ab, wo die Schlangenzähne die Haut durchbohrt hatten, und ein Tropfen Blut sickerte aus jeder der nadelfeinen Wunden. Die Haut ringsum begann sich zu verfärben, und ein brennender Schmerz zog sich den Arm zur Schulter hoch.

Conan ließ die Axt fallen, so daß der Pickel an ihrem oberen Schaftende sich in den Boden bohrte. Dann riß er sein Messer heraus, um in die Haut um die Wunden zu schneiden. Doch noch ehe er dazu kam, rührte sich die sitzende Gestalt. Sagayethas Lider hoben sich. Seine Augen glitzerten so kalt und tödlich wie die seiner Schlangen.

»Cimmerier!« knirschte der Schamane. Seine Stimme klang wie das Zischen einer gewaltigen Schlange. »Du hast die getötet, in die ich meine Seele schickte, aber ich werde dich …«

Conan warf sein Messer. Der Hexer wich zur Seite,

die Waffe verfehlte ihn und drang in das Zelttuch. Sagayetha erhob sich und deutete mit seinem knochigen Arm.

Ehe der Schamane seine Beschwörung ausstoßen konnte, packte Conan seine Axt und war mit einem weiten Satz bei dem Mann. Ein pfeifender Hieb endete in einem dumpfen Schlag. Sagayethas Kopf flog durch die Luft und rollte auf das Feuer zu. Kurz davor blieb er liegen. Blut quoll aus dem zusammengesackten Körper. Es sickerte in die Erde, wo es die schwelenden Kohlen traf. Düstere Rauchschwaden stiegen in dem schwachen rosigen Schein auf.

Conan holte sein Messer zurück und schnitt den Arm um die Bißwunde auf. Er saugte das Blut aus der Wunde, spuckte es aus, saugte und spuckte, immer wieder. Die dunkle Färbung hatte sich bereits über einen großen Teil des Unterarms ausgebreitet, und der Schmerz war kaum noch erträglich. In aller Eile riß Conan den Gürtel, der das Lendentuch gehalten hatte, von der Leiche, und schnürte damit seinen Oberarm ab.

Während er fortfuhr, das Gift aus der Wunde zu saugen, hörte er den lauter werdenden Schlachtenlärm aus der Ferne. Offenbar waren die Pikten ungeduldig geworden und hatten angegriffen, ohne länger auf die Unterstützung ihrer Schlangenverbündeten zu warten. Conan verfluchte sein Mißgeschick, weil er nicht losstürmen konnte, um an der Schlacht teilzunehmen. Aber er wußte, daß Anstrengung raschen Tod bringen würde, wenn man Schlangengift im Blut hatte. Mit aller Willenskraft zwang er sich dazu, weiterzusaugen und das vergiftete Blut auszuspucken.

Als die purpurne Färbung sich offenbar nicht weiter ausbreitete und allmählich sogar ein wenig zurückging, verband er den Arm mit Streifen von Stoff, den er unter der Habe des Schamanen fand. Mit der Axt in seiner gesunden Hand und Sagayethas Schädel an einem Haarbüschel von der anderen Hand baumelnd, verließ er das Zelt.

8

BLUT AUF DEM MOND

Unter dem hoch am Himmel stehenden Mond zog ein schier endloser Strom von Pikten über den Südfluß, um sich auf die bereits mit ihren Stammesbrüdern kämpfenden Aquilonier zu werfen. Inzwischen hatten sich zu den Haufen piktischer Toter auch schon eine Menge aquilonischer Gefallener gesellt.

»Laodamas«, sagte eine tiefe barsche Stimme aus den Schatten. Der Befehlshaber der Reiterei drehte sich in seinem Sattel um.

»Mitra rette uns!« rief er. »Conan!«

»Wen habt Ihr erwartet?« knurrte der Cimmerier.

Als der Vollmond, der nun schon fast im Zenit stand, auf Conans aufblickendes Gesicht fiel, sah Laodamas, daß der Cimmerier schwankte. Und er bemerkte auch die Spuren der Erschöpfung, die verrieten, daß er seine Kräfte längst überfordert hatte. Vielleicht ist es eine Täuschung des silbernen Mondlichts, dachte er, aber Conan sieht totenbleich aus.

»Warum, zum Teufel, habt Ihr nicht angegriffen?« fragte Conan. »Mehr als die Hälfte der Pikten haben den Fluß bereits überquert!«

»Ich tue es auch nicht«, erklärte Laodamas. »Die Überlegenheit über einen Feind, während er solcherart geteilt ist, zu nutzen, wäre unritterlich.«

»Esel!« brüllte Conan. »Dann müssen wir es auf eine andere Weise versuchen!«

Er setzte seine grausige Last und seine Waffen ab,

packte Laodamas' Knöchel, riß seinen Fuß aus dem Steigbügel und hob ihn hoch.

»Was ...!« schrie Laodamas. Doch da wurde er schon aus dem Sattel gehoben und fiel mit klirrender Rüstung auf der anderen Seite des Pferdes auf den weichen Waldboden.

Einen Augenblick später schwang Conan sich in den leeren Sattel. Er hob seine Axt hoch, auf deren Pickelspitze er Sagayethas Schädel aufgespießt hatte.

»Hier habt ihr euren piktischen Hexer!« donnerte er. »Kommt, meine Freunde! Greift an!«

Der Trompeter stieß ins Horn. Die aquilonische Reiterei, die längst schon ungeduldig über Laodamas' Zögern war, spornte ihre Tiere mit dem Klirren ihrer Rüstungen und dem Knarren ihrer Harnische an.

Conan brüllte: »Ruft alle: *Sagayetha ist tot!* Blas zum Angriff, Trompeter!«

Conan streckte sein grauenvolles Banner hoch, als die Kavallerie aus dem Wald quoll. Er brüllte den Fußsoldaten zu, aus dem Weg zu gehen. Sie machten Platz, und die Reiterei donnerte durch die Lücke.

Die Schwadronen der eisengerüsteten Reiter pflügten wie der Blitz durch die lockeren Gruppen der Pikten. Vor ihnen her ritt Conan, die blutige Axt unter die Achsel geklemmt, aber so, daß der Schädel des Zauberers wie eine grausige Standarte hoch über seine Schulter ragte. Mit der gesunden Rechten hielt er die Zügel und lenkte Laodamas' Streitroß.

Die Kavallerie unmittelbar hinter ihm hieb und stach nach links und rechts. Während sie die schwankenden Reihen des Feindes niederschlugen, brüllten sie wie einen Schlachtgesang: »Sagayetha ist tot! Sagayetha ist tot!« Wenn auch die Pikten die Worte, außer dem Namen ihres Schamanen, nicht verstanden, verriet ihnen doch der auf der Pickelaxt aufgespießte Schädel ihres Hexers die Bedeutung.

Und nun fiel die Infanterie in den Ruf ein. Kräftige mit Lanzen bewaffnete Gundermänner und stämmige Aquilonier planschten hinter den Reitern durch die Furt. Heulend deuteten die Wilden auf den grauenvollen Schädel auf Conans Axt. Klagerufe ausstoßend, begannen sie zu rennen, ohne auf die Befehle ihrer Häuptlinge zu hören. Die Schlacht wurde zur wilden Flucht. Die Reihen der Pikten verstreuten sich in alle Richtungen; überall sah man sie davonhasten und im Mondschein zwischen den Bäumen verschwinden.

In breiter Front trabten die Reiter durch Sumpfland und Wiese und ritten die Massen der fliehenden Pikten nieder. Die aquilonischen Lanzenträger und Bogenschützen, die hinter der Kavallerie herkamen, stießen mit Lanzen und Dolchen wie Rachegeister um sich. Und die piktische Armee löste sich nun vollends zu einem panikerfüllten Mob auf. Das Antlitz des Mondes, das der Fluß widerspiegelte, war rot vom Blut der Toten und Sterbenden.

Schließlich hielt Conan an und schrie dem Trompeter einen Befehl zu. Auf sein Signal formierten die Schwadronen sich zu Kolonnen und trabten zu dem geschützten Feld zurück, woher sie gekommen waren. Conan wußte, daß die Reiter des Nachts in einem dichten Wald nutzlos waren.

»Verfolgt sie, Glyco!« rief er. »Gebt ihnen keine Chance, sich wieder zu sammeln.«

Glyco winkte ihm zu, daß er verstanden hatte. Er und seine Leute stürmten den fliehenden Pikten in den Wald nach. Conan wendete sein geborgtes Pferd, um wieder an die Spitze der Kavallerie zu reiten. Doch plötzlich drehte sich alles um ihn, und er versank in tiefster Schwärze. Er hatte seinen Kräften alles abverlangt, was sie ihm geben konnten, und mehr.

Glyco und Flavius saßen in Conans Schlafkammer in der Kaserne von Velitrium. Mit einem Kissen im Rücken als Stütze duldete er unfreundlich die Betreuung des Armeearztes. Der alte Sura wechselte den Verband um Conans linken Arm, der vom Handgelenk bis zur Schulter ein Regenbogenmuster von roter, blauer und purpurner Verfärbung aufwies.

»Ich staunte«, sagte Glyco, »wie Ihr mit diesem Arm die schwere Axt mit dem Schädel des Hexers überhaupt noch hochhalten konntet!«

Conan spuckte aus. »Ich tat, was ich tun mußte.« Dann wandte er sich an den Arzt und fragte: »Wie lange wollt Ihr mich noch gewickelt wie einen Säugling hier festhalten, guter Sura? Ich habe viel zu tun.«

»Ein paar Tage guter Pflege werden Euch wieder auf die Beine und zu Euren Pflichten zurückbringen, General«, versicherte ihm der grauhaarige Arzt. »Würde ich Euch schon zuvor aufstehen lassen, wäre mit einem Rückfall zu rechnen.«

Conan knurrte einen barbarischen Fluch. »Wie war der endgültige Ausgang der Schlacht?«

Glyco berichtete: »Als Ihr die Besinnung verlort und von Eurem Pferd stürztet –, Laodamas' Pferd, sollte ich wohl sagen –, jagten wir die bemalten Teufel, bis auch der letzte von ihnen in der Tiefe des Waldes verschwand. Wir machten noch einer Menge von ihnen ein Ende, ohne selbst mehr als ein paar Mann zu verlieren.«

»Ich muß wohl alt werden«, brummte Conan, »daß ich nur von einem Schlangenbiß, ein wenig Laufen und Reiten in Ohnmacht falle.« Er machte eine nachdenkliche Pause. »Er hat mich da ›General‹ genannt?«

»Während Ihr hier bewußtlos lagt«, sagte Flavius nun, »schickten wir einen Kurier zum König mit einem Bericht unserer Erfolge in der Provinz Schohira und einem Ersuchen, Euch zu unserem neuen Kommandeur zu machen. Alle ohne Ausnahme unterzeichneten es – obgleich wir bei Laodamas ein wenig Druck ausüben mußten. Er war sehr verärgert, weil Ihr ihm sein Pferd und seine Befehlsgewalt genommen habt. Er sprach davon, Euch zum Zweikampf herauszufordern.«

Conan lachte, daß es ihn schüttelte – ein Lachen war es, das wie der Schall von Trompeten im frühen Morgenwind widerhallte. »Es hätte mir leid getan, wenn ich den jungen Einfaltspinsel hätte zusammenschlagen müssen. Der Bursche meint es ja gut, aber ihm fehlt der Verstand.«

Jemand klopfte an der Tür, dann trat ein hagerer Mann in der engen Lederkleidung eines königlichen Kuriers herein.

»General Conan?« fragte er.

»Ja?«

»Ich habe die Ehre, Euch dieses Sendschreiben Seiner Majestät zu überbringen.« Mit einer respektvollen Verbeugung händigte der Kurier Conan eine Schriftrolle aus.

Der Cimmerier brach das Siegel, rollte das Pergament auf und starrte blinzelnd auf die Schrift.

»Bringt die Kerze herbei, Sura«, bat er. »Es ist schon zu dunkel, ohne Licht zu lesen.« Seine Freunde beobachteten ihn gespannt, während er beim Lesen stumm die Lippen bewegte.

»Mhm«, sagte er schließlich gedehnt. »Der König bestätigt meine Beförderung. Und mehr noch, er lädt mich nach Tarantia zur feierlichen Ernennung und einem königlichen Fest ein.« Er grinste und streckte sich unter der Bettdecke.

»Nach einem Jahr des Ärgers mit den Pikten in weglosen Wäldern und der Entlarvung eines verräterischen Kommandeurs finde ich die vollen Fleischtöpfe von Tarantia recht verlockend. Was immer auch Numedides' Fehler sein mögen, von seinen Köchen erzählt man sich nur das Beste. Ich hätte auch nichts gegen guten Wein und eine feine, hochwohlgeborene Dame nach dem gepanschten Zeug und den schlampigen Lagerdirnen, die wir hier haben.«

»Mein Patient braucht jetzt seine Ruhe!« erklärte der Arzt.

Glyco und Flavius erhoben sich. Der alte Offizier sagte: »Also dann, bis später, Conan. Aber habt acht auf Euch. Man sagt, am Hof fände man einen Skorpion unter jedem Seidenkissen.«

»Keine Angst, ich passe schon auf mich auf. Aber wenn weder Zugar Sag noch Sagayetha trotz all ihrer unheimlichen Kräfte mir etwas anhaben konnten, glaube ich, dürfte der Held von Velitrium sich am Hof des aquilonischen Königs kaum in Gefahr befinden.«